The Secret Circle

L. J. SMITH

The Secret Circle

Traduit de l'anglais (États-Unis)
par Frédérique Le Boucher

L'édition originale de cet ouvrage a paru en langue anglaise (Etats-Unis)
chez Harper Teen, an imprint of HarperCollins Publishers,
sous le titre :
The secret circle
The initiation

À ma mère, aussi patiente et aimante que Mère Nature.
À mon père, le parfait preux chevalier.

1

Il n'aurait pas dû faire si chaud, à Cape Cod. Et la moiteur ambiante n'était pas non plus prévue au programme. C'était écrit dans le guide. Tout était censé être parfait ici, comme chez Disney.

À condition, mentionnait en passant le guide en question, d'oublier le sumac vénéneux, les tiques, les pucerons, les coquillages toxiques et les courants insoupçonnables sous les eaux d'apparence si tranquilles.

Le bouquin déconseillait également d'aller se balader sur les étroites langues de terre qui s'avançaient dans la mer, au risque de se retrouver coincé par la marée. Et pourtant, qu'est-ce qu'elle n'aurait pas donné, en ce moment, pour se retrouver coincée au beau milieu de l'océan – pour peu que Portia Bainbridge soit restée de l'autre côté, évidemment !

Cassie ne s'était jamais sentie aussi mal de toute sa vie.

— … et mon autre frère, celui qui est membre du Club des

Rhéteurs de Harvard, celui qui a participé au Championnat du Monde de Joutes Oratoires en Écosse, il y a deux ans…, poursuivait Portia.

Cassie sentit de nouveau qu'elle décrochait et, les yeux dans le vague, replongea dans son cauchemar éveillé. Étudiants à Harvard, les deux frères de Portia étaient aussi brillants l'un que l'autre. Et pas seulement dans les matières intellectuelles : en sport aussi. Portia n'avait cependant rien à leur envier – même si, comme Cassie, elle n'entrait qu'en première cette année. Et comme aucun objet d'étude ne passionnait autant Portia Bainbridge que Portia Bainbridge, cette dernière avait pratiquement passé le mois tout entier à instruire Cassie sur le sujet.

— … et puis, quand je suis arrivée cinquième en Improvisation au Championnat National d'Éloquence, l'an dernier, mon petit ami m'a dit : « Alors, tu vas forcément… »

« Plus qu'une semaine, songea Cassie. Plus qu'une semaine et tu seras à la maison. » Rien que d'y penser, elle en avait les larmes aux yeux. Rentrer, elle en rêvait. Chez elle : là où l'attendaient ses amis. Là où elle ne se sentirait plus une étrangère. Une Martienne, une demeurée, un boulet. Une pauvre attardée barbante et nulle. Tout ça parce qu'elle ne savait pas ce qu'était un clam ! Là où elle pourrait enfin en rire, de ses super vacances sur la côte Est.

— … alors mon père m'a dit : « Et si je te… l'achetais, tout simplement ? » Mais je lui ai répondu : « Non… Enfin, peut-être… »

Les yeux sur l'horizon, Cassie regardait la mer.

Non pas que ce soit moche, Cape Cod. Avec leur toit de bardeaux, leur clôture blanche croulant sous les roses, leur rocking-chair d'osier se balançant sur la terrasse et leurs géraniums dégringolant la pergola, ces charmants « *cot-*

tages » si « typiques » étaient tout bonnement adorables : un vrai décor de carte postale. Et les places de village, les églises avec leur clocher haut perché et les écoles vieillottes lui donnaient l'impression d'avoir été parachutée à une autre époque.

Si seulement elle n'avait pas dû se coltiner Portia ! Tous-les-jours. Et même si, toutes les nuits, elle trouvait un nouveau trait d'esprit furieusement spirituel, une nouvelle réplique assassine à lui balancer, allez savoir pourquoi, quand l'occasion s'en présentait, elle n'arrivait jamais à la caser. Et pire encore que tout ce que Portia pouvait lui infliger, il y avait cette terrible et évidente sensation de ne pas être à sa place. D'être une étrangère ici, coincée sur la mauvaise côte, complètement hors de son élément comme un poisson hors de l'eau. Du coup, leur minuscule appart', là-bas, en Californie, commençait à ressembler, à ses yeux, à un vrai petit paradis.

« Plus qu'une semaine, se répéta-t-elle. Plus qu'une semaine à tenir. »

Et puis il y avait sa mère, si pâle, ces derniers temps, si effacée… Elle fut saisie d'une brusque inquiétude… qu'elle s'empressa de refouler. « Maman va très bien, se persuada-t-elle farouchement. Ça la déprime sans doute autant que toi d'être ici, même si elle est du coin. Elle aussi, elle doit compter les jours, exactement comme toi. »

Mais oui, c'était ça, bien sûr. Et c'était pour cette raison que sa mère avait l'air si triste quand elle lui disait combien la maison lui manquait. Sa mère culpabilisait dc l'avoir amenée ici, dc lui avoir fait miroiter des vacances de rêve dans un cadre idyllique. Mais tout s'arrangerait quand elles rentreraient, pour sa mère comme pour elle.

— Cassie ! Tu m'écoutes ? Ou tu rêvasses encore, comme d'habitude ?

— Oh ! je t'écoute, je t'écoute.

— Et qu'est-ce que je viens de dire ?

« Euh… petits copains… Club des Rhéteurs… Harvard… Championnat du Monde d'Éloquence… » Elle pataugeait lamentablement. On lui avait déjà reproché d'être dans la lune, mais jamais autant qu'ici.

— Je disais donc qu'on ne devrait pas laisser ce genre de gens accéder à la plage, s'indignait Portia. *A fortiori* avec des chiens. Enfin, je veux dire, je sais que ce n'est pas le quartier le plus sélect du Cap, ici, mais, au moins, c'est propre. Alors que là, mais regarde ça !

Cassie regarda. Mais tout ce qu'elle pouvait voir, c'était un garçon qui se promenait sur la plage. Elle jeta un coup d'œil incertain à sa voisine.

— Il travaille sur un bateau. Un bateau… de pêche ! s'offusqua Portia en fronçant le nez, comme si quelque mauvaise odeur l'incommodait. Je l'ai vu décharger le poisson sur le quai, ce matin. Je me demande s'il s'est changé, seulement. Non mais, tu imagines ! Oh ! C'est absolument ré-pu-gnant. À vo-mir.

Cassie ne le trouvait pas si « répugnant », ce garçon, quant à elle, avec ses cheveux fous sculptés de reflets fauves. Et puis, il était grand, élancé et, même à cette distance, elle pouvait voir qu'il souriait. Il avait un chien avec lui.

— Nous n'adressons jamais la parole aux garçons qui travaillent sur les bateaux de pêche, reprit Portia. Nous ne leur accordons pas même un regard.

Et elle disait vrai. Il y avait peut-être une douzaine d'autres filles sur la plage, par groupes de deux ou trois, certaines avec des garçons, mais la majorité entre elles. Au passage de l'inconnu, elles détournaient la tête pour regarder de l'autre côté. Et ce n'était pas la pseudo-indifférence-pré-coup-d'œil-furtif-pré-fou-rire-étouffé de la leçon de flirt numéro un, non. C'était un rejet sans appel. Elles l'ignoraient ostensiblement. Et, à mesure que le garçon se rapprochait, Cassie voyait son sourire se figer.

Déjà, leurs deux voisines de serviette se détournaient. Tout juste si elles ne faisaient pas la grimace. Le garçon haussa vaguement les épaules, comme s'il n'en attendait pas moins. Cassie ne voyait toujours pas ce qu'il avait de si repoussant. Il portait un short taillé dans un jean élimé et un tee-shirt qui avait connu des jours meilleurs, mais plein de mecs s'habillaient comme ça. Et son chien trottinait allégrement derrière lui, en remuant la queue, sans manifester la moindre agressivité : il n'embêtait personne. Trop curieuse pour résister plus longtemps, elle releva la tête.

— Mais baisse donc les yeux ! s'indigna Portia, dans un souffle.

Elle aurait bien aimé voir la couleur des siens, justement. Or, il passait pile devant elles. Pourtant, machinalement, Cassie obéit. Mais, intérieurement, elle sentait la révolte gronder. C'était tellement mesquin, de la pure méchanceté gratuite : trop nul. Elle n'était vraiment pas fière de se prêter à ce jeu cruel. Mais on ne s'opposait pas à Portia Bainbridge. Elle s'en sentait bien incapable, elle, en tout cas.

Elle regardait ses doigts s'enfoncer dans le sable. Avec ce soleil radieux, elle pouvait distinguer chaque grain. De loin, le sable paraissait blanc, mais, de près, il chatoyait : le vert et le noir des éclats de mica ; les tons pastel des brisures de coquillages ; les fragments de quartz rouge tels de minuscules grenats… « Ce n'est pas juste, disait-elle, dans sa tête, au garçon – qui ne pouvait pas l'entendre, évidemment.

Je suis désolée. Ce n'est vraiment pas juste. Je voudrais bien pouvoir y changer quelque chose, mais je n'y peux rien. »

Une truffe humide se glissa d'autorité sous sa main.

Elle retint un cri de surprise et réprima ce fou rire qui, déjà, la gagnait. Le chien insista. Il ne quémandait pas des caresses : il les exigeait. Cassie se laissa faire et lui gratta le museau. C'était un berger allemand. Enfin, c'était surtout un bon gros chien aux grands yeux bruns liquides remplis d'intelligence et aux babines retroussées sur un sourire moqueur. Cassie sentit sa façade de pimbêche un peu revêche se lézarder et éclata de rire.

Et puis, n'y tenant plus, elle risqua un coup d'œil vers le propriétaire du chien. Leurs regards se croisèrent aussitôt.

Plus tard, elle repenserait à ce moment, le moment où ils s'étaient regardés pour la première fois. Il avait les yeux gris-bleu, comme la mer quand elle se drape de mystère. Il n'était pas vraiment beau, pas au sens où on l'entend d'habitude, mais, avec ses pommettes hautes et cette bouche affirmée, son visage retenait l'attention. Il était… intéressant, intriguant. Fierté, indépendance, humour, sensibilité, on y lisait tout ça à la fois. Quand il baissa les yeux vers elle, son rictus crispé disparut et son visage s'éclaira. Quelque chose scintilla alors dans ses prunelles, comme le soleil quand il ricoche sur les vagues.

Normalement, les garçons l'intimidaient, surtout ceux qu'elle ne connaissait pas. Mais celui-ci n'était sans doute qu'un pauvre mousse et elle le plaignait. Elle voulait se montrer sympa avec lui. Et puis, c'était plus fort qu'elle, de toute façon. Alors, quand elle sentit son propre regard pétiller en réponse et une furieuse envie de rire lui chatouiller la gorge, elle se laissa aller. Ce fut comme un moment de complicité partagée, un secret entre eux, quelque chose que personne d'autre, sur la plage, ne pouvait comprendre. Le chien en frétillait de joie, comme s'il était dans la confidence.

— Cassie !

Un vrai sifflement de vipère.

Cassie se sentit rougir et s'arracha au regard magnétique. Portia semblait à deux doigts de la crise d'apoplexie.

— Raj ! appela le garçon, redevenant sérieux tout à coup. Aux pieds !

Le chien s'éloigna de Cassie comme à regret, en remuant toujours un peu la queue. Et puis, dans une tornade de sable, il bondit vers son maître. « Ce n'est pas juste », pensa encore Cassie.

La voix du garçon la fit sursauter :

— Mais la vie n'est pas juste, déclara-t-il.

Abasourdie, elle leva les yeux vers lui.

Ses prunelles s'étaient subitement assombries, telle une mer d'encre dans la tourmente. Elle les voyait distinctement et, sur le moment, elle en fut presque effrayée, comme si elle avait surpris quelque chose d'interdit, quelque chose qui la dépassait. Un pouvoir… Quelque chose d'étrange et de puissant.

Mais déjà, son chien folâtrant derrière lui, il partait sans se retourner.

Cassie le suivit des yeux, sidérée. Elle n'avait pourtant pas parlé, elle en était sûre. Elle n'avait même pas ouvert la bouche. Mais alors comment avait-il pu l'entendre ?

Un sifflement tout proche l'arracha à ses réflexions. Elle se ratatinait déjà sur place. Elle savait d'avance ce que Portia allait lui dire : que ce chien avait probablement la gale, des puces, des vers, la scrofule et que sa serviette grouillait probablement de parasites, à l'heure qu'il était.

Mais Portia n'en fit rien. Elle aussi regardait les silhouettes du garçon et de son chien s'éloigner, gravissant une dune pour emprunter un petit sentier qui se faufilait entre les joncs. En plus de son dégoût manifeste, il y avait autre chose dans son expression… quelque chose de sombre que Cassie ne lui avait jamais vu, une sorte de spéculation, de suspicion…

— Qu'est-ce qu'il y a, Portia ?

Les yeux de sa voisine se rétrécirent.

— J'ai l'impression…, articula lentement la jeune fille entre ses lèvres pincées, que je l'ai déjà vu quelque part.

— Oui, tu l'as dit tout à l'heure. Sur le quai.

Portia secoua la tête.

— Mais non ! s'impatienta-t-elle. La ferme ! Laisse-moi réfléchir.

Cassie en resta sans voix.

Les yeux toujours braqués sur les deux silhouettes qui s'éloignaient, Portia finit par hocher la tête : de petits mouvements à peine perceptibles comme pour confirmer ses soupçons. Elle avait le visage marbré de plaques rouges, à présent. Et ce n'étaient pas des coups de soleil.

Opinant toujours du bonnet, elle marmonna quelque chose et se leva d'un bond. Sa respiration s'était accélérée.

— Portia ?

— J'ai un truc à faire, lui annonça cette dernière, en agitant la main vers elle sans la regarder. Toi, tu restes là.

— Mais qu'est-ce qui se passe ?

— Rien ! trancha-t-elle, en lui lançant un coup d'œil glacial. Absolument rien. Tu oublies, d'accord ? On se voit plus tard.

Et elle la planta là, se précipitant à grandes enjambées vers les dunes pour regagner la villa de ses parents.

Si on lui avait dit, dix minutes plus tôt, que Portia allait enfin la lâcher, Cassie aurait juré qu'elle en aurait sauté de joie. Et peu importait pourquoi. Mais, maintenant – force lui était de le constater –, elle avait bien du mal à jouir de sa solitude retrouvée. Elle avait le cerveau en ébullition, comme une mer agitée quand le vent se lève avant la tempête. Elle se sentait nerveuse, angoissée, effrayée presque.

Le plus bizarre, c'était ce que Portia avait dit avant de partir. Elle avait chuchoté, à peine un murmure, et Cassie doutait d'avoir bien entendu. Non, c'était sûrement autre chose, quelque chose comme « va-nu-pieds », « sans-papiers » ou « grossier ».

Elle avait mal entendu, forcément. On ne pouvait tout de même pas traiter un mec de « sorcier » ! C'était n'importe quoi !

« Calme-toi, se raisonna-t-elle. Tout va pour le mieux dans le meilleur des mondes. Elle te fiche enfin la paix. Profites-en. »

Mais, sans trop savoir pourquoi, elle ne parvenait pas à se défaire de cette tension… Elle se leva, ramassa sa serviette et, s'enroulant dedans, commença à remonter la plage dans la direction que le garçon avait prise…

2

Parvenue à l'endroit où le garçon avait tourné, Cassie remonta le long des dunes, entre les quelques maigres touffes de joncs squelettiques qui bordaient le sentier. Au bout, elle regarda autour d'elle. Mais il n'y avait rien à voir. Que des pins résineux et des chênes buissonnants. Pas de mec. Pas de chien. Pas même un aboiement. Le silence.

Elle crevait de chaud.

Bon, O.K. Super. Elle retourna vers la mer, ignorant la petite pointe de déception et l'étrange sensation de vide qui tout à coup l'étreignaient. Elle allait piquer une tête, ça la calmerait. Les histoires de Portia, ça ne regardait que Portia : ce n'était pas son problème. Quant au garçon aux cheveux roux… eh bien, cllc n'était sans doute pas près de le revoir. Alors, ce n'était pas son problème non plus.

Un petit frisson la parcourut. Pas de ceux qui se voient. De ceux dont on se demande si on ne couve pas quelque chose. « Trop chaud, décréta-t-elle. J'ai tellement chaud que j'ai l'impression qu'il fait froid. Un bon bain, voilà ce qu'il me faut. »

Ouh ! Elle était fraîche. Normal : c'était le côté du cap qui s'ouvrait sur l'Atlantique. Elle réussit à y entrer jusqu'aux genoux, puis recommença à longer la plage.

Comme un ponton lui barrait la route, elle sortit de l'eau pour grimper dessus. Il n'y avait que trois embarcations d'amarrées : deux canots à rames et un bateau à moteur. Personne à l'horizon.

Par-fait.

Elle détacha la grosse corde effilochée – censée interdire aux gens comme elle de faire très exactement ce qu'elle était en train de faire – et s'aventura sur les planches, s'éloignant rapidement du bord. Le bois usé grinçait sous ses pieds et l'océan s'étendait, de chaque côté, à perte de vue. Quand elle se retourna, les autres, ceux qui lézardaient sur la plage, étaient déjà loin. Une petite brise marine lui fouetta le visage, ébouriffant ses cheveux bruns, piquant ses jambes mouillées. Et, soudain, elle se sentit… Comment expliquer ? Comme un ballon qui s'envole, emporté par le vent. Légère. Sans limites. Libre.

Elle aurait voulu écarter les bras pour s'offrir au vent et à l'océan, mais elle n'osait pas vraiment. Elle n'était tout de même pas libérée à ce point-là ! Elle sourit pourtant en arrivant au bout du ponton.

Le ciel et la mer étaient exactement du même bleu étincelant. Sauf que le ciel s'éclaircissait un peu à l'horizon, là où ils s'épousaient, là où la courbe de la terre se dessinait. Mais non voyons ! comment aurait-elle pu la voir ? Sans doute un effet de son imagination. Au-dessus d'elle, goélands et hirondelles de mer tournoyaient en criant.

« Je devrais écrire un poème », se dit-elle. Elle en avait un plein cahier à la maison, sous son lit. Elle ne les montrait quasiment jamais à personne, mais elle les regardait, la nuit. Pourtant, là, aucun mot ne lui venait à l'esprit.

N'empêche que c'était génial d'être ici, juste de respirer l'air marin, de sentir la chaleur du bois sous ses pieds et d'écouter le clapotis de l'eau contre les piles de la jetée.

Il y avait quelque chose d'hypnotique dans ce bruit régulier, comme les battements d'un cœur gigantesque ou la respiration du monde, d'hypnotique et d'étrangement familier. Elle s'assit pour contempler le spectacle, sentir, écouter. Elle s'aperçut alors que sa propre respiration, progressivement, ralentissait. Pour la première fois depuis qu'elle était arrivée en Nouvelle-Angleterre, elle avait l'impression d'être enfin à sa place. Elle participait de l'immensité du ciel, de la terre, de la mer. Oh ! elle n'était qu'une infime particule dans l'infini, mais elle en faisait néanmoins partie.

Et il lui apparut, peu à peu, que sa part n'était peut-être pas si négligeable que ça, après tout. De soumise au rythme éternel de la terre, il lui semblait presque, maintenant, qu'elle le contrôlait. Comme si elle commandait aux éléments parce qu'elle ne faisait plus qu'un avec eux. Elle pouvait sentir la vie battre, au cœur de l'univers, en elle. Forte, intense, vibrante. Et, avec cette pulsation, de plus en plus lancinante, sentir lentement monter la tension, comme un espoir, une attente, toujours grandissante, une attente…

De quoi ?

Le regard au bout de l'océan, elle sentit les mots prendre forme. Oh ! juste une rime à deux sous, comme ces ritournelles qu'on apprend aux enfants, mais un poème tout de même.

Ciel et mer, gardez-moi de l'enfer.

Le plus bizarre, c'était qu'elle n'avait pas l'impression de l'avoir inventé. C'était un peu comme si elle l'avait lu ou entendu quelque part, il y avait très longtemps. Elle eut une vision fugace : elle se trouvait dans les bras de quelqu'un et elle regardait l'océan. Ou… on la portait plutôt et elle entendait ces mots :

Ciel et mer, gardez-moi de l'enfer. Terre et feu, exaucez…

Non !

Elle en avait la chair de poule. Elle pouvait percevoir, comme jamais auparavant, la voûte du ciel, la solidité minérale de la terre et l'incommensurable étendue de la mer, vague après vague après vague, jusqu'à l'horizon et au-delà. Et c'était comme s'ils attendaient, comme s'ils regardaient, comme s'ils écoutaient, pendus à ses lèvres.

« Ne le finis pas, se dit-elle. Ne va pas plus loin. » Une brusque certitude, complètement irrationnelle, s'était emparée d'elle. Tant que son poème resterait inachevé, elle serait en sécurité. Rien ne changerait et elle rentrerait chez elle pour reprendre sa petite vie bien tranquille. Tant qu'elle ne prononcerait pas ces mots-là, il ne lui arriverait rien.

Mais le poème lui trottait dans la tête, comme une petite musique lointaine, et les derniers mots vinrent d'eux-mêmes s'imbriquer sans qu'elle puisse les en empêcher.

Ciel et mer, gardez-moi de l'enfer. Terre et feu, exaucez… tous mes vœux.

Oui !

« Oh ! mais qu'est-ce que j'ai fait ? »

C'était comme si une corde avait lâché. Cassie se retrouva debout, le regard perdu dans l'immensité de l'océan. Il s'était passé quelque chose, elle l'avait senti, et, maintenant, c'était comme si les éléments la rejetaient, comme si le lien était rompu.

Disparues les sensations de légèreté, de liberté. Elle avait les nerfs à vif, au contraire. Elle se sentait comme… agressée, déphasée et toute crépitante d'électricité. Le si bel océan, devenu subitement trop grand, n'avait plus l'air si engageant, tout à coup, ni forcément rassurant. Elle fit brusquement volte-face et se précipita vers la rive.

« Idiote ! se tança-t-elle, alors que, toute angoisse envolée, elle retrouvait le sable blanc de la plage. Tu as eu peur de quoi ? Que le ciel et la mer t'aient vraiment écoutée ? Que ces simples mots puissent vraiment changer quelque chose ? Agir ? »

Elle en aurait presque ri, si elle ne s'en était pas tant voulu. C'était ce qui s'appelait avoir une imagination débordante ! Affligeant. Enfin, elle était toujours vivante et la terre n'avait pas cessé de tourner pour autant. Un mot n'était qu'un mot, rien qu'un mot.

Mais elle se souviendrait toujours qu'au fond, quand un mouvement avait soudain arrêté son regard, à ce moment-là, sur la plage, ça ne l'avait pas franchement étonnée.

Parce qu'il se passait réellement quelque chose… là, sur la côte.

C'était le garçon aux cheveux roux. Il venait de surgir du rideau d'arbres et dévalait la dune. Incroyablement calme, tout à coup, Cassie se hâta de parcourir le reste du ponton pour le rejoindre sur le rivage.

Le chien bondissait allègrement à côté de son maître, levant les yeux vers lui comme pour lui dire : « C'était génial. On s'est bien amusés. Et après, qu'est-ce qu'on fait ? » Mais, vu l'expression du garçon, et la façon dont il courait, il n'avait pas vraiment l'air de beaucoup s'amuser.

Il balaya d'un coup d'œil la plage déserte. Son regard s'arrêta sur une petite péninsule qui s'avançait dans la mer, à une centaine de mètres, sur sa gauche. Il ne pouvait pas voir ce qu'il y avait au-delà. C'est alors qu'il se tourna vers elle. Le temps d'un instant, leurs regards se soudèrent. Et puis, bifurquant brusquement, il se dirigea vers le promontoire.

— Attends ! s'écria Cassie, le cœur battant.

Il se retourna. En un éclair, ses beaux yeux gris-bleu l'avaient détaillée de la tête aux pieds.

— On te poursuit ? Tu sais qui ? lui demanda-t-elle, quoiqu'elle ait déjà sa petite idée sur la question.

La réponse fut brève, le ton sec :

— Deux mecs tout droit sortis de la ligne de défense des New York Giants.

Pas besoin d'être branchée football américain pour savoir à quoi ressemblaient les intéressés.

— Ils s'appellent Jordan et Logan Bainbridge, lui dit-elle, sans se départir de son calme olympien – pourtant bien chahuté par les coups de boutoir de son cœur qui ne cessaient de s'accélérer.

— Tout s'explique.

— Pourquoi ? Tu les connais ?

— Non. Mais ce n'est pas vraiment étonnant que ce genre de mecs portent des noms pareils. Il ne leur manque que la particule.

Cassie faillit éclater de rire. Elle aimait bien son allure échevelée, cette énergie qu'il dégageait : il venait de piquer un cent mètres et à peine s'il était essoufflé. Et puis elle aimait bien aussi cette étincelle de défi dans ses prunelles, son petit côté casse-cou et cette façon qu'il avait de plaisanter alors même qu'il se savait en danger.

— On pourrait encore s'en sortir, à nous deux, Raj et moi,

mais ils ont rameuté deux de leurs petits copains, lui lança-t-il, en commençant à marcher à reculons. Tu ferais mieux d'aller de l'autre côté, ajouta-t-il. Il ne vaudrait mieux pas que tu tombes sur eux. Et ce serait sympa si tu pouvais leur dire que tu ne m'as pas vu.

— Attends !

D'accord, ce n'était pas son problème, mais… Il y avait quelque chose, chez ce garçon… quelque chose qui lui donnait envie de l'aider.

— C'est un cul-de-sac, l'avertit-elle, avec une assurance qu'elle ne se connaissait pas. Il n'y a que des rochers, de l'autre côté. Tu seras coincé.

— Mais, par là, c'est trop dégagé, objecta-t-il, en pointant le menton dans la direction opposée. Ils ne verront que moi en arrivant. Ils ne sont pas loin derrière.

Cassie réfléchissait à toute allure. Et puis, tout à coup, ce fut l'illumination.

— Cache-toi dans le bateau.

— Quoi ?

— Dans le bateau, répéta-t-elle, en agitant la main vers le ponton. La vedette amarrée à la jetée. Si tu vas dans la cabine, ils ne te verront pas.

Il suivit son regard, mais secoua la tête.

— Je serai vraiment coincé, s'ils me trouvent là-dedans. Et Raj n'aime pas beaucoup l'eau.

— Ils ne te trouveront pas. Ils ne s'en approcheront même pas. Je leur dirai que tu es parti par là.

Elle désignait le promontoire du doigt. Il la dévisagea, la mine grave tout à coup.

— Tu n'as pas l'air de comprendre. Ces mecs-là ne plaisantent pas.

— Mais qu'est-ce que tu veux que ça m'fasse ?

Elle l'aurait poussé si elle s'était écoutée. « Vite, vite, vite ! », hurlait une petite voix dans sa tête. Sa timidité s'était miraculeusement envolée. Une seule chose comptait désormais : le sauver.

— Qu'est-ce que je risque ? argua-t-elle. De me faire tabasser ? Et pourquoi feraient-ils ça ? Je fais partie du décor, moi : je n'ai rien à voir dans cette histoire.

— Mais…

— Oh ! par pitié ! Arrête de discuter ! Vas-y !

Il la dévisagea une dernière fois, puis se détourna en se tapotant la cuisse.

— Viens, mon chien !

Il courut sur le ponton, sauta souplement à bord de la vedette et disparut aussitôt dans la cabine. Raj le rejoignit d'un bond en aboyant.

« Chut ! » le supplia intérieurement Cassie. Bon, ils étaient bien cachés tous les deux, maintenant, mais, si jamais quelqu'un montait sur le ponton… Elle fit glisser la boucle de corde élimée autour du dernier montant de la jetée pour en barrer l'accès. Puis, jetant un coup d'œil affolé à la ronde, elle se dirigea vers la mer et se remit à patauger. Elle se pencha alors pour ramasser une poignée de sable mouillé. Elle laissa l'eau entraîner le sable entre ses doigts, emprisonnant dans sa paume les deux ou trois petits coquillages qui restaient, et recommença avec l'autre main.

Soudain, des éclats de voix s'élevèrent dans les dunes.

« Je ramasse des coquillages. Je ne fais que ramasser des coquillages, se répétait-elle, s'efforçant de s'en persuader. Il ne faut pas que je regarde. Ça ne m'intéresse pas. Je ne suis pas concernée. »

— Hé !

Cassie leva les yeux.

Ils étaient quatre. Et les deux premiers étaient bel et bien les frères de Portia. Jordan était celui du Club des Rhéteurs et Logan celui du club de tir – à moins que ce ne soit l'inverse ?

— Hé ! t'aurais pas vu un mec courir par ici ? lui demanda Jordan.

Ils tournaient la tête en tous sens, aussi excités que des chiens de chasse qui ont flairé une piste. Et, soudain, un autre vers lui vint à l'esprit : *Quatre fins limiers, efflanqués et pantelants, s'apprêtant à bondir, grondaient, montraient les dents.* Sauf que ces types-là n'avaient rien d'efflanqué. Ils étaient même drôlement musclés, au contraire. Et en sueur. Et manifestement essoufflés, remarqua Cassie, non sans une petite pointe de mépris.

— C'est la copine de Portia : Cathy, intervint Logan. Hé, Cathy ! Tu n'aurais pas vu un gars débouler sur la plage, il n'y a pas deux minutes ?

Une poignée de coquillages dans chaque main, Cassie s'avança vers lui à pas lents. Son cœur cognait si fort contre ses côtes qu'ils ne pouvaient que s'en apercevoir, elle en était certaine. En plus, c'était un vrai glaçon qu'elle avait dans la bouche.

— Tu as perdu ta langue ? Qu'est-ce que tu fais ici ?

Sans mot dire, Cassie leva les mains et les ouvrit.

Les quatre garçons échangèrent des regards navrés en ricanant. Cassie se rendit alors compte du spectacle qu'elle devait offrir à ces étudiants de vingt ans : celui d'une maigrichonne tout ce qu'il y a d'ordinaire, aux cheveux vaguement bruns et aux yeux vaguement bleus. Juste une petite lycéenne de Californie, une pauvre gourde qui n'avait rien trouvé de mieux à faire pour s'éclater que de… ramasser des coquillages !

— Tu n'as pas vu quelqu'un passer par ici ? insista Jordan.

Malgré son impatience, il prenait soin d'articuler distinctement, comme si elle était un peu dure d'oreille.

La bouche sèche, Cassie hocha la tête et lorgna vers le promontoire. Jordan portait un coupe-vent ouvert sur son tee-shirt. Bizarre, par cette chaleur. Mais ce qu'il y avait d'encore plus bizarre, c'était cette bosse qu'elle apercevait en dessous. Elle surprit un éclat métallique quand il se tourna pour suivre son regard.

Un… pistolet ?

« Ça doit être Jordan, le club de tir, alors », en conclut-elle bêtement. Comme si c'était le moment !

À la vue d'un danger, bien réel celui-là, elle recouvra subitement la parole.

— Y a un type avec un chien qui est parti par là, il n'y a pas dix minutes, répondit-elle d'une voix enrouée.

— On le tient ! s'exclama Logan. Il sera coincé, sur les rochers !

Il s'élança vers la pointe, entraînant les deux types qu'elle ne connaissait pas à sa suite. Mais Jordan se retourna.

— Tu es sûre ?

Prise de court, Cassie leva la tête vers lui. Pourquoi cette question ? Elle ouvrit alors des yeux comme des soucoupes, s'efforçant de jouer les gamines attardées.

— Oui…

— Parce que c'est important.

Et, tout à coup, il la saisit au poignet. Cassie regarda, médusée, cette main qui l'étreignait. Elle en avait lâché ses coquillages, trop stupéfaite de se voir ainsi empoignée pour protester.

— Très important, martela Jordan.

Elle pouvait sentir son excitation, la tension qui bandait ses muscles, l'odeur âcre de sa sueur. Une vague de dégoût la submergea. Elle dut prendre sur elle pour cacher sa répulsion. Il fallait à tout prix continuer à faire l'innocente. Et s'il la plaquait contre lui ? Le cauchemar absolu ! Il se contenta de lui tordre le bras.

Elle n'aurait pas voulu crier. Elle ne put pourtant pas s'en empêcher. De douleur, bien sûr, mais aussi en découvrant cette horreur dans ses yeux : cette lueur fanatique et cruelle qui brûlait au fond de ses prunelles. Un monstre ! Ce type était un monstre ! Elle se rendit alors compte qu'elle suffoquait. Elle ne se souvenait pas d'avoir connu pareille terreur depuis l'enfance.

— Certaine, répondit-elle, le souffle court, s'obligeant à regarder ce monstre en face. Il est passé par là pour contourner la pointe.

— Allez, Jordan, fiche-lui la paix ! brailla Logan. Ce n'est qu'une gamine. Viens, on y va !

Jordan hésita. « Il sait que je mens, songea Cassie, avec une étrange fascination. Il le sait, mais il a peur de croire ce qu'il sait parce qu'il ne sait pas comment il le sait. »

Elle planta ses yeux dans les siens.

« Crois-moi, pensa-t-elle, mobilisant toute sa volonté. Crois-moi. Crois-moi et casse-toi. Crois-moi. *Crois-moi.* »

Il la lâcha.

— Désolé, maugréa-t-il, avant de tourner les talons pour rejoindre les autres à petites foulées.

— C'est ça, ironisa Cassie dans un murmure.

Mais elle n'osait même pas bouger. Parcourue de frissons, elle les regardait courir sur le sable mouillé, balançant jambes et bras en cadence, le coupe-vent de Jordan claquant dans son dos comme une voile au vent. Le malaise qui lui broyait le ventre gagna bientôt ses jambes et elle eut soudain l'impression d'avoir des rotules en guimauve.

C'est alors seulement qu'elle prit conscience du bruit de l'océan, un bruit rassurant qui semblait l'envelopper comme un cocon. Quand les quatre joggeurs disparurent derrière le promontoire, elle se retourna vers le ponton. Elle voulait dire au garçon aux cheveux roux qu'il pouvait sortir de sa cachette, maintenant qu'ils étaient partis.

Elle n'en eut pas besoin.

Elle força ses jambes flageolantes à la porter jusqu'à la jetée. Il restait planté là, comme figé, et cet air qu'il avait… Un air bizarre…

— Tu ferais mieux de n'pas traîner, lui conseilla-t-elle d'une voix incertaine. Ou peut-être de retourner te cacher : ils pourraient revenir.

— Je n'crois pas, non.

— Ah ! Bon, eh bien, alors…

Elle hésita. Cette étrange expression sur son visage la mettait si mal à l'aise qu'elle en bafouillait.

— Ton… ton chien a assuré, lâcha-t-elle finalement. Il n'a pas aboyé ni rien, j'veux dire.

— Pas si bête.

— Ha !

Elle balaya la plage des yeux, cherchant ce qu'elle pourrait bien lui dire. Il avait parlé d'une voix douce, sans la moindre agressivité, mais ce regard perçant qui ne quittait pas ses prunelles et ce pli dur qui crispait sa bouche lui filaient à moitié la frousse.

— Je crois qu'ils sont vraiment partis, hasarda-t-elle.

— Grâce à toi.

Il se tourna vers elle. Leurs regards se croisèrent.

— Je ne sais vraiment pas comment te remercier d'avoir

supporté tout ça pour moi, ajouta-t-il. Tu n'me connais même pas.

Son malaise ne s'en accrut que davantage. Il lui suffisait de plonger ses yeux dans les siens pour être prise de vertige. Elle ne parvenait pourtant pas à s'arracher à ce regard. Impérieux, envoûtant… hypnotique. Disparues les petites étincelles rieuses. Il luisait, à présent, d'un reflet métallique, du même gris-bleu glacé qu'une lame d'acier trempé, l'attirant irrésistiblement, l'invitant à plonger dans l'abîme comme on répond à l'appel du vide.

Mais si, je te connais, songea-t-elle. Au même instant, une étrange vision lui traversa l'esprit, comme si elle flottait hors de son corps. Elle pouvait se voir de l'extérieur, là, debout, avec lui, sur la plage. Elle pouvait même voir les reflets du soleil dans ses cheveux fauves et son propre visage levé vers lui. Une sorte de cordon les reliait, une corde d'argent qui chantait, vibrant de tout ce pouvoir qui la tendait.

Une véritable onde d'énergie qui les attachait l'un à l'autre, si réelle qu'elle aurait presque pu la toucher. Une onde magnétique qui les unissait, cœur à cœur, les tirant l'un vers l'autre pour tenter de réduire la distance qui les séparait.

Une phrase se forma alors dans sa tête, comme si une petite voix intérieure lui parlait. *Ce fil d'argent ne pourra jamais être rompu. Vos existences sont liées. Vous ne pouvez pas plus échapper l'un à l'autre qu'on ne peut échapper à son destin.*

Et, soudain, aussi subitement qu'elle était apparue, la vision disparut et la voix se tut. Cassie cligna des yeux et secoua la tête pour essayer de se remettre les idées en place. Il la regardait toujours, attendant manifestement une réponse.

— Ça m'a… fait plaisir de t'aider, bredouilla-t-elle, atterrée par sa maladresse. Et ça ne m'a pas dérangée du tout… ce qui s'est passé.

Elle se maudissait de ne pas savoir trouver les mots qu'il fallait.

Il baissa les yeux sur son poignet. Quelque chose zébra alors ses prunelles, tel un éclair argenté.

— Moi si. J'aurais dû réagir plus tôt.

« Pour que tu te fasses prendre ? Qu'on te fasse du mal ? », songea Cassie, en secouant la tête de plus belle. C'était bien la dernière chose qu'elle aurait souhaitée.

— Je voulais juste t'aider, répéta-t-elle à mi-voix, troublée.

Et puis elle ajouta :

— Pourquoi ils en avaient après toi ?

Il se détourna en soupirant et prit une profonde inspiration.

— Laisse tomber, se reprit Cassie, convaincue qu'elle avait abusé. Je n'aurais pas dû te demander ça.

— Non. (Il se retourna vers elle avec un petit sourire en coin.) Non, s'il y a quelqu'un qui a le droit de savoir, c'est bien toi. Mais c'est un peu difficile à expliquer. Je suis… hors de mon territoire, ici. Là-bas, chez moi, ils n'oseraient pas s'en prendre à moi. Ils n'oseraient même pas me regarder en face. Mais, ici, je fais une proie facile.

Elle ne comprenait toujours pas.

— Ils n'aiment pas les gens qui ne sont pas comme eux, les gens… différents, poursuivit-il, recouvrant sa voix douce. Et je suis différent d'eux. Très, très différent.

« Oui, se dit-elle. Qui qu'il soit, il ne ressemble vraiment pas aux frères Bainbridge. Ni à personne d'autre, d'ailleurs. » Elle n'avait jamais rencontré quelqu'un comme lui.

— Pas terrible comme explication, je sais, désolé,

s'excusa-t-il. Surtout après ce que tu as fait pour moi. Mais tu m'as tendu la main et je saurai m'en souvenir. (Il jeta un coup d'œil à ses fringues et laissa échapper un petit rire désabusé.) Évidemment, tu dois te demander ce qu'un type comme moi pourrait bien faire pour toi, hein ? Pas grand-chose, sans doute. Pas ici, du moins. Quoique… Attends un peu.

En le voyant plonger la main dans sa poche, Cassie crut s'évanouir. Le sang lui était monté d'un coup au visage. Ce n'était tout de même pas de l'argent qu'il cherchait ? Il ne pensait tout de même pas la payer pour l'aide qu'elle lui avait apportée ? Elle était mortifiée. Jordan lui avait peut-être fait mal en lui tordant le bras, mais ce n'était rien comparé à l'humiliation qu'elle endurait. Elle ne put refouler les larmes qui lui montaient aux yeux.

Ce ne fut pourtant pas un billet qu'il lui tendit, mais une pierre, un galet comme on pouvait en ramasser sur la plage. Ça y ressemblait, à première vue, en tout cas. L'une des faces était grise et toute rugueuse, incrustée de minuscules spirales noires qui ressemblaient à de petits coquillages. Toutefois, quand il la retourna… L'autre face était grise, elle aussi, mais moirée de bleu et sertie de cristaux qui étincelaient au soleil comme des saphirs. Elle était magnifique.

Il la lui glissa dans la main, repliant fermement ses doigts pour l'enfermer dans sa paume. À son contact, une sorte de secousse la parcourut, comme une décharge électrique lui remontant le bras jusqu'à l'épaule. La pierre semblait… vivante. Elle n'aurait pas su dire comment. Le sang lui battait à présent les tympans, assourdissant. Elle l'entendit pourtant quand il se remit à parler :

— C'est une calcédoine. Ça… porte bonheur, lui dit-il tout bas, avec une urgence dans la voix. Si jamais tu as des ennuis, si tu es en danger ou quelque chose comme ça, s'il t'arrive un jour de te sentir seule, sans personne vers qui te tourner, serre-la fort – très fort, insista-t-il, en lui étreignant les doigts – et pense à moi.

Elle le regardait sans bouger, complètement subjuguée. Le cœur près d'exploser, elle en oubliait presque de respirer. Il était si proche… Elle pouvait se voir dans ses yeux, du même bleu que la pierre cristallisée, sentir son souffle sur sa peau, tiède comme une brise du soir, et la chaleur de son corps qui rayonnait comme un soleil. Et ses cheveux n'étaient pas simplement roux, non, mais pleins des couleurs de l'automne, certaines mèches si foncées qu'elles en devenaient pourpres, d'autres aussi rouges qu'un vin de Bourgogne, d'autres encore rehaussées d'or.

Différent, oui. Il était différent de tous les garçons qu'elle avait rencontrés. Sa seule présence l'électrisait. Quelque chose de brûlant lui courait dans les veines comme une fièvre, quelque chose de sauvage et de débridé, une immense impression de liberté qui la grisait comme si, avec lui, tout était possible. Elle tremblait de la tête aux pieds et sentait, au bout de ses doigts, les battements de son cœur – mais peut-être n'était-ce pas le sien ? S'il avait déjà su lire dans ses pensées, il semblait, désormais, les occuper toutes, s'en être emparé, comme de son esprit tout entier. Il était si près… Il la regardait si intensément…

— Et qu'est-ce qu'il se passera alors ? chuchota-t-elle.

— Alors… peut-être que ta chance tournera.

Et, tout à coup, il eut un mouvement de recul, comme s'il venait de se rappeler subitement quelque chose.

— Ça vaut le coup d'essayer, non ?

Il plaisantait, à présent. Pourtant, elle était sûre qu'avant il ne plaisantait pas. Ce radical changement de ton la troubla.

Le charme était rompu. Elle hocha la tête, incapable d'articuler le moindre mot.

— Faut que j'y aille, déclara-t-il. Je n'aurais pas dû rester si longtemps.

Cassie déglutit.

— Tu as intérêt à faire gaffe, l'avertit-elle, la gorge nouée. Je crois que Jordan est armé...

— Ça n'm'étonnerait pas. (Il balaya l'argument de la main, coupant court à toute discussion.) Ne t'inquiète pas : je quitte le Cap. Pour l'instant, en tout cas. Mais je reviendrai. Alors, peut-être qu'on se reverra...

Déjà, il s'apprêtait à partir. Pourtant, au dernier moment, il hésita, comme si quelque chose le retenait. Et puis, subitement, il lui prit de nouveau la main. Ce soudain contact de sa peau contre la sienne la tétanisa. La sensation était si forte qu'elle ne songea même pas à protester. Il retourna sa paume, examina les marques rouges sur son poignet et les effleura du bout des doigts. Quand il leva les yeux vers elle, l'éclat métallique était réapparu dans ses prunelles.

— Et crois-moi, murmura-t-il, il paiera pour ça un jour. Je te le garantis.

C'est alors qu'il fit un truc incroyable. Un geste qui l'émut plus que tout ce qui s'était passé au cours de cette journée, pourtant déjà riche en émotions : il porta sa main meurtrie à ses lèvres et l'embrassa. C'était le plus léger, le plus subtil des baisers, mais il l'embrasa comme une torche. Elle le dévisagea, incrédule. Elle ne pouvait plus parler, plus bouger, plus penser. Elle ne pouvait que rester plantée là, figée comme une statue, éperdue.

Mais déjà il s'en allait, sifflant son chien qui caracolait autour d'elle. Raj cessa de folâtrer pour répondre à l'appel de son maître. Rendue à sa solitude, Cassie le suivit des yeux, serrant dans sa main la petite pierre qu'il lui avait donnée.

Ce fut seulement à ce moment-là qu'elle s'en aperçut : elle ne lui avait même pas demandé son nom.

3

L'instant d'après, Cassie sortait de sa torpeur. « Tu ferais mieux de te secouer un peu, se disait-elle. Jordan et Logan pourraient revenir d'une seconde à l'autre. Et si jamais ils s'aperçoivent que tu leur as menti… »

Déjà, elle s'échinait à escalader la dune. Le monde autour d'elle avait recouvré son aspect habituel et semblait tout ce qu'il y avait de plus banal. Envolés la « magie », le « mystère ». C'était comme si tout ce qui s'était passé n'avait été qu'un rêve et qu'elle venait de se réveiller. Elle fit la grimace. Mais qu'est-ce qu'elle était allée s'imaginer ? Des histoires de liens d'argent, de destin et de garçon différent de tous les autres garçons ? Ri-di-cule ! La pierre dans sa main n'était qu'une pierre. Et un mot n'était qu'un mot. Et même ce garçon… Évidemment qu'il n'avait pas lu dans ses pensées ! Personne ne pouvait faire un truc pareil. Il y avait forcément une explication rationnelle…

Elle serra le petit bout de roche enfermé dans sa paume. Elle sentait encore sa main, là où il l'avait touchée, et ces quelques millimètres de peau qu'il avait effleurés du bout des doigts… Jamais, en aucun endroit de son corps, elle n'avait éprouvé une telle sensation auparavant. C'était comme s'il avait laissé son empreinte… Jamais, se disait-elle. Quoi qu'il arrive, jamais, elle ne s'effacerait.

À peine parvenue à la petite maison de vacances que sa mère avait louée, elle s'immobilisa sur le seuil. La voix de sa mère lui parvenait de la cuisine. Rien qu'à l'intonation, elle comprit que quelque chose n'allait pas.

Tournant le dos à l'entrée, la tête légèrement penchée pour coller le combiné contre son oreille, Mme Blake était au téléphone. Comme toujours, Cassie fut frappée par la minceur de la silhouette maternelle. Avec son corps de liane et ces longs cheveux noirs simplement retenus par une barrette dans sa nuque, Mme Blake aurait aisément pu passer, elle aussi, pour une adolescente. Du coup, Cassie avait toujours instinctivement envie de la protéger. À vrai dire, Cassie avait souvent l'impression que c'était elle la mère et sa mère l'enfant.

Voilà pourquoi, à ce moment-là, Cassie décida de ne pas interrompre sa conversation. Mme Blake était contrariée. À intervalles réguliers, elle brisait le silence d'un « Oui » ou d'un « Je sais » résignés et sa voix était affreusement tendue.

Tout en se demandant vaguement ce qu'elle avait, Cassie monta dans sa chambre et, d'un pas mécanique, alla regarder par la fenêtre. Mais ses pensées la ramenaient irrésistiblement vers le garçon de la plage.

« Même si Portia connaissait son nom, elle ne te le dirait

pas, j'en suis sûre, se désolait-elle. Et, sans son nom, comment pourras-tu un jour le retrouver ? »

Elle ne le retrouverait jamais. C'était peut-être dur à avaler, mais c'était la vérité. Il fallait voir les choses en face. Et le plus tôt serait le mieux. Parce que, même si elle finissait par découvrir son nom, elle n'était pas du genre à courir après un garçon – encore aurait-il fallu qu'elle sache comment s'y prendre !

— Et puis, dans une semaine, je rentre à la maison…, murmura-t-elle.

C'était la première fois que ces mots-là ne lui procuraient pas ce soulagement mêlé d'impatience qu'elle espérait. Elle posa le morceau de calcédoine sur sa table de chevet avec un petit claquement sec qui avait quelque chose de définitif.

— Cassie ? Tu m'as parlé ?

Cassie pivota d'un bloc. Sa mère s'était encadrée dans la porte.

— Maman ! Je ne savais pas que tu avais raccroché.

Comme sa mère continuait à l'interroger du regard, elle ajouta :

— Je pensais tout haut. Je me disais que, la semaine prochaine, on serait à la maison.

Une drôle d'expression glissa sur le visage de sa mère, comme une grimace de douleur vite réprimée. Elle avait de profonds cernes bruns sous ses grands yeux noirs qu'elle promenait nerveusement dans la pièce.

— Qu'est-ce qu'il y a, maman ?

— C'est juste que… je parlais avec ta grand-mère… Tu te souviens que j'avais prévu de monter la voir, la semaine prochaine ?

Cassie se le rappelait parfaitement. Elle avait confié à Portia qu'elle et sa mère remonteraient la côte et Portia l'avait reprise de volée : on ne disait pas « la côte » ici. De Boston au Cap, c'était « le littoral sud » et de Boston jusqu'au New Hampshire, « le littoral nord ». Et, si elle allait dans le Maine, c'était dans l'Est. Et où habitait-elle, sa grand-mère, d'ailleurs ? Cassie avait bien été incapable de lui répondre : sa mère ne lui avait jamais précisé la ville.

— Oui, répondit-elle. Je m'en souviens.

— Je viens justement de lui parler au téléphone. Elle vieillit, Cassie. Et elle ne se porte pas très bien. C'est plus grave que je ne le pensais.

— Oh ! je suis désolée, maman.

Cassie n'avait jamais vu sa grand-mère. Pas même en photo. Mais ça ne l'empêchait pas de compatir. Sa mère et sa grand-mère étaient restées brouillées pendant des années. Depuis sa naissance, en fait. Ça avait quelque chose à voir avec le départ de sa mère, quand elle avait quitté la maison de ses parents. C'était tout ce que sa mère avait consenti à lui dire sur le sujet. Cependant, ces dernières années, quelques lettres avaient été échangées. À son avis, au fond, les deux femmes s'aimaient encore. Elle l'espérait bien, du moins, et elle avait hâte de connaître son aïeule.

— Je suis vraiment désolée, maman, répéta-t-elle. Est-ce qu'elle va vite s'en remettre ?

— Je ne sais pas. Elle est toute seule dans cette grande maison et elle se sent bien isolée… Et, maintenant, avec sa phlébite, il y a des jours où elle peut à peine se déplacer…

Elle parlait calmement, mais avec un manque flagrant de naturel, comme si elle réprimait avec peine une vive émotion.

— Cassie, ta grand-mère et moi avons eu nos différends, c'est vrai. Mais nous formons toujours une famille et elle n'a plus personne… Il est temps d'enterrer les vieilles querelles.

Jamais sa mère n'avait évoqué cette brouille familiale avec une telle franchise.

— C'était à propos de quoi, maman ?

— Ça n'a plus grande importance, aujourd'hui. Elle voulait que je... que je suive un chemin que je ne voulais pas prendre. Elle croyait bien faire. Mais maintenant... elle est toute seule et elle a besoin d'aide.

Quelque chose commençait insidieusement à la gagner. Une sorte d'angoisse... Il y avait l'inquiétude qu'elle nourrissait pour cette grand-mère qu'elle n'avait jamais connue, bien sûr, mais... pas seulement. S'y mêlait une sourde appréhension suscitée par l'expression qu'elle lisait sur le visage de sa mère : celle de quelqu'un qui s'apprête à annoncer de mauvaises nouvelles et qui cherche ses mots.

— Cassie, j'ai bien réfléchi. Nous n'avons pas trente-six solutions. Et je suis désolée parce que ça va tellement chambouler ta vie et ce sera si difficile pour toi... Mais tu es jeune : tu sauras t'adapter. Je suis sûre que tu t'adapteras. Je le sais.

Panique à bord.

— Ne t'inquiète pas, maman, s'empressa-t-elle de rassurer sa mère. Tu n'as qu'à rester ici pour faire ce que tu as à faire. Je peux très bien préparer la rentrée toute seule. Ce ne sera pas compliqué avec l'aide de Beth et de Mme Freeman...

Mais Mme Blake secouait la tête et Cassie se sentit subitement obligée de continuer pour noyer son anxiété sous un flot de paroles :

— Je n'ai pas besoin de tant de nouvelles fringues que ça...

— Je suis désolée, Cassie. Il faut que tu essaies de comprendre, mon trésor, que tu réagisses en adulte. Je sais que tes amies vont te manquer. Mais il ne nous reste plus qu'à prendre les choses du bon côté ou, du moins, à tenter de faire contre mauvaise fortune bon cœur.

Sa mère gardait les yeux rivés à la fenêtre, comme si elle ne pouvait pas la regarder en face.

Cassie s'était figée.

— Qu'est-ce qui tu essaies de me dire ?

— Que nous n'allons pas rentrer à la maison, ma chérie. Pas en Californie, en tout cas. Nous allons aller chez moi. Nous allons nous installer chez ta grand-mère. Elle a besoin de nous. Nous allons vivre ici.

Cassie se sentit prise de vertige. Elle ne trouva rien de mieux que de poser cette question idiote :

— Comment ça « ici » ? Elle habite où, mamie ?

Comme si c'était ça qui comptait !

Pour la première fois, Mme Blake se détourna de la vitre. Jamais les yeux de sa mère ne lui avaient paru aussi grands, aussi noirs.

— La Nouvelle-Salem, lui répondit-elle doucement. Ça s'appelle La Nouvelle-Salem.

Ça faisait des heures que Cassie n'avait pas bougé, assise là, près de la fenêtre, le regard perdu dans le vide. Dans sa tête, elle tournait désespérément en rond.

« Rester ! Rester ici… Ici : en Nouvelle-Angleterre !… Rester ici… »

Et, soudain, ce fut comme une décharge électrique. *Je savais que je le reverrais !* s'exclama une petite voix intérieure. Et elle exultait. Mais ce n'était qu'une petite voix parmi tant d'autres. Et elles parlaient toutes en même temps.

« Rester… Ne pas rentrer… Et qu'est-ce que ça change si ce garçon est ici aussi, quelque part, dans le Massachusetts ?

Tu ne sais même pas comment il s'appelle, ni où il habite ! Tu ne le reverras jamais.

» Oui, mais il y a toujours une chance : le hasard, qui sait ?... », se disait-elle, se raccrochant au moindre espoir. Et la petite voix, celle qui venait du plus profond d'elle-même, celle qui s'était réjouie avant, chuchotait : *Bien plus qu'un simple hasard : c'est ton destin.*

« Le destin ! raillaient les autres voix. Ne sois pas ridicule ! Ton destin, c'est de faire ta première en Nouvelle-Angleterre, un point c'est tout. En Nouvelle-Angleterre : là où tu ne connais personne. Là où tu vas te retrouver toute seule.

» Toute seule, toute seule, toute seule », approuvaient les autres voix en chœur.

Vaincue à une écrasante majorité, la petite voix battit en retraite. Cassie sentit alors tout espoir de revoir le garçon aux cheveux couleur d'automne s'évanouir. Il ne lui restait plus qu'à sombrer dans le désespoir le plus noir.

« Je ne pourrai même pas dire au revoir à mes amies », songea-t-elle, accablée de chagrin. Elle avait supplié sa mère de retourner en Californie, juste pour faire ses adieux. Mais Mme Blake lui avait répondu qu'elles n'en avaient ni le temps ni les moyens. Leurs billets d'avion allaient leur être remboursés et toutes ses affaires seraient envoyées par bateau chez sa grand-mère par une de ses amies.

— Si tu rentrais, avait tenté de la consoler sa mère, ça te serait encore plus difficile de repartir. Comme ça, au moins, ce sera une coupure nette et franche. Et puis, tu pourras toujours retrouver tes copines, l'été prochain.

L'été prochain ! Mais c'était à des années-lumière ! Elle les revoyait toutes : Beth, toujours de bonne composition ; la discrète Clover et Miriam, la tête de la classe. Il ne manquait plus que la timide et rêveuse Cassie pour que la petite bande soit au complet. Oh ! sans doute ne faisaient-elles pas partie des branchées, celles dont tout le monde recherchait la compagnie. Mais elles se marraient bien ensemble. Et puis elles étaient inséparables depuis le primaire. Alors, comment allait-elle bien pouvoir faire sans elles jusqu'à l'été prochain ?

Mais sa mère lui avait parlé d'une voix si douce, presque absente ; son regard perdu avait erré dans la pièce avec une telle anxiété que Cassie n'avait pas eu le cœur de l'accabler davantage en laissant exploser la colère qui la consumait.

À vrai dire, pendant une minute, elle avait même eu envie de prendre sa mère dans ses bras pour la rassurer. Mais elle n'avait pas pu. La rancœur qui brûlait au creux de sa poitrine l'en avait empêchée. Tout angoissée qu'elle était, sa mère n'allait pas avoir à intégrer un nouveau lycée, dans un État inconnu, à trois mille kilomètres de l'endroit où elle vivait et où elle se sentait vraiment chez elle.

Elle si. De nouveaux couloirs, de nouveaux casiers, de nouvelles salles de classe… De nouveaux visages se substituant à ceux de ses amies qu'elle connaissait depuis le C.P. Oh non ! ce n'était pas possible ! Ce n'était pas vrai !

Cassie n'avait pas incendié sa mère, cet après-midi-là. Mais elle ne l'avait pas prise dans ses bras non plus. Elle s'était juste tournée sans mot dire vers la fenêtre. Et c'était là qu'elle était restée assise depuis. Tandis que le jour baissait et que le ciel devenait d'abord rose saumon, puis violet, puis noir.

Elle mit longtemps avant d'aller se coucher. Et ce fut seulement à ce moment-là qu'elle s'en rendit compte : elle avait complètement oublié sa pierre porte-bonheur. Elle tendit la main pour la prendre sur la table de chevet et la glissa sous son oreiller.

Elles chargeaient la voiture de location, quand Portia fit son apparition.

— Alors, c'est le retour ? lui lança-t-elle.

Cassie poussa son sac fourre-tout une dernière fois pour réussir à le caser dans le coffre déjà plein à craquer et prit soudain conscience d'une criante évidence : Portia ne devait pas apprendre qu'elle restait en Nouvelle-Angleterre. Elle ne pourrait pas supporter que Portia sache combien elle était malheureuse. Ce serait comme lui accorder une sorte de victoire finale. Elle ne lui ferait pas ce plaisir.

Quand elle releva la tête, elle avait ce qu'elle pouvait faire de mieux en matière de sourire ravi accroché aux lèvres.

— Oui, répondit-elle sans hésiter, tout en glissant cependant un coup d'œil en coin vers sa mère qui, penchée à la portière, rangeait des trucs sur la banquette arrière.

— Je croyais que vous deviez rester jusqu'à la fin de la semaine.

— On a changé d'avis. (Elle hasarda un coup d'œil vers les yeux noisette de Portia et fut choquée de leur froideur.) Non pas que je me sois ennuyée, ici. Au contraire : j'ai passé un super moment, ajouta-t-elle précipitamment – et assez bêtement, il faut bien le dire.

Portia secoua la tête pour dégager son front où quelques mèches blondes étaient venues s'égarer.

— Peut-être que tu ferais mieux de rester sur la côte Ouest, dorénavant, lui conseilla-t-elle, glaciale. On n'aime pas les menteuses, par ici.

Les joues en feu, Cassie ouvrit la bouche et la referma aussitôt. Ils avaient donc découvert sa petite supercherie.

C'était le moment idéal pour balancer à Portia une de ces répliques assassines auxquelles elle pensait la nuit – et dont, bien entendu, il ne lui revenait pas un traître mot. Elle pinça les lèvres.

— Bon voyage ! conclut Portia.

Et, avec un ultime regard méprisant, elle fit demi-tour.

— Portia !

Elle avait beau avoir un vrai sac de nœuds dans l'estomac – entre la tension, la révolte et la gêne, elle n'avait que l'embarras du choix –, elle ne pouvait pas laisser passer une chance pareille.

— Avant que je parte, tu ne voudrais pas me dire un truc ?

— Quoi ?

— Ça ne changera plus grand-chose, maintenant, et je… je voulais juste savoir… je me demandais… si tu savais comment il s'appelle.

— Qui ça ?

Cassie sentit ses joues, déjà rouge tomate, virer au cramoisi. Pourtant, brave petit soldat, elle continua vaillamment :

— Lui. Le garçon aux cheveux roux. Celui de la plage.

Les yeux noisette ne cillèrent même pas. Leurs pupilles réduites à des têtes d'épingle, ils continuèrent à la regarder fixement. Cassie comprit qu'il n'y avait plus aucun espoir.

La suite lui donna raison.

— Quel rouquin sur la plage ? demanda Portia le plus posément du monde, avant de tourner les talons.

Cette fois, Cassie ne la retint pas.

La verdure. Voilà ce que Cassie remarqua sur la route qui les conduisait vers le nord. C'était carrément une forêt qui poussait de chaque côté ! En Californie, il fallait aller dans un parc national pour voir un spectacle pareil…

— Ce sont des érables, des érables à sucre, lui indiqua sa mère, avec un enthousiasme forcé, comme Cassie tournait légèrement la tête vers un bouquet d'arbres particulièrement élancés. Et les plus petits, à côté, ce sont des érables rouges. Ils changeront de couleur à l'automne : ils deviendront tout rouges, un beau rouge flamboyant de soleil couchant. Tu verras, c'est magnifique.

Cassie ne répondit pas. Elle n'avait aucune envie de voir ces « magnifiques » arbres, cet automne, pour la bonne et simple raison qu'elle n'avait absolument aucune envie d'être ici, pour commencer.

Elles traversèrent Boston et remontèrent la côte – « Pardon, le « littoral » nord », se reprit rageusement Cassie. En voyant défiler petits bourgs pittoresques, ports et criques rocheuses, elle ne tarda pas à se demander si elles n'avaient pas emprunté la route touristique. Elle sentit sa colère monter encore d'un cran. Intérieurement, elle bouillait. Ne pouvaient-elles donc pas juste arriver là-bas, qu'on en finisse ?

— Il n'y aurait pas plus court comme chemin ? maugréa-t-elle, en sortant de la boîte à gants la carte fournie avec la voiture de location. Pourquoi est-ce qu'on ne prend pas la Nationale 1 ? Ou l'A. 95 ?

Sa mère lui répondit sans quitter la route des yeux :

— Ça fait longtemps que je n'ai pas fait ce trajet, Cassie. C'est le seul itinéraire que je connaisse.

— Mais si tu coupais par Salem, en prenant par… (Elle regarda la sortie en question s'éloigner.) Ben voyons ! fais comme si je n'avais rien dit, surtout…

De tout le Massachusetts, Salem était bien le seul endroit

qui aurait pu éventuellement un tant soit peu l'intéresser. Son histoire macabre s'accordait bien à son humeur du moment.

— C'est bien là que les fameuses sorcières ont été brûlées, non ? Est-ce que le nom de La Nouvelle-Salem vient de là ? Est-ce qu'on y a aussi brûlé des sorcières ?

— Personne n'a été brûlé. On les a pendues. Et ce n'étaient pas des sorcières. Ces femmes étaient innocentes. Elles ont juste eu le malheur de ne pas être aimées de leurs voisins, lui expliqua patiemment sa mère d'une voix lasse. Et « Salem » était un nom très commun, à l'époque des colonies. Ça vient de Jérusalem.

La carte devenait floue devant ses yeux.

— Elle est où, cette ville, d'ailleurs ? s'agaça-t-elle. Elle n'est même pas dans la liste.

Temps mort.

— C'est une toute petite ville, Cassie, répondit sa mère, brisant enfin le silence pesant. Il n'est pas étonnant qu'elle ne figure pas sur la carte. En fait, elle se trouve sur une île.

— Une île !

— Ne t'inquiète pas : il y a un pont qui la relie au continent.

Mais, déjà, Cassie ne l'entendait plus. Un seul mot résonnait dans sa tête. « Une île. Je vais vivre sur une île ! Dans une ville qui n'est même pas sur la carte ! »

Il n'y avait aucun panneau. Mme Blake s'engagea pourtant sur la route qui traversait le pont. Quelques minutes plus tard, elles étaient sur l'île. Le moral de Cassie remonta un peu en constatant qu'il ne s'agissait pas du tout d'un minuscule îlot, comme elle l'avait imaginé. Et les magasins, regroupés dans ce qui devait être le centre-ville, étaient des magasins normaux, et non de simples échoppes pour touristes. Il y avait un McDo et un Starbucks avec une bannière qui annonçait « GRANDE INAUGURATION » et un type déguisé en cookie géant qui dansait devant la vitrine.

Cassie sentit le nœud qu'elle avait à l'estomac se desserrer. Une ville avec des cookies qui dansaient dans la rue ne pouvait pas être complètement nulle, hein ?

Sa mère prit alors une autre route qui montait, une route de plus en plus déserte à mesure que le bourg s'éloignait.

« On doit se diriger vers l'extrême pointe de l'île », en conclut Cassie.

Déjà, elle l'apercevait : ces quelques maisons frileusement agglutinées au sommet d'un promontoire, avec le soleil couchant qui se reflétait dans les fenêtres. Elle les vit se rapprocher, d'abord avec appréhension, puis avec anxiété, pour finir par plonger dans la déprime la plus totale. Ça lui faisait mal au ventre rien que de les regarder.

Parce qu'elles étaient vieilles, ces maisons, mais alors vieilles de chez vieilles. Horriblement vieilles. Pas juste démodées avec un petit charme désuet, non. Des an-ti-quités ! Et, même si certaines étaient en bon état, la plupart risquaient de s'écrouler au moindre coup de vent – enfin, c'était l'impression qu'elles donnaient, en tout cas.

« Pourvu que ce soit celle-là ! », pensa-t-elle, les yeux rivés à une jolie maison victorienne ocre jaune, flanquée de tourelles, avec des fenêtres en rotonde. Mais sa mère passa devant sans ralentir. Et devant la suivante. Et la suivante. Et la suivante.

Jusqu'à ce qu'il n'y ait plus qu'une seule maison : la dernière avant la falaise. Et la voiture se dirigeait droit dessus. Cassie la voyait se rapprocher la mort dans l'âme. La bâtisse avait une forme de T renversé. La petite barre faisait face à la route et la grande s'enfonçait vers l'arrière à angle droit.

Quand elles contournèrent le bâtiment, Cassie put mesurer la différence entre les deux. La grande avait un toit très pentu et des fenêtres irrégulièrement disposées avec des carreaux composés de milliers de minuscules losanges de verre. On n'avait même pas pris la peine de peindre les murs tout juste recouverts d'un bardage gris.

Ceux du corps de logis avaient été peints, en revanche. Enfin..., un jour. Mais ce qui restait de peinture, aujourd'hui, s'écaillait ou partait en lambeaux. Les deux cheminées avaient l'air de ne plus tenir debout que par l'opération du Saint-Esprit et la toiture d'ardoise s'incurvait comme si elle menaçait de s'effondrer complètement. Et, si les fenêtres de cette partie trouaient bien la façade à intervalles réguliers, elles semblaient ne pas avoir vu un chiffon depuis des lustres.

Cassie considérait sans mot dire cet affligeant spectacle. Elle n'avait jamais vu une maison plus déprimante de toute sa vie. Non, ce n'était pas possible ! Ça ne pouvait pas être celle-là !

— Eh bien, ça y est, dit sa mère au même moment, avec ce même enthousiasme forcé, en empruntant l'allée gravillonnée. Nous y sommes. La maison où j'ai grandi. Nous voilà chez nous.

Muette d'horreur, Cassie n'aurait même pas pu parler, tant elle avait la gorge serrée. Cette grosse boule de rage et de rancœur qui l'étranglait ne cessait d'enfler, d'enfler, et elle avait l'impression qu'elle allait exploser.

4

Sa mère déblatérait toujours avec ce même entrain surjoué. Mais Cassie n'entendait plus que des bribes décousues :

— … bâtiment originel, antérieur à la guerre d'Indépendance… partie de style géorgien, rajoutée après la guerre d'Indépendance…

Et ça continuait encore et encore : un vrai moulin à paroles. « De l'air ! de l'air ! » Elle étouffait. Cassie agrippa la poignée et poussa la portière. La maison lui apparut alors pour la première fois dans son entier. L'horreur ! Plus elle en voyait, pire c'était.

Sa mère racontait, à présent, des histoires d'imposte au-dessus de la porte d'entrée. Son débit s'était accéléré et elle commençait à s'essouffler :

— … rectangulaire, contrairement à celles qui apparurent plus tard…

— J'LA DÉTESTE !

Sa voix, stridente – incroyablement stridente –, fit voler la quiétude vespérale en éclats. Elle se fichait bien de l'imposte, rectangulaire ou pas – c'était quoi, une imposte, d'abord ?

— J'LA DÉTESTE ! hurla-t-elle avec une fureur redoublée.

Derrière elle, un silence pesant lui répondit. Mais Cassie ne se retourna même pas. Elle regardait la maison, avec ses rangées de fenêtres sales et son toit affaissé, cette monstrueuse masse grise, ce concentré de laideur… Elle tremblait de partout.

— C'est le truc le plus horrible que j'aie jamais vu et je la dé-teste. Je veux rentrer à la maison. JE VEUX RENTRER À LA MAISON !

Quand elle se retourna enfin, en découvrant le visage livide de sa mère et cette infinie tristesse dans ses prunelles, Cassie éclata en sanglots.

— Oh, Cassie !

Mme Blake lui tendit la main par-dessus la capote de la voiture.

— Cassie, mon cœur…

Sa mère avait les larmes aux yeux, elle aussi, et, lorsqu'elle la vit se tourner vers la maison, Cassie fut saisie par son expression : une expression de haine et de peur aussi vives que celles qu'elle ressentait elle-même.

— Cassie, ma chérie, écoute-moi, murmura-t-elle. Si tu ne veux vraiment pas rest…

Elle s'interrompit brusquement. Malgré ses pleurs, Cassie avait entendu, elle aussi. Ce bruit derrière elle. Quand elle fit volte-face, la porte de la maison était ouverte. Une vieille femme aux cheveux gris se tenait sur le seuil, appuyée sur une canne.

Cassie se retourna.

— Maman ?

C'était presque une supplique. Mais sa mère ne l'écoutait pas. Elle rivait, sur la porte d'entrée, un regard d'une étrange fixité. Lentement, Cassie vit alors une morne résignation se peindre sur ses traits tirés. Quand enfin elle lui répondit, sa voix avait recouvré ce même ton horripilant d'entrain forcé.

— C'est ta grand-mère, ma chérie, lui annonça-t-elle. Viens, il ne faut pas la faire attendre.

— Maman…

Il y avait de l'angoisse dans ce murmure implorant. Mais les yeux de sa mère étaient devenus presque vitreux, son regard complètement inexpressif.

— Viens, Cassie, répéta-t-elle.

Cassie fut prise d'une folle envie de se jeter dans la voiture et de s'y barricader jusqu'à ce que quelqu'un vienne la sauver. Mais ce même épuisement, qui semblait accabler sa mère, sembla soudain tomber sur elle comme une chape de plomb. Elles étaient là, maintenant. On ne pouvait plus rien y changer. Elle ferma la portière et, sans mot dire, suivit sa mère en direction de la maison.

La femme debout sur le pas de la porte était sans âge : un fossile. On aurait pu facilement la prendre pour son arrière-grand-mère – au moins. Elle essaya de trouver quelque ressemblance avec sa mère et n'en trouva aucune.

— Cassie, voici ta grand-mère Howard.

Elle parvint à marmonner quelque chose. La vieille femme à la canne s'avança pour la dévisager de ses petits yeux caves. Au même moment, une idée saugrenue lui traversa l'esprit : *Elle va me jeter dans le four.* Et puis, elle sentit des bras l'enlacer, avec une surprenante fermeté. Elle répondit machinalement à cette étreinte.

Sa grand-mère recula alors pour la regarder.

— Cassie ! Enfin ! Après toutes ces années.

À son grand désespoir, la vieillarde continua à la dévisager avec ce qui lui sembla un mélange d'inquiétude, d'anxiété et d'espoir.

— Enfin ! murmura-t-elle encore, comme pour elle-même.

— Contente de vous voir, mère, dit alors posément Mme Blake, d'une voix parfaitement neutre, avec une formalité toute protocolaire.

Les petits yeux perçants se détournèrent.

— Alexandra ! Oh ! ma chérie, ça fait tellement longtemps ! Trop longtemps.

Les deux femmes s'embrassèrent. Mais il y avait de la tension dans l'air…

— Oh ! mais on reste plantées là, dehors ! Entrez, entrez, s'empressa sa grand-mère, en s'essuyant vivement les yeux. J'ai bien peur que cette vieille baraque ne soit un peu décrépite. Mais je vous ai réservé les meilleures chambres. On va d'abord montrer la sienne à Cassie.

Dans la pénombre rougeâtre du crépuscule, Cassie eut l'impression de pénétrer dans une caverne. Effectivement, tout semblait en bien piteux état, là-dedans, de la tapisserie usée des chaises capitonnées au tapis d'Orient élimé recouvrant le plancher.

Elles montèrent une volée de marches – à une vitesse d'escargot, sa grand-mère se tenant à la rampe pour gravir l'escalier –, puis parcoururent un long couloir. Les lames de pin grinçaient sous ses Reebok et les lampes papillotaient de manière inquiétante quand elles passaient devant. « Il ne manque plus que le candélabre », songea Cassie, qui s'attendait à voir surgir, d'une minute à l'autre, la famille Addams au grand complet.

— Ha ! ces maudites lampes ! Encore l'œuvre de ton grand-père, soupira son aïeule. Il voulait toujours tout faire tout seul, même l'électricité. Ah ! voici ta chambre, Cassie. J'espère que tu aimes le rose.

En voyant la porte s'ouvrir, Cassie sentit ses yeux s'écarquiller. On aurait dit une reconstitution dans un musée. Au fond, trônait un lit à baldaquin, avec de lourds drapés qui tombaient des colonnes à la tête et au pied, et un ciel de lit empesé, le tout confectionné dans ce même épais tissu vieux rose à fleurs. Contre les murs étaient rangées des chaises capitonnées à hauts dossiers sculptés, recouvertes de soie damassée assortie. Sur la cheminée monumentale étaient posés un chandelier en étain et une pendule de porcelaine. Sans parler de tous ces meubles imposants, si bien astiqués qu'ils rutilaient, luisant d'un éclat presque sanglant… L'ensemble était d'une beauté impressionnante, mais tellement pompeux…

— Tu pourras ranger tes habits là-dedans. Cette commode est en acajou massif, commentait sa grand-mère. Cette forme était appelée « bombé », un style typique du Massachusetts où elle a d'ailleurs été faite – la seule région de toutes les colonies qui en fabriquait.

« Les "colonies" ! » s'alarma Cassie, le regard rivé aux crosses de bois sculpté qui ornaient le dessus de la commode en question.

— Et voici ta coiffeuse et ton armoire… As-tu jeté un coup d'œil par la fenêtre ? J'ai pensé que tu aimerais avoir une chambre d'angle pour profiter de la vue vers le sud et de la vue vers l'est.

Cassie s'exécuta. De l'une des fenêtres, elle pouvait apercevoir la route. L'autre s'ouvrait sur l'océan – qui, pour l'instant, était d'un gris plombé, sous un ciel qui s'assombrissait de minute en minute, s'accordant parfaitement à son humeur dont il était l'exact reflet.

— Je te laisse t'installer, acheva la vieille femme. Alexandra, je t'ai donné la chambre verte à l'autre bout du couloir…

Sa mère lui étreignit fugitivement, presque timidement, l'épaule et Cassie se retrouva seule. Seule avec tous ces imposants meubles aux reflets sanglants, avec cette cheminée sans feu et ces lourdes draperies empesées. Elle s'assit du bout des fesses sur une des chaises – elle avait peur de s'asseoir sur le lit.

Elle revoyait sa chambre, chez elle, en Californie, avec ses meubles en mélaminé blanc, ses posters du *Fantôme de l'Opéra* et sa nouvelle chaîne hi-fi qu'elle s'était payée avec son argent de baby-sitting. Elle avait peint ses étagères en bleu ciel pour mettre en valeur sa collection de licornes. Elle en collectionnait de toutes sortes : en peluche, en verre filé, en céramique, en étain, en bois… Clover avait même dit un jour qu'elle avait tout d'une licorne elle-même avec ses yeux bleus, sa timidité craintive et sa singularité. Elle était si différente des autres. Mais tout ça paraissait bien loin, à présent. Dans une autre vie presque…

Elle ignorait combien de temps elle était restée assise là, mais, à un moment, elle s'était retrouvée avec la calcédoine dans la main. Elle avait dû la sortir de sa poche… Et, maintenant, elle la serrait de toutes ses forces.

« Si jamais tu as des ennuis, si tu es en danger »… Une terrible sensation de manque l'étreignit subitement. Immédiatement chassée par une bouffée de rage. « Ne sois pas idiote ! se tança-t-elle. Tu n'es pas en danger. Et ce n'est pas un malheureux bout de caillou qui va t'aider. » Elle fut même tentée de le jeter. Finalement, elle le frotta juste contre sa joue, savourant la douce fraîcheur des cristaux sur sa peau. Ça lui rappelait comment il l'avait touchée – à peine un effleurement – et comment ce simple contact l'avait transpercée jusqu'à l'âme. Consciente de son audace, elle se caressa les lèvres avec le cristal et sentit soudain comme une palpitation à tous les endroits qu'il avait frôlés : sa main qu'il avait tenue – elle pouvait encore sentir ses doigts dans sa paume ; son poignet – elle sentait encore le frôlement du bout de ses doigts à cet endroit. Elle en avait la chair de poule – et quand il l'avait embrassée… Elle ferma les yeux et retint son souffle en repensant à ce baiser. Qu'est-ce que ça aurait été si ses lèvres s'étaient posées là où le cristal la touchait, là, maintenant ? Elle rejeta la tête en arrière, laissant courir la pierre froide de ses lèvres à sa gorge, jusqu'à ce creux où le sang palpitait. Elle sentait presque son baiser. Il l'embrassait là où aucun autre garçon ne l'avait touchée. Elle imaginait que c'étaient vraiment ses lèvres posées là. « Je te laisserais faire, songea-t-elle. Même si personne d'autre n'aurait le droit… Toi, je te ferais confiance…

» Il t'a pourtant abandonnée », se souvint-elle soudain avec une crampe à l'estomac. Le choc. Il l'avait abandonnée et il était parti, exactement comme le seul autre homme qui avait compté dans sa vie.

Cassie pensait rarement à son père. Elle se le permettait rarement, plutôt. Il était parti, alors qu'elle était encore toute petite. Il les avait quittées, sa mère et elle. Il les avait laissées se débrouiller toutes seules. Sa mère disait aux gens qu'il était décédé, mais à elle, elle avait avoué la vérité : il était tout simplement parti. Il était peut-être mort, à l'heure qu'il était, ou peut-être était-il avec quelqu'un d'autre, une autre famille, une autre fille. Ni elle, ni sa mère ne le sauraient jamais. Et même si sa mère ne parlait de lui que si quelqu'un l'interrogeait, Cassie savait qu'il lui avait brisé le cœur.

« Les hommes partent toujours, se dit-elle, la gorge serrée. Ils m'ont tous les deux laissée tomber. Et maintenant je suis toute seule… Si seulement j'avais quelqu'un à qui parler… une sœur, quelqu'un… »

Les yeux toujours clos, elle laissa retomber sa main avec le cristal sur ses genoux. Toutes ces émotions l'avaient tellement épuisée qu'elle n'avait même pas le courage d'aller jusqu'au lit pour se coucher. Elle resta tout bonnement là, laissant ses pensées dériver, dans la pénombre croissante, jusqu'à ce que sa respiration se fasse plus profonde et qu'elle finisse par s'endormir.

Cette nuit-là, Cassie fit un rêve – mais peut-être que ce n'était pas un rêve ? Elle rêvait que sa grand-mère et sa mère entraient dans la pièce sans bruit, si discrètement qu'elles semblaient glisser sur le plancher. Dans son rêve, elle percevait bien leur présence, mais elle était incapable de bouger. Elles la soulevaient alors de sa chaise et la déshabillaient pour la mettre au lit. Puis elles restaient à son chevet à la regarder. Les yeux de sa mère étaient bizarres, si noirs, de véritables puits sans fond.

— La petite Cassie, soupirait sa grand-mère. Enfin ! Mais quel dommage que…

— Chut ! l'interrompait vivement sa mère. Tu vas la réveiller.

Sa grand-mère soupirait de plus belle :

— Mais tu vois bien que c'est le seul moyen…

— Oui, concédait sa mère, d'une voix blanche, avec résignation. Je vois qu'on ne peut pas échapper à son destin. Je n'aurais pas dû essayer.

« C'est bien ce que je pensais, se disait Cassie, tandis que, déjà, le rêve se dissipait. On ne peut pas échapper à son destin. » Elle pouvait vaguement voir sa mère et sa grand-mère se diriger vers la porte en chuchotant. Elle ne réussissait pas à discerner les mots. Pourtant, à un moment, un sifflement reptilien lui vint à l'oreille :

... sacrifissss...

Elle n'aurait pas su dire qui des deux femmes avait chuchoté ce mot, mais l'écho s'en répétait encore et encore dans sa tête. Alors même que les ténèbres l'enveloppaient, elle l'entendait résonner... *Sacrifissss... sacrifissss... sacrifissss...*

Elle était allongée dans le lit à baldaquin et le soleil, qui entrait par la fenêtre orientée à l'est, inondait sa chambre. La pièce en était complètement transformée. On aurait dit un pétale de rose offert à la lumière. Une impression de chaleur et de quelque chose d'éclatant. Dehors, un oiseau chantait.

Cassie se redressa. Elle se rappelait vaguement un rêve, mais son souvenir était flou et décousu. Elle avait le nez bouché – sans doute d'avoir trop pleuré – et elle avait un peu la tête qui tournait, mais pas trop. Elle sc sentait comme quand on a été très malade ou très déprimée et qu'on se réveille après une longue et paisible nuit de sommeil : avec une impression de flottement et de calme. Le calme après la tempête.

Elle s'habilla. Juste au moment où elle allait quitter la pièce, elle aperçut la calcédoine porte-bonheur par terre et la glissa dans sa poche.

Personne ne semblait encore éveillé. Même de jour, simplement éclairé par les fenêtres, qui se faisaient face à chaque extrémité, comme il l'était, le long corridor était sombre et froid. Cassie se prit à frissonner en le parcourant et les ampoules des lampes papillotèrent comme par solidarité.

Il faisait un peu plus clair, à l'étage inférieur. Mais il y avait tellement de pièces que, quand elle essaya de jouer les explorateurs, elle ne tarda pas à se perdre dans leur dédale. Elle finit par se retrouver dans le hall d'entrée et décida de sortir.

Elle ne se demanda pas pourquoi. Elle supposait que c'était juste pour voir ce qu'il y avait alentour. Ses pas la menèrent le long de l'étroite route de campagne. Elle passait devant chaque maison, l'une après l'autre. Il était si tôt que personne n'était encore dehors. Au bout du compte, elle arriva à la jolie maison ocre jaune avec des tourelles.

Au sommet de l'une d'entre elles, une fenêtre étincelait.

Cassie l'examinait pour savoir pourquoi, quand elle surprit un mouvement à la fenêtre du rez-de-chaussée, juste en face d'elle. La vitre donnait sur une bibliothèque ou un bureau et, à l'intérieur, il y avait une fille. Elle était grande et mince et ses cheveux, incroyablement longs, ruisselaient de part et d'autre de son visage penché sur quelque chose posé sur le bureau placé devant la fenêtre. Cette chevelure ! Cassie ne parvenait pas à en détacher les yeux. C'était comme si on avait tissé un clair de lune et un rayon de soleil. Et c'était naturel – pas de racines foncées. Elle n'avait jamais rien vu d'aussi beau.

Et elles étaient si proches : elle, juste à côté du rebord de la fenêtre, et la fille debout juste devant la fenêtre, face à elle, mais les yeux baissés. Fascinée, Cassie observait ce qu'elle faisait. Les mains de la fille bougeaient avec une telle grâce. Elle broyait quelque chose dans un mortier avec un pilon. Des épices ? En tout cas, les mouvements de la fille étaient rapides et précis et ses mains fines et élégantes.

Et Cassie eut soudain un étrange pressentiment… Si seulement la fille voulait bien lever les yeux… Si seulement elle regardait par la fenêtre… Alors… alors, il se passerait quelque chose. Elle ne savait pas quoi, mais elle en avait la chair de poule. Elle éprouvait une telle sensation de lien, de… de parenté presque. Si seulement la fille pouvait lever les yeux…

« Crie. Jette un caillou dans sa fenêtre. » Elle en était déjà à chercher un caillou par terre quand un autre mouvement lui fit relever la tête. La fille aux cheveux de lumière se retournait, comme si elle répondait à un appel. Cassie aperçut brièvement un visage, ravissant, plein de fraîcheur : une véritable apparition. Et puis, d'un geste vif, la fille fit volte-face et s'en alla, ses cheveux flottant derrière elle comme un voile de soie.

Cassie recommença à respirer.

« Tu aurais eu l'air malin, se raisonnait-elle, en revenant sur ses pas. Excellente façon de faire la connaissance de ses voisins que de jeter des pierres dans leurs carreaux ! » Mais le sentiment de cruelle déception persistait. Elle avait l'impression d'avoir raté une occasion unique. Jamais elle ne trouverait le courage de se présenter devant cette fille, jamais. Une fille aussi belle devait avoir des tas d'amis : elle n'avait pas besoin d'elle. Sans doute évoluait-elle dans une sphère qui lui serait à jamais inaccessible, à des années-lumière de son propre univers. Une autre planète.

La maison de sa grand-mère, avec sa grosse masse carrée, lui parut encore plus laide, comparée à l'éclatante demeure victorienne. Totalement déprimée, Cassie s'éloigna vers la falaise pour aller regarder la mer.

Bleu. D'une couleur si intense qu'elle ne savait même pas comment la décrire. Elle observa une vague envelopper un rocher et éprouva soudain une étrange excitation. Le vent rejetait ses cheveux en arrière et elle voyait le soleil ricocher sur les vagues. Elle se sentait… en harmonie. De nouveau, ce sentiment de… d'appartenance, de parenté. Comme si quelque chose éveillait en elle un écho, dans ses veines, au plus profond de son être. Qu'est-ce qu'il pouvait bien y avoir dans cet endroit, avec cette fille… ? Elle était sur le point de le saisir…

— Cassie !

Surprise, elle se retourna d'un bloc. Sa grand-mère l'appelait, sur le seuil de l'ancien bâtiment.

— Ça va ? Pour l'amour du ciel ! écarte-toi de la falaise !

Cassie regarda en bas et fut immédiatement prise de vertige. Elle avait pratiquement les orteils dans le vide.

— Je ne m'étais pas rendu compte que j'étais si près, dit-elle, en reculant brusquement.

Sa grand-mère la dévisagea en silence et hocha la tête.

— Bon, eh bien, rentre maintenant. Je vais te préparer ton petit déjeuner. Est-ce que tu aimes les *pancakes* ?

Un peu intimidée, Cassie acquiesça. Elle gardait bien le vague souvenir d'un rêve qui la mettait mal à l'aise, mais, à part ça, elle se sentait nettement mieux que la veille. Elle suivit sa grand-mère et franchit la porte, bien plus épaisse et plus massive qu'une porte ordinaire.

— C'est la porte d'entrée de la maison d'origine, lui expliqua sa grand-mère.

« Elle ne paraît pas avoir beaucoup de mal à se déplacer, aujourd'hui », remarqua Cassie.

— C'est drôle qu'elle donne directement dans la cuisine, hein ? Mais c'était comme ça qu'on faisait, en ce temps-là. Assieds-toi donc, pendant que je te fais tes pancakes.

Mais Cassie restait plantée au milieu de la pièce, stupéfaite. Elle n'avait jamais vu une telle cuisine. Il y avait bien une gazinière – pas la peine de parler d'induction – et un réfrigérateur – sans congélateur ni distributeur de glaçons, on s'en doute – et même un micro-ondes au fond d'une étagère, mais le reste… le reste semblait tout droit sorti d'un décor de cinéma. Une énorme cheminée trônait dans la pièce. Elle était aussi grande qu'un dressing et, bien qu'il n'y ait pas de feu dedans, vu la couche de cendres dans l'âtre, il était clair qu'elle était encore utilisée. À l'intérieur, il y avait une marmite suspendue à une crémaillère tombant d'une barre transversale en fer. Devant le foyer des plantes et des fleurs séchées étaient répandues. Un agréable parfum s'en dégageait.

Quant à la femme qui se tenait devant l'âtre…

Une grand-mère, c'était censé être rose et doux, non ? Avoir des genoux accueillants, des bras réconfortants et un compte en banque bien garni. Mais cette femme avait l'air toute bossue et, avec ses cheveux gris mal peignés et cette grosse verrue sur la joue, Cassie s'attendait presque à la voir se pencher au-dessus de la marmite pour en remuer le contenu avec une grande cuillère en marmonnant « Abracadabra, abracadabra… ».

À peine avait-elle formé ces pensées que, déjà, elle s'en voulait. « Tu n'as pas honte ? C'est ta grand-mère ! se sermonna-t-elle. Ta seule famille, en dehors de ta mère. Ce n'est quand même pas sa faute si elle est vieille et laide. Alors ne reste pas piquée là. Assieds-toi bien gentiment et dis-lui quelque chose de gentil. »

— Oh merci ! s'exclama-t-elle, comme sa grand-mère plaçait devant elle une assiette de pancakes encore fumants. Euh ! hum ! est-ce que ce sont des fleurs séchées dans la cheminée ? hasarda-t-elle, en bredouillant. Ça sent bon.

— De la lavande et de l'hysope, lui répondit sa grand-mère. Quand tu auras fini de manger, je te montrerai mon jardin, si tu veux.

— Oh ! j'adorerais, s'enthousiasma sincèrement Cassie.

Mais, quand sa grand-mère l'entraîna dehors, après son petit déjeuner, le spectacle qu'elle découvrit se révéla fort différent de ce qu'elle avait imaginé. Oh ! il y avait effectivement des fleurs – quelques-unes –, mais, en majeure partie, le « jardin » en question ressemblait davantage à un fouillis de mauvaises herbes et de broussailles. Des rangées et des rangées de mauvaises herbes et de broussailles qui poussaient n'importe comment et en toute liberté.

— Oh ! très joli, commenta Cassie. (Peut-être qu'elle était sénile, la pauvre vieille, après tout ?) Quelles plantes… inhabituelles !

Sa grand-mère lui lança un regard en coin, pétillant de malice.

— Ce sont des simples, lui expliqua-t-elle. Ça, c'est de la mélisse officinale. Sens.

Cassie prit la feuille en forme de cœur – elle était toute fripée, comme une feuille de menthe, mais en plus grand – et la renifla avec circonspection. Cette odeur de citron fraîchement pressé !

— Hé ! ça sent super bon, s'étonna-t-elle, conquise.

— On l'appelle aussi mélisse citronnelle. Et ça, c'est de la surette. Goûte.

Cassie prit la petite feuille avec précaution et en mordilla prudemment le bout. Ça avait un goût piquant et rafraîchissant tout à la fois.

— C'est bon… On dirait de l'oseille ! s'exclama-t-elle, en levant un regard incrédule vers sa grand-mère qui l'observait, un petit sourire aux lèvres. Et ça, c'est quoi ? demanda-t-elle, en mâchonnant de plus belle, l'index pointé sur un massif de fleurs qui ressemblaient à des boutons jaune vif.

— De la barbotine. Et celles qui ressemblent à des marguerites, c'est de la partenelle. Les feuilles de partenelle sont très bonnes en salade.

— Et celles-là ? s'enquit Cassie, de plus en plus intriguée.

Elle désignait du doigt de petites fleurs blanches qui s'entortillaient dans des buissons.

— Du chèvrefeuille. Je le garde pour son parfum. Les abeilles et les papillons en raffolent. Au printemps, c'est l'aéroport Kennedy ici !

Déjà, Cassie tendait la main pour couper une tige de petites fleurs odorantes, quand, brusquement, elle se figea.

— Est-ce que je pourrais… Eh bien, je pensais que je pourrais peut-être en prendre pour mettre dans ma chambre. Si ça ne vous dérange pas, je veux dire.

— Bonté divine ! mais prends-en autant que tu veux. C'est fait pour ça.

« Elle n'est pas si vieille et laide que ça, en définitive, songea Cassie, en coupant des tiges de petites fleurs blanches. Elle est juste… différente. Et "différent" ne signifie pas forcément "mauvais". »

— Merci… mamie, dit-elle, en regagnant la maison avec son aïeule.

Elle ouvrait déjà la bouche pour l'interroger sur la maison ocre jaune et sur ses habitants, quand la vieille femme prit quelque chose à côté du micro-ondes et se tourna vers elle.

— Tiens, Cassie. C'est arrivé au courrier pour toi hier.

Elle lui tendait deux brochures à couvertures de papier recyclé. L'une rouge, l'autre blanche.

Lycée de La Nouvelle-Salem. Guide des parents et de

l'élève, était écrit sur l'un. Sur l'autre, on pouvait lire : *Lycée de La Nouvelle-Salem. Programme de première.*

« Oh non ! songea Cassie. Le lycée ! »

Nouveaux couloirs, nouveaux casiers, nouvelles classes, nouveaux visages. Une feuille de papier portant le titre *EMPLOI DU TEMPS* imprimé en gras avait été glissée entre les deux opuscules. En dessous, figuraient son nom et son adresse ou, du moins, une adresse inscrite dans la case concernée : *12 Crowhaven Road, La Nouvelle-Salem.*

Sa grand-mère n'était peut-être pas si terrible qu'elle l'avait cru. Peut-être même que ce ne serait pas si épouvantable que ça de vivre dans cette maison. Mais le lycée ? Comment allait-elle bien pouvoir affronter les cours ici, à La Nouvelle-Salem ?

5

Le cachemire gris ou le pull jacquard bleu et blanc ? Là était la question. Plantée devant la glace à cadre doré, Cassie les passait alternativement devant elle. Le pull irlandais. Le bleu était sa couleur préférée. Et puis ça faisait ressortir celle de ses yeux. Les chérubins joufflus penchés au-dessus du vieux miroir semblaient d'accord avec elle : ils lui souriaient d'un air approbateur.

Maintenant que le grand jour était arrivé, elle était plutôt impatiente, finalement. Oh ! elle était nerveuse aussi, bien sûr, mais ça n'avait rien à voir avec la terreur absolue qu'elle s'était imaginée. Ça avait un petit côté excitant de commencer les cours dans un nouvel établissement. C'était comme recommencer sa vie de zéro. Peut être qu'elle pourrait adopter une toute nouvelle personnalité. Chez elle, en Californie, ses amies la décriraient probablement comme « sympa, mais réservée » ou « marrante, mais plutôt effacée ». Cependant, personne ne savait ça, ici. Peut-être que, cette année, elle serait Cassie l'Extravertie ou même Cassie la Fêtarde. Peut-être même qu'elle serait assez bien pour la fille aux cheveux de lumière. Son cœur s'emballait rien que d'y penser.

« Tout dépend de la première impression, se disait-elle. Le truc, c'est ne pas rater son entrée. » Elle enfila le pull bleu et blanc et s'inspecta une dernière fois dans la glace.

Elle aurait voulu pouvoir faire quelque chose à ses cheveux. Ils étaient brillants, légèrement ondulés, avec d'assez jolis reflets, mais elle aurait aimé une coiffure un peu plus branchée. Comme cette fille dans la pub. Elle lança un coup d'œil au magazine ouvert sur sa coiffeuse. Elle l'avait acheté tout exprès, quand elle s'était rendue en ville, la semaine précédente, histoire de se faire une petite idée de la mode de la rentrée. Elle n'avait jamais eu le courage de retourner voir la belle maison victorienne – bien qu'elle soit passée devant au ralenti, dans la Fiat Panda de sa grand-mère, en espérant vainement tomber sur la fille « par hasard ».

Oui, demain, elle se tirerait les cheveux en arrière comme le mannequin de la pub.

Elle se détournait déjà, quand quelque chose attira son regard sur la page opposée. Les signes du zodiaque. Le sien, Cancer, semblait la regarder. Ses yeux suivirent machinalement les lignes écrites en dessous :

« Ce poignant sentiment d'anxiété vous a encore rattrapée. C'est le moment de positiver ! Et, si ça ne marche pas, rappelez-vous bien que tout a une fin. Efforcez-vous de ne pas faire de vagues dans vos relations personnelles, ce mois-ci. Vous aurez déjà bien assez à faire comme ça. »

« C'est vraiment n'importe quoi, ces horoscopes ! songea Cassie, en refermant le magazine d'un claquement sec. (C'était ce que sa mère disait toujours et elle avait parfaitement raison.) “Ce poignant sentiment d’anxiété” ! Il suffit de dire à quelqu’un qu’il est anxieux pour qu’il le devienne ! Il n’y a rien de surnaturel là-dedans. »

Mais alors, si elle ne croyait pas au surnaturel, qu’est-ce que cette pierre porte-bonheur faisait dans la poche de son sac à dos ? Relevant le menton avec détermination, elle retira la pierre pour la glisser dans sa boîte à bijoux et sortit.

Le lycée était un imposant bâtiment de briques rouges qui s’élevait sur trois étages et dominait une petite colline. Tellement imposant même, qu’une fois sa Panda garée, Cassie appréhendait presque de s’en approcher. Plusieurs sentiers y menaient. Elle finit par trouver le courage d’en emprunter un – le moins fréquenté. Parvenue au sommet, le regard rivé à l’édifice, elle se figea, la gorge nouée.

« Ouah ! On dirait Harvard ou un truc comme ça », s’extasia-t-elle, impressionnée. Une sorte de monument historique. Au fronton, en grosses lettres de pierre, on pouvait lire : « LYCÉE DE LA NOUVELLE-SALEM ». Et, en dessous, il y avait comme des armoiries avec les mots : « Ville de La Nouvelle-Salem, fondé en 1693 ». C’était donc l’âge de cette ville ? Plus de trois cents ans ! Là-bas, à Reseda, les plus vieux immeubles de toute la région devaient avoir quoi ? Cinquante ans ?

« Tu n’es pas timide, se dit-elle, en se forçant à avancer. Tu es Cassie, la fille sûre d’elle. »

Un rugissement à lui perforer les tympans la fit sursauter. À peine tournait-elle la tête que, réaction purement instinctive de sa part, elle s’écartait d’un bond, juste à temps pour éviter la collision. Le cœur à cent à l’heure, les yeux comme des soucoupes, elle regarda, bouche bée, ce qui venait de passer en trombe devant elle. Une moto. Une moto qui fonçait sur la piste cyclable. Mais le plus ahurissant, c'était ce qu'il y avait dessus : une fille tout de noir vêtue. Elle portait un jean slim et un blouson de cuir qui moulaient son corps musclé et divinement sculpté. Une vraie guerrière. Mais, quand, sa moto rangée près du garage à vélos, la fille se retourna, ce fut un ravissant minois que Cassie aperçut. Un petit visage adorablement féminin, encadré d'une cascade de boucles brunes, que seule une expression agressive et menaçante déparait.

— Tu veux ma photo ? lui lança brusquement la fille.

Cassie sursauta de plus belle. Elle ne s'était pas rendu compte qu'elle la dévisageait. La fille fit un pas en avant et Cassie se prit à reculer.

— Je suis désolée. Je ne voulais pas…

Elle essayait de détacher les yeux de cette amazone du bitume, mais elle avait du mal. Sous son blouson, la fille portait un top noir échancré et Cassie crut apercevoir un tatouage au creux de son cou : un croissant de lune.

— Je suis désolée, répéta-t-elle piteusement.

— T'as intérêt. J'veux plus te voir, t'entends ?

« Hé ! c'est toi qui as bien failli me renverser, je te rappelle », lui rétorqua-t-elle en pensée. Mais elle s'empressa de hocher la tête et, à son grand soulagement, la fille tourna les talons.

« Eh bien ! difficile de faire pire pour un jour de rentrée ! songea-t-elle, en se hâtant vers les grilles du lycée. Et difficile de trouver pire comme première personne à qui tu adresses la parole pour commencer l'année scolaire ! Enfin, l'avantage, quand on commence comme ça, c'est que ça ne peut que s'améliorer. »

Autour d'elle, les autres élèves se saluaient bruyamment : les filles se sautaient au cou en hurlant ou gloussaient en se poussant du coude et les garçons faisaient les imbéciles, en frimant et en se bousculant. C'était un joyeux chahut et tout le monde semblait se connaître.

« Tous, sauf moi », se disait Cassie. Elle restait piquée là, à regarder les nouvelles fringues des filles et les nouvelles coupes des garçons, assaillie par les effluves mélangés de parfum – en excès – et d'after-shave – largement prématuré – dont les unes et les autres s'étaient aspergés. Elle se sentait plus seule que jamais.

« Avance, se tança-t-elle. Ne reste pas là à chercher cette fille. Trouve ta salle de cours. Peut-être que, sur place, tu rencontreras quelqu'un qui est tout seul comme toi et avec qui tu pourras discuter. Tu dois avoir l'air extravertie si tu veux que les autres y croient. »

Son premier cours était un atelier d'écriture, une option du cours d'anglais qui s'intitulait « Écrire pour être publié ». Elle était contente d'y être inscrite. Elle aimait bien l'écriture créative et, d'après le « Programme de Première », ce cours « offrait des opportunités de publication au sein du magazine littéraire et du journal du lycée ». Elle rédigeait déjà des articles pour le journal de son ancien lycée. Peut-être qu'elle pourrait en faire autant ici ?

Évidemment, le Programme précisait aussi qu'il fallait s'inscrire à cette option au printemps de l'année précédente et Cassie ne comprenait pas vraiment comment sa grand-mère s'y était prise pour réussir à la faire accepter juste avant le début des cours. Peut-être qu'elle avait des relations dans le conseil d'administration, quelqu'un qui tirait les ficelles et qui l'avait pistonnée ?

Elle trouva sa salle de cours sans trop de problème et choisit une place à une table du fond pour ne pas se faire remarquer. La salle se remplissait et tout le monde semblait avoir quelqu'un à qui parler. Personne ne faisait la moindre attention à elle.

Elle se mit alors à griffonner furieusement sur la couverture de son cahier, jouant la fille hyper occupée, faisant comme si elle n'était pas la seule à ne pas avoir de voisin ou de voisine avec qui bavarder.

— T'es nouvelle, non ?

Le garçon assis juste devant elle s'était retourné. Il avait un sourire franc et amical. Amical et carrément étincelant. Et elle avait l'impression qu'il le savait pertinemment. Il avait des cheveux bouclés auburn et il était clair que, tout déplié, il était plus grand que la moyenne.

— Ouais, t'es nouvelle, répéta-t-il.

— O...oui, répondit-elle, furieuse d'entendre sa voix trembler – mais ce garçon était si beau... Je m'appelle Cassie. Cassie Blake. Je viens d'arriver de Californie.

— Je m'appelle Jeffrey Lovejoy.

— Oh ! souffla-t-elle, en tentant de faire celle qui avait déjà entendu parler de lui, puisque c'était manifestement ce qu'il attendait.

— Pivot de l'équipe de basket, précisa-t-il. Et aussi capitaine.

— Oh ! super.

Oh ! nul, oui. Elle avait intérêt à faire mieux que ça, si elle ne voulait pas qu'il la prenne pour une demeurée.

— Ça doit être très... intéressant, j'veux dire.

De mieux en mieux !

— Tu t'intéresses au basket ? Peut-être qu'on pourrait en parler un d'ces quatre.

Et, soudain, Cassie sentit comme une bouffée de gratitude pour ce garçon. Il ignorait ses balbutiements, sa maladresse. O.K., peut-être qu'il aimait se faire admirer. Et alors, qu'est-ce que ça changeait ? Il était sympa avec elle et ça ne nuirait certainement pas à son image, si elle se baladait avec lui sur le campus.

— Ce serait super, ânonna-t-elle, en se maudissant de ne pas être capable d'aligner plus d'un adjectif dans toute une conversation. Peut-être… peut-être à l'heure du déj… ?

Une ombre venait de s'abattre sur elle. Ou, du moins, c'était ce qu'elle avait ressenti. En tout cas, il y avait bel et bien une… une présence à côté d'elle, une présence qui l'empêcha d'achever sa phrase et la laissa bouche bée quand elle leva les yeux vers elle.

Une fille se tenait dans l'allée. La fille la plus hallucinante qu'elle ait jamais vue. Grande, belle, à la fois sculpturale et sexy, elle avait une superbe crinière d'un noir de jais et une peau d'albâtre presque transparente que l'assurance et une évidente conscience de son pouvoir de séduction sublimaient.

— Salut, Jeffrey !

Elle avait une voix grave, pour une fille. Une voix vibrante, presque rauque.

— Faye ! s'exclama Jeffrey, d'un ton nettement moins enthousiaste. (Il avait l'air tendu tout à coup.) Salut.

La main posée sur le dossier de sa chaise, la fille se pencha au-dessus de lui et Cassie sentit un entêtant parfum lui monter aux narines.

— Je ne t'ai pas beaucoup vu pendant les vacances, lui dit-elle. Où étais-tu passé ?

— Oh ! Ici et là…, lui répondit Jeffrey d'un ton léger.

Mais son sourire paraissait forcé et tout son corps s'était raidi.

— Tu ne devrais pas te cacher, comme ça, vilain garçon, feula Faye, en se penchant encore davantage.

Elle portait un haut qui découvrait une épaule – les deux, en l'occurrence – et qui donnait un très large panorama sur son décolleté, juste au niveau des yeux de l'intéressé. Mais c'était son visage que Cassie ne pouvait s'empêcher de regarder. Elle avait des lèvres pleines qu'une moue boudeuse rendait encore plus sensuelles et des yeux d'une couleur incroyable : entre le vert et le jaune. Ils semblaient presque luire d'un étrange éclat doré.

— Tu sais, il y a un nouveau film d'horreur au Capri, cette semaine, poursuivit-elle. Et j'adore les films d'horreur, Jeffrey.

— Moi, ça m'éclate pas plus que ça.

Faye s'esclaffa – une sorte de ronronnement sourd un rien perturbant.

— Peut-être que tu ne les as jamais regardés avec la fille qu'il fallait, murmura-t-elle. Dans certaines circonstances, je pense qu'ils peuvent être très… excitants…

Cassie se sentit rougir sans trop savoir pourquoi. Jeffrey se passa nerveusement la langue sur les lèvres. Il avait l'air à la fois fasciné et pourtant terrifié. On aurait dit un lapin pris au piège.

— Je dois emmener Sally à Gloucester, ce week-end, et…

— Eh bien, tu n'auras qu'à dire à Sally que… qu'une autre occasion s'est présentée, l'interrompit Faye en le déshabillant du regard. Tu peux venir me chercher samedi à sept heures.

— Faye, je…

— Ah ! et ne sois pas en retard, d'accord ? Je déteste les mecs qui arrivent en retard.

Et, pendant tout ce temps, la fille n'avait même pas jeté un coup d'œil à Cassie. Pourtant, en se redressant pour partir, elle lui coula un regard en douce, un regard sournois et complice, comme si elle savait pertinemment que Cassie avait écouté et que ça lui plaisait. Et puis elle se retourna vers Jeffrey.

— Oh ! au fait, dit-elle, en levant la main d'un geste languide pour pointer un long ongle rouge parfaitement manucuré sur Cassie. Elle aussi, elle vient de Crowhaven Road.

Cassie crut que la mâchoire inférieure du garçon allait tomber. Il la dévisagea quelques secondes, avec une expression de stupeur mêlée de dégoût, et se retourna brusquement vers le tableau. Faye ricanait en regagnant sa place, tout au fond de la classe.

« Mais qu'est-ce qui se passe ? s'affola Cassie. Qu'est-ce que ça change si j'habite là ou ailleurs ? » Mais tout ce qu'elle pouvait voir de Jeffrey-au-sourire-étincelant se limitait désormais à son dos. Un dos raide comme un piquet.

Elle n'eut toutefois pas le temps de s'appesantir sur la question. Déjà le prof prenait la parole. C'était un homme d'apparence débonnaire à la barbe grisonnante et aux lunettes cerclées. Il se présenta comme « Monsieur Humphries ».

— … Et comme vous avez tous eu largement l'occasion de parler pendant les vacances, je vais maintenant vous donner celle d'écrire, enchaîna-t-il. Je veux que chacun d'entre vous rédige un poème, là, maintenant, spontanément. Nous en lirons certains à haute voix tout à l'heure. Le sujet importe peu, mais, si vous avez des difficultés à en trouver un, écrivez sur vos rêves.

Grognements collectifs dans la salle. Puis le silence revint, seulement troublé par le bruit des crayons qu'on mâchonnait. Mais déjà Cassie plongeait sur son cahier, le cœur battant. Un vague souvenir de son rêve de la semaine précédente lui revint en mémoire, celui où sa grand-mère et sa mère étaient penchées au-dessus d'elle, mais elle ne voulait pas écrire là-dessus. Elle voulait écrire sur… lui.

Au bout de quelques minutes, elle jetait déjà un vers sur le papier. Quand M. Humphries déclara que le temps était écoulé, elle tenait son poème. En le relisant, elle ressentit un petit frisson d'excitation. Il était bon – enfin, à son avis.

Et si le prof lui demandait de le lire tout haut ? Elle ne le souhaitait pas, évidemment, mais… et s'il l'y obligeait ? Et si quelqu'un d'autre dans la classe le trouvait bon aussi et voulait lui parler après ? Peut-être qu'on lui poserait des questions sur le garçon qui avait inspiré ce poème. Elle pourrait alors leur raconter la mystérieuse histoire de leur rencontre. C'était si romantique. Peut-être alors qu'elle se ferait une réputation de fille un peu mystérieuse et terriblement romantique. Peut-être que la fille de la maison victorienne entendrait parler d'elle et…

M. Humphries demandait des volontaires. Aucune main ne se levait, forcément. Jusqu'à ce que, dans le fond de la classe…

Le prof hésita. Cassie se retourna. La main tendue avait de longs ongles laqués rouges.

— Faye Chamberlain, dit finalement M. Humphries.

Il s'assit sur le bord de son bureau, pendant que la superbe fille aux cheveux noirs remontait l'allée pour prendre place à côté de lui. Cassie eut l'étrange impression qu'il se serait écarté s'il l'avait pu. Une tension presque palpable avait envahi la pièce et tous les yeux étaient braqués sur Faye.

Elle agita sa magnifique crinière noire et haussa légèrement les épaules, juste assez pour faire glisser son top encore un peu plus bas. Redressant la tête, elle sourit à la classe et leva sa feuille.

— Voici mon poème, annonça-t-elle de cette même voix lasse un peu rauque. Ça parle de feu…

Abasourdie, Cassie jeta un coup d'œil incrédule au poème posé sur sa table. Et puis la voix de Faye s'éleva, monopolisant toute son attention.

Je rêve de feu
De langues de feu qui me lèchent.
Mes cheveux brûlent comme une torche
Mon corps brûle pour toi.
Touche-moi
Et ta peau ne pourra se détacher de la mienne.
Tu seras réduit en cendres.
Mais tu mourras le sourire aux lèvres
Car bientôt toi aussi tu seras embrasé.

Sous les regards aimantés de toute la classe, Faye sortit alors une allumette et – allez savoir comment – réussit à l'enflammer. Elle l'approcha de la feuille de papier qui prit feu aussitôt. Alors, d'une démarche féline, elle se dirigea vers Jeffrey Lovejoy pour agiter doucement le papier en feu devant ses yeux.

Loups hurlant à la lune, sifflements et poings martelant bruyamment les tables dans l'assistance. Bien que manifestement effrayés, pour certains, la plupart des garçons semblaient aussi très excités. Quant aux filles, beaucoup auraient manifestement donné n'importe quoi pour avoir le cran de faire ça.

Des voix masculines s'élevèrent dans la salle :

— Tu vois, Jeffrey, voilà c'qui arrive quand on est beau gosse !

— Vas-y, mec. Fonce !

— Fais gaffe, Jeffrey, les oreilles de Sally vont siffler !

Mais Jeffrey ne bougeait pas. Dans sa nuque, une rougeur diffuse se répandait.

Au moment où il menaçait de lui brûler les doigts, comme glissant sur le parquet, Faye s'éloigna à nouveau de Jeffrey et alla jeter le papier, dans le réceptacle en métal, au pied du bureau du prof. M. Humphries ne réagit même pas quand quelque chose prit feu dans la poubelle. Il ne manquait pas de sang-froid, il fallait lui accorder ça.

— Merci, Faye, dit-il d'une voix égale. Eh bien, je crois que nous pourrons appeler ce que nous venons d'entendre un exemple de… poésie réaliste. Demain, nous en reviendrons à des méthodes un peu plus orthodoxes. Vous pouvez ranger vos affaires.

Faye sortit de la classe. Il y eut d'abord comme un moment de flottement, et puis, finalement, tout le monde la suivit comme un seul homme. À croire qu'un ressort venait de se détendre, déclenchant un exode massif. Jeffrey attrapa son cahier et fila sans demander son reste.

Cassie regarda encore une fois son poème. Le feu. Faye et elle avaient écrit sur le même sujet…

Et puis, brusquement, elle arracha la page de son cahier et l'écrasa dans son poing. Elle jeta la boule de papier dans son sac à dos. Quant à son hypothétique réputation de fille mystérieuse et romantique, elle pouvait faire une croix dessus. Avec une fille pareille sur les rangs, qui ferait attention à elle ?

Et pourtant, ils semblaient tous avoir peur de Faye. Même le prof. Pourquoi ne lui avait-il pas filé une heure de colle ? À moins qu'allumer des feux de poubelle ne se pratique couramment à La Nouvelle-Salem ?

Et pourquoi Jeffrey se laissait-il mener par le bout du nez

comme ça ? Et pourquoi son adresse était-elle si importante pour lui, bon sang ?

Dans le couloir, elle trouva le courage d'arrêter une fille pour lui demander où se trouvait la salle C310.

— Au troisième, répondit la fille. Comme tous les cours de math. Tu prends l'escalier là…

— Yo ! dégagez ! chaud devant !

Un truc remontait le couloir comme une fusée, provoquant la débandade chez les lycéens qui se plaquaient contre les murs pour l'éviter. Non, deux trucs. Ahurie, Cassie ne tarda pas à découvrir que c'étaient deux types en rollers qui fendaient la foule à toute allure, en riant et en braillant comme des fous. Elle eut juste le temps d'entrapercevoir des cheveux mi-longs blonds et des yeux bleu-vert en amande, légèrement bridés, au moment où le premier, puis le second la rasaient, vifs comme l'éclair. Les deux garçons se ressemblaient comme deux gouttes d'eau, sauf que l'un portait un tee-shirt Metallica et l'autre un tee-shirt Linkin Park.

Ils provoquaient une pagaille monstre sur leur passage, arrachant les livres des mains des élèves, faisant tomber leurs sacs à dos, tirant sur les fringues des filles. Comme ils atteignaient le bout du couloir, l'un d'eux attrapa la minijupe d'une jolie rousse et la lui releva jusqu'à la taille. La fille poussa un cri strident et lâcha sa pile de bouquins de classe pour rabattre sa jupe.

— Mais pourquoi personne ne fait rien ? lâcha Cassie, interdite. (Tout le monde était-il donc fou, dans ce bahut ?) Pourquoi est-ce que personne n'essaie de les arrêter, d'aller chercher un prof… ou je sais pas moi !

— Tu rigoles ? C'est les frères Henderson, lui annonça la fille qu'elle avait interrogée, en arquant un sourcil, avant de lui tourner le dos pour rejoindre une autre élève.

Cassie surprit une bribe de ses commentaires :

— … n'est même pas au courant pour le Club, t'imagines !…

Et puis les deux filles lui lancèrent un regard apitoyé pardessus leurs épaules et s'éloignèrent.

Quel Club ? Cette fille avait dit ça comme s'il y avait une majuscule. Mais quel club pouvait bien avoir pour règle d'enfreindre celles du lycée ? Mais où était-elle donc tombée ?

Une autre sonnerie retentit. Elle allait être en retard à son cours de math. Elle attrapa son sac et courut vers l'escalier.

En dépit de tous ses efforts, à l'heure du déjeuner, elle n'avait toujours pas échangé plus d'un « bonjour » ou d'un « salut » avec qui que ce soit. Et elle n'avait toujours pas aperçu la fille aux cheveux de lumière – pas vraiment étonnant, vu le nombre de couloirs et de salles de cours de l'établissement. Dans l'état de déprime totale où elle se trouvait, elle n'aurait pas osé l'aborder si elle l'avait croisée, de toute façon. La peur au ventre, elle avait l'impression d'avoir un énorme poids sur l'estomac.

Et rien que de voir la foule de lycéens qui riaient et se chahutaient, à travers les baies vitrées de la cafétéria, elle avait les jambes qui tremblaient.

Non, impossible. Jamais elle n'aurait le courage de les affronter.

Les bras refermés sur son torse, elle s'éloigna, marchant droit devant elle. Et puis elle continua à marcher. Elle franchit les grilles sans ralentir et sortit du lycée. Elle ne savait même pas où elle allait – chez elle, peut-être ? C'est alors que son regard s'arrêta sur l'herbe drue qui tapissait la colline.

« Non, pas chez moi », résolut-elle. Elle allait déjeuner là.

Des rochers affleuraient à mi-hauteur, rompant l'uniformité verte, et elle se trouva un petit renfoncement naturel au pied de l'un d'entre eux où elle pourrait s'asseoir confortablement, à l'ombre d'un arbre. Le rocher la cachait aux regards indiscrets, tout en lui masquant la vue du lycée, un peu comme s'il n'existait pas. Elle avait une vue plongeante sur une volée de marches qui serpentait jusqu'au pied de la colline et sur la route en contrebas, mais, d'en haut, personne ne pourrait la voir.

Tandis qu'elle s'asseyait, en admirant les sequins d'or des pissenlits qui éclaboussaient la pelouse, elle sentait déjà sa tension se relâcher. Bon. Sa première matinée de cours n'avait pas été un triomphe. Et alors ? Elle se rattraperait cet après-midi. Avec un ciel d'azur aussi lumineux, comment en douter ?

Le rocher auquel elle s'était adossée – le fameux granit rose de Nouvelle-Angleterre – lui procurait un sentiment de sécurité. C'était bizarre, mais il lui semblait presque percevoir une sorte de vrombissement dans la pierre, comme un battement de cœur extraordinairement accéléré : la vie qui vibrait. « Si je pose ma joue dessus, je me demande ce qui va se passer ? » se demanda-t-elle, dévorée de curiosité.

Des voix l'arrachèrent à ses réflexions. Dépitée, elle s'agenouilla derrière le rocher pour regarder par-dessus et… se raidit.

C'était cette fille, là, Faye. Il y en avait deux autres avec elle. La première était la motarde qui avait failli la renverser à son arrivée au lycée. La seconde, dotée d'une superbe chevelure hésitant entre le blond et le roux, avait une taille de guêpe et… elle était drôlement gâtée par la nature au-dessus de la ceinture ! Jamais Cassie n'avait vu une fille de son âge avec une telle avancée. Les deux filles riaient en se dirigeant nonchalamment vers l'escalier – et donc… vers elle.

« Eh bien, tu n'as qu'à te lever et leur dire bonjour », se dit-elle. Mais elle n'en fit rien. Le souvenir de ces étranges yeux dorés la poursuivait. Elle préférait se tenir tranquille, en espérant qu'elles passeraient devant elle sans la voir et poursuivraient leur chemin jusqu'en bas des marches pour sortir du campus.

Bien au contraire, elles s'arrêtèrent sur le premier palier, juste au-dessus d'elle, s'y assirent, les pieds posés sur les marches d'en dessous et sortirent les sacs en papier contenant leur déjeuner.

Elles étaient si près qu'elle pouvait voir la flamboyante pierre rouge qui étincelait au cou de Faye. Elle était certes à l'abri dans l'ombre de l'arbre, mais, si jamais elle bougeait, elles ne pourraient pas la rater. Elle était coincée.

— Est-ce qu'on nous a suivies, Deborah ? demanda Faye de cette voix lasse si caractéristique, tout en fouillant dans son sac à dos.

La motarde ricana.

— Pas d'danger. Personne n'est assez bête pour s'y risquer.

— Parfait. Parce que tout ça est top secret et je ne voudrais pas que ça vienne aux oreilles de qui vous savez. (Faye sortit un bloc sténo à couverture rouge et le posa sur ses genoux.) Voyons, voyons, par quoi on commence, cette année ? J'ai envie d'un truc franchement pourri…

6

— Eh bien, il y a Jeffrey…, proposa la rousse, avec un air entendu.

— Affaire en cours, lui annonça Faye, tout sourire. Je dégaine vite, Suzan.

Suzan s'esclaffa. Quand elle riait, ça swinguait drôlement sous son sweat orange. Tellement que Cassie aurait juré qu'elle ne portait pas de soutien-gorge.

— Franchement, je vois pas ce que Jeffrey Lovejoy a d'intéressant, maugréa Deborah.

— Ton problème, Deborah, c'est que, pour toi, aucun mec n'est jamais intéressant, lui balança Suzan.

— Et ton problème, Suzan, c'est qu'il n'y a que ça qui t'intéresse, lui rétorqua Deborah. Mais Jeffrey, c'est encore pire que les autres. Ce type a plus de dents que de neurones.

— Ce ne sont pas ses dents qui m'intéressent…, lui fit

observer Faye d'un ton lourd de sous-entendus. Et toi, tu attaques par qui, Suzan ?

— Oh ! je sais pas. C'est tellement dur de se décider. Il y a Mark Flemming, et puis Brant Hegerwood, et puis David Downey… Il est avec moi en cours de soutien et il s'est taillé un de ces corps cet été : d'en-fer ! Et puis il y a toujours Nick…

— Hou hou hou ! s'écria Deborah. Notre Nick à nous ? Pour qu'il daigne te regarder, ma pauvre Suzan, il faudrait que tu aies quatre roues et un turbo-injection sous le capot.

— En plus, il est déjà pris, ajouta Faye, avec un sourire que Cassie trouva singulièrement carnassier : un lynx tapi dans l'ombre.

— Mais tu viens de dire que tu voulais Jeffrey…

— Ils ont chacun leurs avantages… Mais que ce soit bien clair, Suzan : Nick et moi, on a… un arrangement. Alors, bas les pattes. T'es gentille, tu te choisis un type de l'extérieur, vu ?

Il y eut un silence tendu. Et puis, finalement, la plantureuse rousse haussa les épaules.

— O.K., va pour David Downey. Il me plaisait pas vraiment, Nick, de toute façon. C'est un iguane, ce type.

— Fais gaffe ! C'est mon cousin, se hérissa aussitôt Deborah.

— N'empêche que c'est un iguane. Il m'a embrassée au bal du collège. Un vrai lézard, j'te dis.

— Bon, intervint Faye. Est-ce qu'on peut en revenir aux choses sérieuses ? Qui est sur la liste noire ?

— Sally Waltman, répondit sans hésiter Suzan. Elle croit déjà qu'elle peut nous prendre de haut. Tout ça parce qu'elle est chef de classe. Alors, si tu lui piques son Jeffrey, elle va péter un câble !

— Sally…, répéta Faye d'une voix songeuse. Oui, il va falloir qu'on trouve quelque chose de vraiment spécial pour cette bonne vieille Sally… Qu'est-ce qu'il y a, Deborah ?

Deborah s'était raidie, les yeux tournés vers le lycée.

— Intrus en vue. Oh ! mais c'est une vraie délégation, on dirait.

Cassie les avait repérés, elle aussi. Tout un groupe de filles et de garçons qui franchissaient les grilles du lycée pour descendre la colline. Elle entrevit une lueur d'espoir. Pendant que Faye et les autres seraient occupées avec eux, peut-être qu'elle pourrait se faufiler sans se faire remarquer ? Le cœur battant, elle regardait la petite troupe avancer.

— Écoute, Faye, lança un garçon hyper baraqué, qui semblait avoir pris la tête de la petite troupe en question, la cafét' est blindée. Alors on va manger dehors… O.K. ?

D'agressif, son ton s'était fait beaucoup plus incertain, vers la fin, et ce qui avait commencé comme une revendication se terminait plutôt comme une demande d'autorisation.

Faye se tourna lentement vers lui.

— Non, lui répondit-elle posément, en lui adressant son plus beau sourire alangui. Ce n'est pas « O.K. ».

Et elle reporta toute son attention sur son déjeuner.

— Et en quel honneur ? lâcha le baraqué, qui essayait toujours de jouer les caïds. Tu nous en as pas empêchés l'année dernière.

— L'année dernière, lui expliqua patiemment Faye, on était seulement en première. Cette année, on est en terminale. Et on est encore plus garces. Aussi garces qu'on a envie de l'être. Et t'as encore rien vu…

Deborah et Suzan affichèrent un même sourire goguenard.

Dépitée, Cassie s'impatientait. Jusqu'alors, il n'y avait pas eu un seul moment où les trois filles avaient détourné les yeux en même temps. « Allez ! les suppliait-elle intérieurement, retournez-vous ! Allez ! »

Les élèves restèrent plantés là encore une minute ou deux, à échanger des coups d'œil exaspérés, mais, en définitive, ils regagnèrent tous l'enceinte du lycée. Tous sauf une.

— Euh, Faye ? hasarda-t-elle. Est-ce que tu parlais aussi pour moi ?

Elle était très jolie. Et toute jeune. Et rouge comme une pivoine. « Sans doute une seconde », en conclut Cassie. Elle pensait qu'elle allait se faire envoyer balader comme les autres, mais, à sa grande surprise, après avoir d'abord arqué un sourcil hautain, Faye tapota la place à côté d'elle pour inviter la téméraire ado à s'asseoir.

— Allons, Kori ! s'exclama-t-elle avec emphase. Mais bien sûr que tu peux rester ! On croyait juste que tu préférerais manger à la cafétéria avec l'Immaculée Conception et sa bande de petits saints.

— Oh ! les petits saints, ça peut devenir rasoir, à la longue, s'enhardit Kori, en s'asseyant à la place indiquée.

— Et moi, bête comme je suis, qui te prenais pour une petite oie blanche dégoulinante de bons sentiments ! se récria Faye. Bon. Eh bien, tu sais que tu es toujours la bienvenue parmi nous. Après tout, tu es presque des nôtres, non ?

Kori baissa la tête.

— J'aurai quinze ans dans deux semaines.

— Qu'est-ce que je disais ! se félicita Faye, en se tournant vers les deux autres. Elle est presque admissible. Et, maintenant, de quoi on parlait déjà ? De ce nouveau film gore, c'est ça ?

— C'est ça, répondit Deborah, en montrant les dents.

Celui où le mec transforme les gens en chair à pâté pour en farcir ses hamburgers dans son resto.

— Oh non, Deborah ! s'exclama Suzan en déballant un Pitch. Tu vas me rendre malade.

— Oui, eh bien, c'est toi qui me rends malade avec ces trucs, lui rétorqua Deborah. Tu n'arrêtes pas d'en manger. C'est ce qu'elle a sous son sweat, tu sais, dit-elle à Kori, en pointant le doigt sur la poitrine de sa voisine. Deux Pitch géants. Si Pasquier fermait boutique, elle se retrouverait avec un 75A.

Faye laissa fuser un rire de gorge de femme fatale et même Suzan pouffa. Kori souriait aussi, mais elle n'avait pas l'air très à l'aise.

— Kori ! ne me dis pas qu'on te choque, tout de même ? s'écria Faye, en écarquillant ses étranges yeux d'or.

— Tu rigoles. Il m'en faut plus que ça, se défendit Kori.

— Tu parles ! Avec des frères comme les tiens, ça m'aurait étonnée. N'empêche, enchaîna Faye, tu fais tellement gamine, tellement… « pure et vierge », tu vois ? Mais c'est sans doute une fausse impression…

Kori piqua un fard monumental. Ses trois aînées la regardaient avec des sourires entendus.

— Eh bien, euh… oui. Enfin, je veux dire, pour la fausse impression. Et puis je suis plus une gamine, protesta Kori, avant d'avaler sa salive, comme si elle ne savait plus trop comment se dépêtrer de ce guêpier. Je suis sortie avec Jimmy Clark, cet été. Pendant toutes les vacances, insista-t-elle, manifestement sur la défensive.

— Oh ! mais alors, tu vas en avoir des choses à nous raconter…, murmura Faye.

Le malaise de Kori ne s'en accrut que davantage.

— Eh bien, je… je crois que je ferais mieux d'y aller,

déclara-t-elle précipitamment. J'ai gym en première heure et il faut que je me tape toute la cour jusqu'au bâtiment E. À plus, les filles ! lança-t-elle, en se levant d'un bond pour filer vers le lycée.

— Bizarre, commenta Faye, en fronçant théâtralement les sourcils. Elle a oublié son déjeuner…

Elle sortit un paquet de gâteaux du sac en plastique qui contenait le déjeuner de Kori et le lança à Suzan, qui l'attrapa au vol en gloussant.

Mais Deborah fronçait les sourcils, elle aussi. Et elle ne plaisantait pas.

— Ce n'était pas très malin, Faye. On va avoir besoin d'elle bientôt… genre dans quinze jours. Une place vacante, une candidate, tu sais ?

— Exact, admit Faye. Oh ! je me rattraperai. T'inquiète : le moment venu, elle sera dans notre camp.

— Eh ! On ferait mieux d'y aller, nous aussi, intervint Suzan. C'est que j'ai les trois étages à me taper pour le cours d'algèbre.

Derrière son rocher, Cassie poussa un soupir de soulagement.

— Eh bien, tu n'es pas arrivée ! railla Deborah. Mais ne te fatigue pas trop vite : on a encore de la visite.

Faye poussa un soupir excédé sans même dénier se retourner.

— Mais qu'est-ce qu'il faut qu'on fasse pour avoir un peu la paix, ici ? C'est qui maintenant ?

— C'est Madame la Chef de Classe en personne. Son Altesse Sally. Et elle a des jets de vapeur qui lui sortent des oreilles.

L'exaspération qui se peignait sur le visage de Faye disparut pour laisser place à quelque chose de beaucoup plus gracieux et… d'infiniment plus dangereux. Le dos toujours tourné au lycée, elle sourit et étira ses longs doigts aux ongles rouges comme un chat qui fait ses griffes.

— Et moi qui croyais qu'on allait se barber aujourd'hui, murmura-t-elle. Tss tss tss, comme quoi on ne peut jamais jurer de rien… Hé ! salut, Sally ! enchaîna-t-elle, en élevant la voix et en se levant pour se retourner dans le même mouvement avec une souplesse toute féline. Quelle charmante surprise ! Et ces vacances ? Comment ça s'est passé ?

— Oh ! laisse tomber, Faye, la rembarra la fille qui venait de descendre les marches pour les rejoindre.

Elle avait bien une tête de moins que Faye et elle était beaucoup plus menue. Mais ses bras et ses jambes avaient quelque chose de nerveux et elle avait les poings serrés comme si elle s'apprêtait à se battre.

— Je ne suis pas venue ici pour bavarder, renchérit-elle.

— Oh ! ça fait tellement longtemps qu'on n'a pas eu l'occasion de se parler vraiment, toi et moi… Mais, tu n'aurais pas fait quelque chose à tes cheveux ? Hum ! C'est… comment dire ? très… intéressant.

Cassie examina la coiffure de Sally. Elle semblait avoir une sorte de casque rouillé sur la tête tant ses cheveux étaient crépus, comme si la coiffeuse avait oublié, et sa teinture, et sa permanente. En la voyant y porter machinalement la main, Cassie aurait presque eu envie de rire… si la situation n'avait pas été aussi dramatique.

— Et je ne suis pas venue pour parler coiffure non plus ! aboya Sally. (Elle avait une voix stridente qui montait d'une octave à chaque phrase.) Je suis venue pour parler de Jeffrey. Tu as intérêt à le laisser tranquille !

Un sourire ironique se dessina lentement sur les lèvres sensuelles de la superbe brune. Très lentement.

— Pourquoi ? ronronna-t-elle. (Et, à côté de celle de Sally, sa voix paraissait encore plus grave et encore plus suave.) Tu as peur de ce qu'il fera, si tu n'es pas là pour lui tenir la main ?

— Tu ne l'intéresses pas !

— Ah ? C'est ce qu'il t'a dit ? Mmm… Il avait pourtant l'air très intéressé, ce matin. Il m'invite au ciné, samedi soir.

— Parce que tu l'y obliges.

— Je l'y oblige ? Parce que tu veux me faire croire qu'un grand garçon comme Jeffrey n'est pas capable de dire « non » quand il en a envie ? (Elle secoua la tête.) Et pourquoi est-ce qu'il n'est pas venu me parler en personne ? Je vais te dire un truc, Sally, ajouta-t-elle, sur le ton de la confidence. Il ne s'est pas beaucoup défendu, ce matin. Il ne s'est même pas défendu du tout.

Sally, qui tournait autour d'elle, tel un boxeur qui cherche une ouverture, recula le bras comme si elle allait lui flanquer son poing dans la figure. Mais elle se retint.

— Tu crois que tu peux tout te permettre, Faye Chamberlain. Toi, et toute ta bande du Club. Eh bien, il est grand temps que quelqu'un te montre que tu te trompes. On est de plus en plus nombreux, Faye. Beaucoup plus nombreux. Et on en a marre de se faire marcher dessus. Il est temps que quelqu'un se dresse contre vous.

— Et c'est ce que tu comptes faire ? lui demanda aimablement Faye.

À force de tourner, la fille se tenait à présent face au lycée, entre Faye et l'escalier.

— Absolument ! la défia Sally.

— Amusant, murmura Faye. Parce que ça ne va pas être évident de faire ça, aplatie comme une crêpe, en bas.

Et, sur ces bonnes paroles, elle détendit brusquement les doigts, flanquant ses longs ongles rouges à la figure de Sally.

Elle ne la toucha pas. Cassie, qui cherchait toujours désespérément une occasion de prendre la fuite et n'en perdait donc pas une miette, l'aurait juré.

Pourtant, tout se passa comme si quelque chose avait heurté Sally. Quelque chose d'invisible. Et de lourd. Projetée en arrière, la fille tenta frénétiquement de se rétablir à l'extrême bord du palier. Battant l'air des deux bras, elle chancela un instant – qui parut durer une éternité – puis partit à la renverse.

Cassie ne pourrait jamais se rappeler ce qui s'était passé à ce moment-là. La seconde d'avant, elle se tenait recroquevillée derrière le rocher, bien à l'abri, et celle d'après, elle s'était jetée en travers du chemin de la fille qui tombait, la propulsant dans l'herbe, sur le côté de l'escalier. Le temps d'un éclair, Cassie crut qu'elles allaient toutes les deux dévaler la colline, mais, inexplicablement, elles s'arrêtèrent. Elles se retrouvèrent pêle-mêle sur la pelouse, Sally au-dessus et Cassie en dessous.

— Mais lâche-moi ! Tu as déchiré mon chemisier ! hurla une voix stridente.

Un poing lui écrasa le ventre, tandis que Sally se relevait tant bien que mal. Cassie leva les yeux vers celle qu'elle venait de sauver, bouche bée. Si ce n'était pas de la reconnaissance, ça !

— Quant à toi, Faye Chamberlain, tu as essayé de me tuer ! De me tuer ! Mais tu ne perds rien pour attendre. Ton tour viendra, tu verras !

— Je ne te raterai pas non plus, Sally, lui promit Faye, tout sourire.

Mais le côté languide semblait forcé. Elle semblait plutôt ronger son frein, en réalité.

— Tu verras, répéta Sally avec hargne. Un jour, c'est toi qu'on retrouvera au pied de l'escalier avec la nuque brisée.

Et, sur ces bonnes paroles, elle regagna le palier et monta l'escalier d'un pas martial, frappant chaque marche comme si c'était le visage de Faye qu'elle écrasait. Elle partit sans se retourner et sans un regard pour Cassie, comme si cette dernière n'avait même jamais existé.

Cassie se releva lentement et suivit des yeux la longue volée de marches qui menait au pied de la colline. Elle n'aurait pas pu faire autrement. Sally aurait eu de la chance de ne se briser que la nuque, en arrivant en bas. Oui, mais maintenant…

Elle se retourna pour faire face aux trois terminales.

Elles étaient toujours sur le palier, gardant la pose, avec cette élégance et cette nonchalance qui les caractérisaient. Mais, sous leur apparente désinvolture, couvait une colère noire. Cassie la perçut dans les prunelles sombres de Deborah et dans la moue méprisante de Suzan. Mais, surtout, elle la vit chez Faye.

Une idée inattendue lui vint alors à l'esprit : elle se trouvait sans doute devant les trois plus belles filles qu'elle ait jamais vues de sa vie. Ce n'était pas seulement parce qu'elles avaient toutes une peau parfaite, sans la moindre trace du plus petit bouton – cauchemar de tout ado soumis aux affres de l'âge ingrat, le bien nommé. Ce n'était pas leur magnifique chevelure : les boucles lisses de Deborah joliment désordonnées ; la crinière d'un noir de jais de Faye et le halo d'or flamboyant de Suzan. Ce n'était même pas cette façon qu'elles avaient de se mettre mutuellement en valeur au lieu de s'éclipser. C'était autre chose, quelque chose qui venait de l'intérieur. Une sorte d'assurance et de sang-froid qu'aucune fille de seize ou dix-sept ans n'aurait dû posséder. Une force intérieure, une énergie… un pouvoir.

Un pouvoir terrifiant.

— Eh bien, voyons, qu'est-ce qu'on a là ? dit Faye de sa voix rauque. Une espionne ou une petite souris ?

« Sauve-toi ! », songea Cassie. Mais ses jambes refusaient de lui obéir.

— Je l'ai vue ce matin, annonça Deborah. Elle traînait du côté du garage à vélos. Elle me matait.

— Oh ! mais je l'ai vue bien avant ça, moi, Debby, se rengorgea Faye. Je l'ai vue la semaine dernière au numéro 12. C'est une voisine…

— Tu veux dire qu'elle…, s'écria Suzan.

— Oui.

— Oui, eh bien, voisine ou pas, c'est déjà de la viande froide, pour moi, déclara Deborah, son ravissant minois défiguré par la haine.

— Ne nous emballons pas, murmura Faye. Même les petites souris ont leur utilité. Au fait, depuis combien de temps étais-tu cachée là ?

Il n'y avait qu'une seule réponse à cette question et Cassie se creusait la tête pour ne pas la donner. Ce n'était pas non plus le moment de sortir une de ses fameuses – et muettes – répliques assassines. Mais, finalement, elle rendit les armes. Parce que c'était la vérité et parce qu'elle n'arrivait pas à en trouver d'autre.

– Le temps qu'il faut, lâcha-t-elle, en fermant les yeux, dans l'attente de la catastrophe imminente.

Faye descendit les marches à pas lents pour venir se camper devant elle.

— Ça t'arrive souvent d'écouter aux portes ?

— J'étais là avant que vous n'arriviez, se défendit-elle, en y mettant autant d'assurance que possible.

Si seulement Faye pouvait cesser de la regarder comme ça. Cet étrange regard vert-jaune semblait luire d'un éclat surnaturel, comme un rayon laser braqué sur elle, la privant de toute volonté, la vidant de toute énergie. C'était comme si Faye voulait qu'elle fasse quelque chose… ou voulait quelque chose d'elle. Elle se sentait tellement désemparée, tellement déstabilisée, si vulnérable, si faible…

C'est alors qu'elle perçut soudain comme une force qui montait en elle, une force qui venait du sol. De la terre, plutôt, de ce granit rose de la Nouvelle-Angleterre qui lui avait semblé vibrer un peu plus tôt, comme si la vie palpitait en lui. Il lui procurait un soutien, un socle sur lequel s'appuyer, retrouver son équilibre. Il lui insufflait une énergie nouvelle, la portait, tant et si bien qu'elle se redressa et, relevant le menton, regarda Faye droit dans les yeux sans ciller.

— J'étais là en premier, répéta-t-elle, avec un air de défi.

— Très bien, murmura Faye, une drôle d'expression dans les prunelles. (Et puis elle se tourna vers Deborah.) Des trucs intéressants dans ses affaires ?

Révoltée, Cassie s'aperçut alors que Deborah fouillait dans son sac et le vidait en balançant tout ce qu'elle y trouvait.

— Pas grand-chose, répondit la motarde, en le jetant par terre.

Le reste de son contenu s'éparpilla sur la pelouse, puis dévala la pente.

— D'accord.

Faye avait retrouvé le sourire, un sourire particulièrement

déplaisant qui donnait à sa bouche, aux lèvres rouge sang, un pli cruel.

— Je crois que tu avais raison, finalement, Deborah, déclara-t-elle nonchalamment de sa voix gutturale. Elle est morte. (Elle se retourna vers Cassie.) Tu es nouvelle ici. Alors tu ne sais sans doute pas la faute que tu as commise. Et je ne vais pas perdre mon temps à te l'expliquer. Mais tu ne vas pas tarder à comprendre. Tu comprendras… Cassie.

Elle lui releva la tête du bout de ses longs ongles vernis. Cassie voulut reculer, mais tous ses muscles étaient tétanisés. Elle sentait la pointe de ces longs ongles légèrement incurvés s'enfoncer dans sa peau. « Des serres », songea-t-elle. Les serres d'un oiseau de proie.

Tiens ! la pierre rouge que Faye portait au cou avait une étoile à l'intérieur, comme un saphir étoilé. C'était la première fois qu'elle le remarquait. Pourtant, la pierre miroitait au soleil et Cassie se rendit vite compte qu'elle ne pouvait en détacher les yeux.

Soudain, Faye la relâcha en riant.

— Venez, lança-t-elle alors aux deux autres filles.

Sans plus s'occuper d'elle, le trio tourna les talons et remonta l'escalier.

Cassie relâcha brusquement tout l'air bloqué dans ses poumons. On aurait dit un ballon qui vient de crever. Elle tressaillait encore intérieurement. « Oh ! c'était… c'était absolument… » Elle en perdait ses mots.

« Reprends-toi ! se tança-t-elle.

» Ce n'est qu'un chef de bande, c'est tout. Enfin, le mystère du Club est résolu, c'est déjà ça. C'est juste un gang d'ados. Tu as déjà entendu parler de ce genre de bande, même s'il n'y en avait pas dans les écoles où tu es allée. Tant que tu les laisses tranquilles et que tu évites de croiser leur chemin, tout ira bien. »

Même à ses propres oreilles, le ton manquait singulièrement de conviction. Les derniers mots de Faye avaient résonné comme une menace. Mais une menace de quoi ?

Quand Cassie rentra, cet après-midi-là, elle ne trouva pas sa mère en bas.

— Maman ! Maman !

Comme elle passait de pièce en pièce en l'appelant vainement, sa grand-mère parut dans l'escalier. Rien qu'à voir l'expression sur le visage de la vieille femme, Cassie en eut l'estomac retourné.

— Qu'est-ce qui se passe ? Où est maman ? s'alarma-t-elle aussitôt.

— En haut, dans sa chambre. Elle ne se sentait pas très bien. Mais tu n'as aucune raison de t'inquiét…

Déjà, Cassie montait les marches quatre à quatre et s'élançait vers la chambre verte. Paupières closes, sa mère était couchée dans le grand lit à baldaquin. Elle était pâle et de petites gouttes de sueur perlaient à son front.

— Maman ?

Les yeux cernés s'ouvrirent. Sa mère avala péniblement sa salive et un douloureux sourire étira légèrement ses lèvres décolorées.

— Juste une petite grippe, j'imagine, dit-elle d'une voix faible et lointaine, une voix qui seyait à sa pâleur fantomatique. Je serai sur pied dans un jour ou deux, mon trésor. Et le lycée, comment c'était ?

En son for intérieur, l'envie de raconter ses malheurs au monde entier et sa sollicitude naturelle se livraient une bataille sans merci. Sa mère prit une toute petite inspiration, tel un hoquet entre deux sanglots, et ferma les yeux, comme si la lumière la blessait.

Son bon cœur l'emporta. S'enfonçant les ongles dans les paumes pour s'empêcher de hurler, Cassie prit sa voix la plus douce et affirma :

— Oh ! bien.

— As-tu rencontré des gens intéressants ?

— Oh ! on peut dire ça comme ça.

Elle n'aurait pas voulu inquiéter sa grand-mère non plus. Mais, au cours du dîner, comme cette dernière s'étonnait de son silence, les mots semblèrent sortir tout seuls.

— Il y avait cette fille au lycée… Elle s'appelle Faye. Elle est odieuse. Un vrai Attila en jupons. Et il a fallu que, pour mon tout premier jour de cours, je me la mette à dos…

Une fois lancée, Cassie ne pouvait plus s'arrêter. Elle raconta tout. À la fin, sa grand-mère resta un moment le regard plongé dans la cheminée, sans rien dire, comme si elle était préoccupée.

— Ça va s'arranger, Cassie, lui assura-t-elle.

« Oui, mais, et si ça ne s'arrange pas ? » songea Cassie.

— Oh oui ! j'en suis sûre, lui répondit-elle cependant, d'un ton qui se voulait convaincu.

C'est alors que sa grand-mère fit quelque chose d'étrange. Elle lança un regard circulaire, comme si elle craignait d'être entendue, et se pencha en avant.

— Non, non, je ne plaisante pas, Cassie. Je sais ce que je dis. Tu vois, tu as… un avantage particulier. Quelque chose de très spécial…

Elle chuchotait presque.

Cassie se pencha à son tour.

— Quoi ?

Sa grand-mère ouvrait déjà la bouche, quand elle détourna subitement les yeux. Le feu crépita et elle se leva pour aller tisonner les braises.

— Quoi, mamie ? insista Cassie.

— Tu comprendras.

Cassie n'en revenait pas. C'était la seconde fois qu'elle entendait ces mêmes mots ce jour-là.

— Mamie…

— Tu as la tête sur les épaules, déjà, affirma sa grand-mère, en reprenant une voix forte et ce ton un peu bourru qui lui était coutumier. Et, ensuite, deux bonnes jambes. Tiens, porte donc ce bouillon à ta mère. Elle n'a rien avalé de la journée.

Cette nuit-là, Cassie ne réussit pas à dormir. Ou c'était sa propre peur qui la tenait éveillée et elle n'en remarquait que davantage les craquements et les grincements de la vieille baraque, ou il y avait effectivement plus de bruits suspects à remarquer pour la faire flipper. Elle l'ignorait et, de toute façon, ça ne changeait pas grand-chose à l'affaire. Elle ne cessait de tomber comme une masse et de se réveiller en sursaut, la peur au ventre. Et, chaque fois, elle passait la main sous son oreiller pour toucher la petite pierre aux cristaux bleus. Si seulement elle avait pu réussir à dormir… pour pouvoir rêver de lui…

Elle se redressa d'un bloc dans son lit.

Et puis elle se leva et, pieds nus sur le plancher, alla chercher son sac à dos. Elle l'ouvrit et en sortit, un par un, tous les objets qu'elle avait récupérés sur la pelouse du campus, stylo après stylo, livre après livre, cahier après cahier. À la fin, elle examina cet étalage sur son couvre-lit.

Mais oui ! c'était bien ça. Elle ne s'en était pas aperçue, sur le moment. Elle avait été bien trop occupée à se méfier de Faye. Mais le poème qu'elle avait écrit en cours, le matin même, et que, de rage, elle avait arraché pour en faire une boule de papier… Son poème avait bel et bien disparu.

7

La première personne que Cassie vit en arrivant au lycée, le lendemain matin, n'était autre que Faye. La brune incendiaire se tenait au milieu d'un groupe, devant l'entrée latérale – que Cassie avait justement choisie pour ne pas se faire remarquer : gagné !

Deborah, la motarde, et Suzan, la flamboyante rousse aux airbags, étaient du nombre. De même que les deux blonds qui se baladaient dans les couloirs à rollers. Il y avait aussi deux autres garçons : un petit au regard fuyant et au sourire incertain et un autre, beaucoup plus grand, aux cheveux noirs et à la beauté froide. Il portait un sweat aux manches retroussées et un jean slim, comme Deborah. Il fumait une cigarette. « Nick ? se demanda Cassie, en repensant à la conversation de la veille. "L'iguane" ? »

Elle se plaqua contre le mur de briques et battit immédiatement en retraite, aussi vite et discrètement que possible.

Elle prit l'entrée principale pour arriver à l'heure à son cours d'anglais.

Elle ne put s'empêcher de tapoter sa poche. C'était idiot, et elle se sentait un peu coupable d'avoir emporté la petite pierre aux cristaux bleus, mais elle se sentait vraiment mieux quand elle la touchait. Évidemment, c'était ridicule d'imaginer qu'elle puisse lui porter chance. Et pourtant… elle avait réussi à éviter Faye jusqu'ici, non ?

Elle trouva une table libre dans un des angles, au fond de la classe, à l'opposé de la place que Faye avait occupée la veille. Elle ne voulait pas de cette fille dans son voisinage immédiat – et encore moins dans son dos. Là, elle se sentait protégée, en tout cas : il y aurait tout un tas de gens entre elles deux.

Cependant, bizarrement, alors qu'elle venait à peine de s'asseoir, il y eut comme un léger remue-ménage autour d'elle. Elle releva la tête, juste au moment où les deux filles devant elle avançaient d'un rang et le garçon d'à côté se décalait.

Sur le coup, elle en resta comme pétrifiée. À peine si elle osait respirer.

« Pas de parano, se dit-elle. Ce n'est pas parce que les gens changent de place que ça a forcement un rapport avec toi. Tu n'es pas le centre du monde, hein ? »

Mais elle ne put s'empêcher de remarquer qu'un large cercle de tables vides s'était créé autour d'elle.

Faye pénétra dans la classe avec l'aisance d'un top model, en bavardant avec un Jeffrey Lovejoy plutôt tendu. À peine l'avait-elle aperçue que Cassie détournait les yeux.

Mais comment aurait-elle pu suivre le cours de M. Humphries ? Comment se concentrer avec un tel… désert autour d'elle ? Ce n'était qu'une coïncidence, forcément, ce n'était pas possible autrement, mais quand même, c'était drôlement perturbant.

Comme elle se levait, à la fin du cours, elle eut l'impression qu'on la regardait. Lorsqu'elle se retourna, Faye avait les yeux braqués sur elle et elle souriait. Pire encore, en la voyant se retourner, la fille à la chevelure de jais lui adressa un clin d'œil. Son sourire se fit carnassier. Cassie préféra ne pas s'attarder.

Une fois dans le couloir, elle se dirigea vers son casier. Alors qu'elle tournait les molettes de son cadenas à combinaison, elle aperçut quelqu'un debout, non loin d'elle, et, avec un tressaillement, reconnut le garçon au regard fuyant qu'elle avait vu avec Faye, en arrivant au lycée, le matin même.

Il avait laissé son casier ouvert et elle aperçut plusieurs pubs de ce qui ressemblait à des Monsieur Muscle scotchées à l'intérieur. Il la dévisageait avec un sourire goguenard. Il avait une boucle de ceinture en argent incrustée de petites pierres qui brillaient et sur laquelle était gravé *Sean*.

Cassie ne lui accorda pas plus d'attention qu'elle n'en accordait aux petits garçons qu'elle gardait, quand elle faisait du baby-sitting, et ouvrit son casier.

Et hurla.

Enfin, c'était plutôt un cri étouffé, parce que sa gorge s'était tellement contractée qu'elle ne laissait plus rien passer. Pendue au plafond de son casier par un bout de ficelle, se balançait une poupée. Sa tête tombait grotesquement sur le côté – elle avait été déboîtée du cou – et un seul de ses yeux de verre bleus était ouvert. L'autre était horriblement coincé, à demi fermé.

On aurait dit qu'elle lui faisait un clin d'œil.

Le garçon l'observait avec une drôle d'expression avide.

Comme s'il se repaissait de son horreur. Comme si ça le grisait.

— Tu vas pas l'signaler ? Tu crois pas qu'tu devrais aller voir le proviseur ? s'exalta-t-il, d'une voix haut perchée.

Incapable de parler, Cassie le dévisagea sans mot dire, le souffle court.

— Si, lui répondit-elle finalement. C'est ce que je vais faire. Et pas plus tard que maintenant.

Elle attrapa la poupée et tira dessus d'un coup sec. La ficelle céda. Elle claqua la porte de son casier et se rua vers l'escalier.

Le bureau du proviseur se trouvait au premier. Cassie s'était imaginée qu'on la ferait attendre, mais à sa grande surprise, la secrétaire la fit entrer dès qu'elle déclina son identité.

— Puis-je vous aider ?

Personnage austère et réputé sévère, le proviseur était grand et avait un visage taillé à la serpe. Cassie remarqua qu'il avait une cheminée dans son bureau, d'autant qu'il se tenait devant, les mains derrière le dos.

— Oui, lui répondit-elle d'une voix tremblante.

Maintenant qu'elle était là, elle n'était plus très sûre que ce soit une bonne idée.

— Je suis nouvelle. Je m'appelle Cassie Blake et…

— Je sais qui vous êtes, l'interrompit-il d'un ton tranchant.

— Eh bien, euh…, bredouilla-t-elle, je voulais juste signaler que… Hier, j'ai vu une fille se disputer avec une autre fille et la pousser… (Mais qu'est-ce qu'elle racontait ? Elle s'embrouillait.) Et je l'ai vue. Alors elle m'a menacée. Mais je n'avais pas l'intention de faire quoi que ce soit. Et puis, aujourd'hui… Voilà ce que j'ai trouvé dans mon casier.

Le proviseur prit la poupée du bout des doigts, la soulevant par le dos de sa robe, entre le pouce et l'index. On aurait dit un maître récupérant avec circonspection ce que son chien vient de déterrer dans le jardin. En voyant sa lèvre légèrement retroussée, Cassie – allez savoir pourquoi – pensa à Portia.

— Très amusant, commenta-t-il froidement. Et ô combien pertinent.

« Pertinent » ? Ça voulait bien dire « approprié », non ? « Qui convient » ? Il convenait donc qu'on lui colle des poupées pendues dans son casier ?

— C'était Faye Chamberlain, ajouta-t-elle.

— Oh ! sans nul doute, acquiesça-t-il, flegmatique. Je suis tout à fait conscient que les relations de Mlle Chamberlain avec les autres élèves posent problème. On m'a même signalé l'incident d'hier, quand vous avez tenté de pousser Sally Waltman du haut de l'escalier…

Cassie écarquilla les yeux.

— Quand j'ai quoi ? s'étrangla-t-elle dans un croassement. Qui vous a dit ça ?

— Suzan Whittier me semble-t-il.

— Mais ce n'est pas vrai ! Je n'ai jamais…

— Quoi qu'il en soit, l'interrompit-il, je suis convaincu, quant à moi, que vous feriez mieux d'apprendre à régler ces problèmes entre vous, ne pensez-vous pas ? Au lieu de vous en remettre à… une intervention extérieure.

Elle en resta sans voix.

— Incident clos, conclut le proviseur, en jetant la poupée à la poubelle.

Seul le claquement sonore, accompagnant la chute de l'objet du délit, rompit le silence qui s'ensuivit.

Cassie comprit qu'elle venait de se faire congédier. Il ne

lui restait plus qu'à prendre ses cliques et ses claques et à retourner en cours.

Elle arriva en retard, forcément, et, quand elle passa la porte, tous les regards se braquèrent sur elle. À tel point que, pendant un quart de seconde, elle fut prise d'une crise de parano aiguë. Enfin, personne ne se leva pour la fuir quand elle s'assit à sa place. C'était déjà ça.

Elle regardait la prof écrire un exemple au tableau, quand son sac à dos remua.

Il était posé par terre, au pied de sa table, et, du coin de l'œil, elle avait vu une bosse se former sous la toile bleue. C'était ce qu'elle croyait, du moins. Mais, lorsqu'elle baissa les yeux pour l'observer, le sac demeura inerte.

Encore son imagination qui lui jouait des tours…

Pourtant, à peine relevait-elle la tête pour regarder au tableau que le sac recommençait à bouger.

Coup d'œil par terre : rien. Regard rivé au tableau : la toile se soulevait. Comme si quelque chose se tortillait à l'intérieur…

Ça devait être la chaleur ou un effet d'optique.

Lentement, prudemment, Cassie approcha son pied de son sac. Les yeux fixés sur le tableau, elle le leva doucement et l'abattit brusquement sur la « bosse ».

Elle ne perçut que le volume dur et parfaitement plat de son bouquin de français.

Ouf ! elle ferma les yeux en poussant un énorme soupir de soulagement, libérant d'un coup tout cet air qu'inconsciemment elle retenait dans ses poumons.

C'est alors que quelque chose s'agita sous son pied.

Elle se leva d'un bond en hurlant.

— Qu'y a-t-il encore ? demanda la prof.

Cette fois, elle était vraiment le point de mire de toute la classe.

— Il y a quelque chose… quelque chose dans mon sac, bredouilla Cassie, en se retenant pour ne se cramponner au bras de la prof. Ça a bougé. Non ! non, n'y touchez pas ! s'écria-t-elle, en voyant la prof ouvrir son sac.

Cette dernière la repoussa d'un geste agacé et plongea la main à l'intérieur. Lorsqu'elle la ressortit, elle tenait entre ses doigts… un long serpent en caoutchouc.

En caoutchouc !

— Et vous trouvez ça drôle, je présume ? s'exaspéra la prof.

— C'est pas moi ! protesta-t-elle bêtement. C'est pas moi qui l'ai mis là !

Elle regardait, médusée, la tête de caoutchouc qui oscillait mollement, avec sa longue langue noire et ses yeux jaunes. On l'aurait dit vivant. Mais il ne l'était pas. C'était… de la « viande froide » ?

— Il a bougé, chuchota-t-elle. Je l'ai senti bouger… Enfin, j'ai eu l'impression… Ça devait être mon pied…

Toute la classe l'observait en silence. En relevant les yeux, elle crut surprendre une lueur de… de pitié dans les prunelles de la prof. La seconde d'après, son regard blasé avait recouvré sa placidité.

— Bien. Votre attention, s'il vous plaît, lança la prof, en laissant tomber le serpent sur son bureau pour retourner au tableau. Tout le monde se remet au travail.

Cassie passa le reste du cours avec les yeux rivés au serpent en caoutchouc. Il ne bougea pas d'un pouce.

Cassie jeta un coup d'œil à travers la vitre de la cafétéria. Elle était bondée. Des dizaines et des dizaines d'élèves qui bavardaient, riaient et se chahutaient. Elle avait passé tout le cours de français dans le brouillard le plus complet. Et sa parano – cette impression que, dès qu'on la regardait, on lui tournait ostensiblement le dos – n'avait fait que s'aggraver.

« Je ferais mieux de rester dehors », se dit-elle. Mais, c'était ridicule, bien sûr. « Tu n'as qu'à voir où ça t'a menée, hier, se raisonna-t-elle. Non, tu vas faire, aujourd'hui, ce que tu aurais dû faire hier : entrer et demander à quelqu'un si tu peux t'asseoir à côté de lui.

» Bon. D'accord. Alors, vas-y. » Ç'aurait été plus facile si elle ne s'était pas sentie aussi vaseuse. « Manque de sommeil », diagnostiqua-t-elle.

Elle s'arrêta avec son plateau à côté de deux filles assises à une table pour quatre. Elles avaient l'air sympa et, atout primordial, elles avaient des têtes de secondes. Elles auraient dû être flattées de voir une première s'asseoir à leur table.

— Salut ! s'entendit-elle lancer d'une voix polie, mais totalement désincarnée. Je peux ?

Les deux filles se consultèrent du regard. Elle entendait presque leur frénétique échange télépathique.

— Pas d'problème, lui assura la plus dégourdie. Justement, on s'en allait. Mais te gêne pas. Tu as l'embarras du choix.

Et, sur ces bonnes paroles, elle prit son plateau pour se diriger vers la poubelle. Après avoir jeté un coup d'œil dépité à son plateau, l'autre fille se leva pour la suivre.

Cassie resta plantée devant la table vide, tétanisée.

« O.K. Manque de pot : tu es justement tombée sur quelqu'un qui partait. Pas de quoi en faire un drame… »

Même si elles avaient à peine touché à leur déjeuner ?

Au prix d'un suprême effort, elle se dirigea vers une autre table. Une ronde, cette fois. Une table de six. Il ne restait qu'une seule place de libre.

« Ne demande rien, se dit-elle. Assieds-toi direct. » Elle posa son plateau sur la table devant la chaise vide, se déchargea de son sac à dos d'un coup d'épaule et s'assit. Elle gardait les yeux scotchés à son plateau, concentrant toute son attention sur une rondelle de pepperoni sur sa part de pizza. Elle ne voulait pas avoir l'air de demander la permission à qui que ce soit.

C'est alors qu'autour d'elle, toutes les conversations cessèrent. Et puis, elle entendit bientôt un bruit de chaises.

« Oh non ! s'affola-t-elle. Non j'le crois pas j'le crois pas j'le crois pas. C'est pas possible, ça peut pas être vrai… »

Mais ça l'était. Son pire cauchemar. À côté, les histoires de poupées pendues et de serpents en caoutchouc ? De la rigolade.

Dans un état second, elle vit pourtant tous les autres occupants de la table se lever. Ils prenaient leur plateau et ils partaient. Et, contrairement aux deux petites secondes sympas, ils ne se dirigeaient pas vers la poubelle, non. Ils changeaient juste de place, un ici, l'autre là, partout où ils trouvaient à se caser.

Le plus loin possible. N'importe où pourvu que ce ne soit pas auprès d'elle. Comme si elle avait la peste !

— Maman ?

Elle se pencha vers le visage blême aux yeux clos.

Elle ne savait même pas comment elle avait réussi à aller jusqu'au bout de sa journée de cours. Et, quand elle était rentrée, sa grand-mère lui avait annoncé que l'état de santé de sa mère s'était aggravé. Pas dramatiquement, pas de quoi s'alarmer, mais tout de même. Qu'elle avait besoin de calme et qu'il ne fallait pas la déranger. Qu'elle avait pris des somnifères.

Cassie regardait les grands cernes sous les longs cils noirs. Sa mère avait mauvaise mine. Pire encore, elle avait l'air fragile. Vulnérable. Si… petite.

— Maman…

Il y avait une supplique dans sa voix, mais le ton manquait de conviction. Sa mère bougea. Une grimace de douleur crispa son doux visage. Et puis elle s'apaisa.

Cassie sentit alors ce froid qui l'engourdissait la glacer jusqu'aux os. Le froid de la détresse. Le froid de la solitude. Il n'y avait là personne pour l'aider, personne vers qui se tourner.

Elle fit demi-tour et quitta la pièce.

Parvenue dans sa chambre, elle rangea la calcédoine dans sa boîte à bijoux. Et dire qu'on appelait ça un porte-bonheur !

Les grincements et les craquements de la vieille baraque l'empêchèrent de dormir une bonne partie de la nuit. Une fois de plus.

Le jeudi matin, elle trouvait un oiseau dans son casier. Une chouette empaillée qui la regardait avec des yeux ronds jaunes luisant dans l'ombre. Par chance, un agent d'entretien passait par là. Trop nouée pour parler, elle la lui désigna d'un doigt tremblant et il l'emporta sans poser de question.

L'après-midi, c'était un poisson rouge. Mort. Elle s'en débarrassa avec un cornet qu'elle avait fait dans une feuille de papier. Après ça, elle n'approcha plus son casier de la journée.

Elle ne s'approcha pas de la cafétéria non plus. Et elle passa l'heure du déjeuner dans le coin le plus retiré de la bibliothèque du lycée.

C'est à ce moment-là qu'elle l'aperçut. Elle.

La fille aux cheveux de lumière. La fille qu'elle avait cru ne jamais revoir. Pas vraiment étonnant qu'elle ne l'ait pas aperçue dans les couloirs du lycée avant, cela dit : ces derniers temps, elle rasait les murs. Elle marchait toujours en regardant ses pieds et n'adressait la parole à personne. Elle ne savait même plus pourquoi elle venait au lycée, si ce n'est qu'elle n'avait nulle part où aller. De toute façon, si elle avait vu la fille, elle serait probablement partie en courant dans la direction opposée. La seule idée qu'elle aussi ait pu la rejeter – comme tout le monde, désormais, au lycée – lui était tout bonnement insupportable.

Mais, là, Cassie levait les yeux de son bouquin, au fond de la bibli, quand elle vit… un rayon de soleil.

Ces cheveux ! Exactement comme dans son souvenir : d'une longueur et d'une couleur carrément incroyables. Debout devant le guichet d'emprunt, la fille parlait, tout sourire, avec la bibliothécaire. Même d'où elle était, elle pouvait percevoir sa présence, comme si elle rayonnait à travers toute la salle.

Elle fut alors prise d'une brusque envie de se précipiter vers elle et de… Et de quoi ? Elle l'ignorait. Mais c'était comme une urgence, une pulsion pratiquement irrésistible. Elle avait la gorge si serrée que ça lui faisait mal. Les larmes lui montèrent aux yeux. Elle se rendit soudain compte qu'elle s'était déjà levée. Elle allait courir au devant de cette fille et elle allait… elle allait… Les images se bousculaient dans sa tête. Des images de sa mère la serrant dans ses bras quand ellc était petite, nettoyant son genou égratigné, y déposant un baiser… « Là, tu vois, c'est déjà fini »… Quelqu'un qui la réconfortait, qui la secourait, qui l'aimait…

— Diana !

Une autre fille se précipitait vers le guichet d'emprunt.

— Non mais, tu as vu l'heure, Diana ? Dépêche !

Déjà, elle tirait la fille aux cheveux de lumière par le bras et saluait la bibliothécaire en riant. Elles franchissaient la porte. Elles étaient parties.

Cassie se retrouva debout, toute seule. La fille n'avait même pas jeté ne serait-ce qu'un coup d'œil dans sa direction.

Le vendredi matin, Cassie s'arrêta devant son casier. Elle n'avait pas envie de l'ouvrir, mais il exerçait sur elle une étrange fascination. Quelque chose à l'intérieur... Comment sentir ce truc, se demander ce que c'était et ne rien faire pour le savoir ?

N'y tenant plus, elle composa le code, un chiffre après l'autre, lentement.

La porte tourna sur ses gonds.

Cette fois, elle ne put même pas hurler. Ses yeux s'étaient écarquillés, aussi ronds que ceux de la chouette empaillée. Sa bouche restait ouverte sur un cri muet. Elle eut un haut-le-cœur. Cette odeur...

Son casier était rempli de hamburgers. De la viande crue et rouge comme la chair d'un écorché, virant au violet aux endroits où elle était avariée. Et il y en avait des kilos et des kilos. Ça sentait...

La mort. La... « viande froide ».

Elle claqua la porte de son casier – faisant, du coup, gicler un peu de viande hachée qui débordait –, pivota d'un bloc et, aveuglée par les larmes, s'enfuit sur des jambes qui refusaient de la porter.

Une main se referma sur son bras. Sur le moment, elle crut que c'était une main secourable... jusqu'à ce qu'elle se sente tirée en arrière par la sangle de son sac à dos qu'on lui arrachait de l'épaule.

Elle se retourna et se retrouva nez à nez avec un ravissant petit minois à la mine renfrognée. Ces yeux pleins de malice… Ce blouson de moto… Deborah lança son sac à dos de côté. Machinalement, elle suivit le mouvement pour le rattraper.

Face à elle apparurent alors des cheveux mi-longs blonds ; des yeux en amande bleu-vert légèrement bridés… cette petite étincelle déjantée dans les prunelles… cette bouche hilare : un des types à rollers, les frères Henderson.

— *Welcome to the jungle*, fredonna-t-il, relançant son sac à Deborah qui l'attrapa en enchaînant aussitôt sur la chanson des Guns N' Roses.

Cassie ne pouvait pas s'empêcher de courir de l'un à l'autre, comme un chat poursuivant une souris factice qu'on lui agitait sous le nez au bout d'une ficelle.

Sa vue se brouillait de plus en plus et les rires et les chants résonnaient à ses oreilles de plus en plus fort.

Un bras bronzé jaillit soudain dans son champ de vision. Une main attrapa son sac au vol. Les rires se turent.

Elle se tourna pour découvrir, à travers ses larmes, le visage grave du beau brun ténébreux qu'elle avait vu à côté de Faye, en arrivant au lycée, deux jours avant – deux jours avant ? Seulement ? Il portait encore un sweat aux manches retroussées et le même jean noir délavé.

— Oh ! Nick ! protesta la moitié des frères Henderson. Tu gâches tout !

— Dégage.

— Dégage toi-même, grogna Deborah, dans le dos de Cassie. Avec Doug, on voulait juste…

— Ouais, on voulait juste…

— La ferme.

Nick jeta un coup d'œil au casier de Cassie, avec ses petits vers rouges qui se faufilaient sous la porte…

Il lui fourra son sac dans les bras.

— Toi, tu dégages, lui ordonna-t-il.

Cassie le regarda dans les yeux. La couleur de ses prunelles lui rappelait un peu les meubles de sa grand-mère. Comme eux, ils semblaient réfléchir la lumière des plafonniers. Ils n'étaient pas précisément hostiles. Juste… vides et froids. Comme si ce garçon était imperméable à toute émotion.

— Merci, lui dit-elle, en ravalant ses larmes.

Quelque chose scintilla dans ces prunelles couleur acajou.

— Y a vraiment pas d'quoi.

Sa voix était aussi glaciale qu'un blizzard. Mais Cassie ne s'y attarda pas. Serrant son sac contre elle, elle fila sans demander son reste.

Elle entrait en cours de physique quand elle reçut le message.

Comme si de rien n'était, une dénommée Tina le laissa tomber sur son bureau en allant s'asseoir à sa place, de l'autre côté de la classe. Cassie regarda le bout de papier plié sans oser le toucher, comme s'il allait lui brûler les doigts. Son nom était inscrit dessus dans une écriture qui avait quelque chose d'à la fois prétentieux et de guindé.

Elle déplia lentement la feuille.

« Cassie, lut-elle. Retrouve-moi dans l'ancien bâtiment des sciences, au deuxième, après les cours. Je crois qu'on peut s'entraider. Une amie. »

À force de les regarder, les lettres se dédoublaient. À la fin du cours, elle réussit à coincer Tina.

— Qui t'a donné ça pour moi ? lui demanda-t-elle à mi-voix.

La fille jeta un coup d'œil étonné au message, comme si elle ne l'avait jamais vu de sa vie.

— De quoi tu parles ? J'ai pas…

— Qui te l'a donné ?

Tina lança un regard de bête traquée. Et puis elle lui fit signe de se rapprocher.

— Sally Waltman, chuchota-t-elle. Mais elle m'a fait jurer de le dire à personne. Faut que j'y aille, là.

Mais Cassie lui barra le chemin.

— Où se trouve l'ancien bâtiment des sciences ?

— Écoute…

— C'est où ?

— De l'autre côté du bâtiment E. Au fond du parking. Et maintenant, lâche-moi ! cracha Tina, en la bousculant pour partir en courant.

« Une “amie” ! » railla intérieurement Cassie. Si Sally était son « amie », elle lui parlerait devant tout le monde. Si elle était vraiment une « amie », elle serait restée, ce jour-là, sur les marches, au lieu de la laisser avec Faye. Elle l'aurait remerciée de lui avoir sauvé la vie.

Peut-être qu'elle regrettait, après tout.

L'ancien bâtiment des sciences semblait ne pas avoir été utilisé depuis un moment. Il y avait bien un cadenas, mais il avait été forcé. Quand Cassie la poussa, la porte s'ouvrit toute seule.

Il faisait sombre, à l'intérieur, et elle ne voyait pas grand-chose. Elle parvint cependant à discerner un escalier. Elle commença à le gravir en suivant le mur de la main.

Ce fut seulement en arrivant en haut des marches qu'elle remarqua une drôle de sensation sous ses doigts. C'était doux, comme du duvet presque. Elle leva la main devant ses yeux pour les examiner. Mais dans le noir… De la suie ?

Quelque chose bougea devant elle.

— Sally ?

Elle fit un pas hésitant en avant. Comment se faisait-il qu'il n'y ait pas plus de lumière ? Elle n'apercevait que des rais fendant l'obscurité, ici et là… Elle se remit en marche, en tâtonnant du pied.

— Sally ?

Elle n'avait pas fermé la bouche que l'évidence s'imposait d'elle-même à son esprit embrumé par trop de nuits sans sommeil. Pas Sally, non. Qui ou quoi que soit celui ou ce qui l'attendait ici, ce n'était certainement pas Sally.

« Va-t'en ! se dit-elle. Fiche le camp d'ici, imbécile ! Vite ! »

Elle fit volte-face et, plissant les yeux, tenta de percer l'obscurité pour localiser la masse, plus noire encore, de la cage d'escalier.

Et, tout à coup, la lumière lui explosa au visage, aveuglante. Il y eut un bruit de bois arraché et une violente clarté envahit l'espace. Elle se trouvait dans une salle de classe dont toutes les fenêtres avaient été barricadées. Quelqu'un se tenait devant l'une d'elles, une planche arrachée à la main.

Elle se retourna vers l'escalier. Mais, là aussi, il y avait quelqu'un. Il faisait assez clair, désormais, pour qu'elle puisse distinguer les traits de celle qui s'avançait.

— Salut, Cassie, dit la voix rauque. J'ai bien peur que Sally n'ait pas pu venir. Mais tu ne perds pas au change : je suis sûre qu'on va pouvoir s'entraider, toi et moi…

8

— C'était toi, le message, comprit Cassie.

Faye sourit. Toujours ce même petit sourire las qui se dessinait si lentement sur ses lèvres couleur de sang. Un sourire… terrifiant.

— Je ne sais pas pourquoi, mais je me suis dit que tu ne viendrais pas, si je le signais de mon nom.

« Et je suis tombée dans l'panneau, se maudit Cassie, écœurée. Elle a dû dicter ses répliques à cette fille, là, Tina. Et j'ai tout a-va-lé ! »

— Qu'est-ce que tu as pensé des petits cadeaux qu'on t'a laissés dans ton casier ?

Les larmes lui montèrent aux yeux. Elle était incapable de répondrc. Elle se sentait si fatiguée, si désemparée… Si seulement elle avait pu réfléchir, aligner deux pensées cohérentes…

— Tu ne dors pas bien, ces derniers temps ? lui demanda

Faye, feignant la plus parfaite innocence. Tu as une mine épouvantable. À moins que ce ne soient tes… « rêves » qui te tiennent… « éveillée »…

Cassie jeta un bref coup d'œil par-dessus son épaule. Il y avait bien une issue de secours par là, mais Suzan en barrait l'accès.

— Oh mais ! tu ne peux pas t'en aller comme ça, la gronda Faye, du ton de la parfaite hôtesse retenant son invitée. N'imagine pas… « un seul instant » que je te laisserai partir. Même si tel était ton plus cher… « désir »…

Cassie la dévisagea sans comprendre.

— Je veux juste que tu me laisses tranquille, Faye.

— Dans tes… « rêves » ! ricana Deborah d'un ton méprisant.

Cassie ne voyait pas du tout où elles voulaient en venir. C'est alors qu'elle aperçut une feuille dans la main de Faye. Une page de cahier. Elle était dépliée, mais elle avait manifestement été froissée.

Son poème !

La colère l'embrasa comme une torche, si violemment même qu'elle en fut comme galvanisée.

— C'est à moi ! s'écria-t-elle, en se jetant sur Faye, toute fatigue et terreur oubliées.

Faye ne s'y attendait pas. La sculpturale brune chancela sous l'attaque, reculant précipitamment pour l'esquiver, la page de cahier brandie à bout de bras pour la tenir hors de portée.

Et puis quelqu'un lui attrapa les bras par derrière et les lui maintint fermement dans le dos.

— Merci, Deborah, déclara Faye, d'une voix légèrement essoufflée. J'imagine que même une petite souris peut se rebiffer, commenta-t-elle, en dévisageant Cassie d'un regard acéré. Il faudra s'en souvenir à l'avenir. Mais, pour le moment, je vous propose une petite lecture de poésie. Je suis désolée que le cadre ne s'y prête pas mieux, mais qu'est-ce que vous voulez ? C'était le bâtiment des sciences et il est quasiment abandonné. Personne n'y vient plus. Enfin, plus depuis que Doug et Chris Henderson ont commis une petite erreur en T.P. de chimie. Tu connais les frères Henderson, Cassie, non ? Difficile de les rater. Des mecs très sympas, d'ailleurs, mais… un peu irresponsables. Un hasard malencontreux a voulu qu'ils fabriquent… une bombe.

C'était donc ça ! De fait, maintenant que ses yeux s'étaient réaccoutumés à la lumière, Cassie se rendait compte que tout était couvert de suie, du sol au plafond : la salle avait intégralement brûlé.

— Certains pensent que ce n'est pas très prudent de venir ici, c'est vrai, poursuivait Faye. Alors, ils ont mis un cadenas. Mais ce n'est pas le genre de détail qui nous arrête, hein ? Et puis c'est… intime, ici. On peut faire tout le bruit qu'on veut : personne ne nous entend.

Deborah lui faisait mal. N'empêche qu'en voyant Faye s'éclaircir la voix et lever la feuille devant ses yeux, Cassie se débattit comme un beau diable.

— Voyons…, commença la brune incendiaire. « Mes rêves » par Cassie Blake. Original, le titre, entre parenthèses.

— Vous n'avez pas le droit ! protesta Cassie.

Faye l'ignora et se mit à lire d'une voix théâtrale, adoptant aussitôt un ton très mélodramatique :

— « Chaque nuit, dans mon lit, je rêve à celui…

— C'est personnel ! l'interrompit Cassie.

— « Qui d'un baiser a su mon désir éveiller…

— Lâchez-moi !

— « Un seul instant avec lui a suffi…

— C'est pas juste !

— « Pour qu'un feu ardent me dévore à jamais. » (Faye releva les yeux.) Voilà. Qu'est-ce que tu en dis, Deborah ?

— C'est nul, trancha l'intéressée, en tordant le bras de Cassie qui essayait de lui échapper. C'est carrément débile.

— Oh ! je ne sais pas. J'aime assez la métaphore : « Un feu ardent qui me dévore »… Tu aimes le feu, Cassie ?

Cassie se figea. La voix rauque avait subitement pris un accent qui l'alarma. Son instinct de survie l'alerta. Ce ton doucereux ne pouvait signifier qu'une seule chose : « Attention, danger ».

— Est-ce que le feu hante tes pensées, Cassie ? Est-ce qu'il vient hanter tes rêves ?

La bouche soudain sèche, Cassie ne quittait pas Faye des yeux. Un étrange éclat brillait dans ses prunelles d'or, à présent. Une chaleur, une flamme, une excitation…

— Et si je te faisais un petit tour de magie, Cassie ? Un tour où on joue avec le feu… Tu veux ?

Cassie secoua la tête. Elle comprenait, tout à coup, qu'il y avait bien plus grave qu'une humiliation publique. Pour la première fois depuis le début de cette semaine de cauchemar, elle avait peur, non de perdre la face, mais de perdre la vie.

En un clin d'œil, Faye avait roulé la page de cahier pour former un cône. Et, brusquement, le coin supérieur de la feuille s'embrasa.

— Et si tu nous disais de qui parle ce joli poème, Cassie. Ce garçon qui t'a… « éveillée », mm ? C'est qui ?

Cassie tenta de reculer pour éviter le papier enflammé qui se rapprochait de son visage.

— Attention, Faye ! railla Deborah dans son dos. Pas trop près. Tu risquerais de lui brûler les cheveux.

— Comment ça, « près » ? embraya immédiatement Faye, rentrant dans son jeu. Près comme ça, tu veux dire ? Ou près comme ça ?

Cassie se tordait le cou pour s'écarter de la flamme. De petits bouts de papier noirci voletaient en tous sens. La lumière éblouissante l'aveuglait et elle sentait une chaleur torride lui brûler la peau.

— Oups ! elle est passée vraiment près, celle-là. Oh ! je trouve que ses cils sont trop longs, de toute façon. Pas toi, Deborah ?

Cassie se débattait comme une furie, à présent. Mais Deborah était d'une force incroyable. Et, plus Cassie luttait pour se libérer, plus Deborah serrait.

— Lâche-moi, haleta-t-elle.

— Mais je croyais que tu aimais le feu, Cassie. Regarde dans le feu. Qu'est-ce que tu vois ?

Cassie n'avait aucune intention d'obéir. Elle ne put cependant s'en empêcher. Le papier aurait sûrement dû être entièrement consumé, maintenant. Pourtant, il brûlait encore. « Jaune, se disait-elle, le feu est jaune et orange. Pas rouge comme on le prétend. »

Tous ses sens étaient accaparés par la flamme : sa chaleur desséchait ses joues ; elle crépitait en dévorant le papier, empestait l'atmosphère de son odeur de brûlé et l'hypnotisait à tel point qu'à part elle, plus rien n'existait.

Les cendres et la flamme. Bleue à sa base, comme sur la gazinière, changeant constamment de forme, embrasant l'espace de son rayonnement qui jaillissait comme un geyser. Projetant son énergie vers le ciel. Son énergie, oui. Son... pouvoir.

« Le pouvoir du feu », songea-t-elle.

Elle pouvait presque en percevoir toute la violence dans la

flamme d'or. Rien là de comparable avec la vaste quiétude du ciel et de la mer, ni avec l'immuable solidité de la pierre. Non, le feu, lui, était mouvement, action. Un formidable pouvoir à la portée de la main. Il suffisait de…

— Oui, chuchota Faye.

Le murmure la ramena brusquement à la réalité. « Tu dérailles », s'alarma-t-elle. Son délire de pouvoir et de brasier s'évanouit aussitôt. Voilà ce qui arrivait, quand on ne dormait pas assez. Quand le stress devenait insupportable et qu'on était à cran, vidée, à bout de force : elle était en train de devenir folle.

Ses yeux se voilèrent. Ses joues se mouillèrent de larmes.

— Oh ! ce n'est qu'un bébé, en fin de compte, cracha Faye, avec dégoût. (Du dégoût et autre chose aussi… De la déception ?) Allons, bébé, tu ne peux pas pleurnicher mieux que ça ? Peut-être que si tu chiales assez, tu réussiras à l'éteindre.

Secouée d'irrépressibles sanglots, Cassie parvenait pourtant à tourner la tête ou à la pencher en arrière, juste à temps pour éviter la brûlure du papier enflammé qui ne cessait de se rapprocher. Si près même que ses larmes grésillaient en tombant sur le papier. Cassie ne réfléchissait plus, maintenant. Elle n'était plus que peur. Une bête aux abois, une pauvre petite bête prise au piège.

« Viande froide viande froide viande froide viande froide… »

— Mais qu'est-ce que vous faites ? Lâchez-la ! Lâchez-la immédiatement !

La voix semblait venir de nulle part et Cassie ne chercha même pas à la localiser. Elle n'avait plus qu'une seule pensée, qu'une seule sensation. Tout son être ne tendait plus que vers une seule chose : le feu. Le feu qui brusquement fusa vers le ciel, se dressant au-dessus d'elle, puis disparut presque aussitôt dans une volute de cendres grises. Il ne restait plus, dans la main de Faye, qu'un minuscule cône de papier carbonisé.

— Lâche-la, j'ai dit !

Quelque chose d'éblouissant s'approcha de Deborah. Pas d'aveuglant comme le feu, non, mais de brillant comme le soleil. Ou la lune, quand elle arbore son orbe d'argent et qu'on y voit comme en plein jour.

C'était… elle.

La fille, la fille de la maison victorienne, la fille aux cheveux de lumière. Littéralement stupéfiée, Cassis la regardait comme si elle voyait une apparition.

Elle était presque aussi grande que Faye, mais c'était bien leur seul point commun. Alors que Faye n'était que courbes sensuelles, elle était mince et élancée. Alors que Faye était habillée en rouge, elle était tout de blanc vêtue. Alors que Faye arborait une magnifique crinière de jais, elle avait de longs cheveux scintillants qui ruisselaient dans son dos, comme la lumière qui inondait la pièce.

Et, bien sûr, elle était belle, encore plus belle de près qu'elle ne lui avait semblé de loin. Mais d'une beauté si différente de celle de Faye qu'on en venait à douter qu'il puisse s'agir de la même chose. Faye était d'une beauté éclatante, mais elle en devenait presque effrayante. Ses yeux d'or fascinaient, mais d'une si étrange façon qu'ils donnaient plutôt envie de prendre ses jambes à son cou.

La fille, elle, semblait descendue d'un vitrail. C'était la première fois quc Cassie voyait ses yeux et leur couleur, d'un vert limpide et si lumineux qu'ils paraissaient allumés de l'intérieur, lui coupa le souffle. Ses joues étaient légèrement rosées, mais sans fard. C'était sa carnation naturelle.

Sa poitrine se soulevait d'indignation et sa voix, claire et mélodieuse, frémissait de colère.

— Quand Tina m'a parlé de ce message qu'elle avait transmis pour toi, j'ai tout de suite compris qu'il se passait quelque chose, reprit-elle. Mais je n'aurais jamais imaginé une chose pareille. Pour la dernière fois, Deborah, lâche-la !

Lentement, l'étau qui lui broyait les bras se desserra.

— Non mais regardez ça… Vous auriez pu lui faire mal, s'indigna la jolie blonde. (Elle sortit un Kleenex pour sécher les larmes de Cassie.) Ça va ? lui demanda-t-elle, baissant d'un ton.

Cassie ne se lassait pas de la contempler. La fille aux cheveux de lumière était venue à son secours. Elle croyait rêver.

— Elle est morte de peur, s'apitoya cette dernière, devant son mutisme prolongé. Comment as-tu pu, Faye ? s'emporta-t-elle de plus belle, en se tournant vers l'intéressée. Comment as-tu pu te montrer aussi cruelle ?

— C'est une seconde nature, chez moi, grommela Faye, une lueur assassine entre ses paupières mi-closes.

Deborah avait l'air tout aussi renfrognée.

— Et toi, Suzan, enchaîna la jolie blonde. Ça m'étonne de toi. Ne me dis pas que tu as l'impression de faire ta B.A. du jour en te prêtant à cette sinistre mise en scène ?

Suzan marmonna un truc inaudible et détourna les yeux.

— Et pourquoi vous en prendre à elle ? Qui est-elle, d'ailleurs ?

La fille avait passé un bras protecteur autour de ses épaules et interrogeait du regard les trois terminales. Aucune ne répondit.

— Je m'appelle Cassie…, dit-elle. (Sa voix avait tremblé sur la fin et elle tenta de se reprendre. Elle n'avait plus conscience que d'une seule chose : le bras de la fille autour de ses épaules.) Cassie Blake. Je suis arrivée ici, il y a une quinzaine de jours. Chez ma grand-mère, Mme Howard.

La fille eut l'air abasourdie.

— Mme Howard ? Au 12 ? Et tu vis chez elle ?

Une peur panique s'empara de Cassie. Elle se souvenait de la réaction de Jeffrey, quand il avait appris où elle habitait. Ça la tuerait, si jamais la fille avait la même réaction. Elle hocha pourtant la tête, le cœur serré.

La fille se retourna vers Faye.

— Mais alors elle est des nôtres ! Une voisine, insista-t-elle, en voyant Faye hausser les sourcils.

— Oh ! si peu.

— Elle n'est qu'à moitié…, commença Suzan.

— La ferme ! aboya Deborah.

— C'est une voisine, répéta la jolie blonde avec entêtement. (Elle reporta son attention vers Cassie.) Je suis désolée. Je ne savais pas que tu avais emménagé ici. Si je l'avais su… (elle foudroya Faye du regard), je serais passée. Je vis au bout de Crowhaven Road, au numéro 1. (Elle l'étreignit avec chaleur.) Viens. Si tu veux, je vais te raccompagner chez toi.

Cassie acquiesça en silence. La fille lui aurait dit de sauter par la fenêtre qu'elle l'aurait fait.

— Ah ! j'ai oublié de me présenter, s'excusa cette dernière, en s'arrêtant à mi-chemin de l'escalier. Je m'appelle Diana.

— Oui, je sais.

Quand, s'arrêtant devant une Honda Integra bleue, Diana lui demanda si elle n'avait pas quelque chose à récupérer dans son casier, Cassie tressaillit.

— Non, non, souffla-t-elle, en secouant obstinément la tête.

— Tu es sûre ? insista Diana, intriguée. Comment ça se fait ?

Cassie hésita. Et puis elle lui raconta tout. De A à Z.

Les bras croisés, Diana écoutait en tapant nerveusement du pied sur le trottoir. Plus Cassie racontait, plus le tapement de pied s'accélérait. Les yeux verts de la fille aux cheveux de lumière lançaient des éclairs.

— N'y pense plus, je m'en occupe, lui assura-t-elle simplement, lorsque Cassie eut achevé son récit. Je vais appeler au lycée et faire nettoyer ton casier. Mais, pour l'instant, plus vite on sera parties, mieux ça vaudra. Laisse ta Panda ici, tu la récupéreras plus tard, je m'en charge. Je te ramène.

Cassie acquiesça. Si Diana disait qu'elle s'en chargerait, le problème serait réglé, elle en était persuadée.

Dans la voiture, Cassie ne cessait de contempler cette longue mèche de cheveux qui ruisselaient comme des fils d'or et d'argent jusque sur le frein à main. Ou comme des fils de soie couleur de soleil et de lune, plutôt. Comme si on avait pu filer un rayon de soleil et un clair de lune tout à la fois. Elle avait déjà vu quelqu'un qui avait des cheveux moirés, comme ça, des cheveux de plusieurs couleurs… Mais c'était juste une idée qui lui avait traversé l'esprit : déjà, elle s'était échappée avant même qu'elle n'ait eu le temps de l'attraper.

Elle aurait bien aimé les toucher pour savoir s'ils avaient aussi la douceur de la soie, mais elle n'osait pas. Elle s'efforça de se concentrer sur ce que Diana disait pour s'arracher à cette étrange fascination.

— … et je ne sais pas ce qui lui prend, par moments. On dirait qu'elle ne réfléchit pas. Non que Faye soit stupide, mais elle ne se rend pas compte de ce qu'elle fait.

Cassie laissa lentement remonter son regard vers le visage

de Diana. À son avis, Faye savait pertinemment ce qu'elle faisait. Mais elle ne dit rien. Elles arrivaient déjà devant la belle maison victorienne, de toute façon.

— Viens, lui lança Diana, en bondissant hors de la voiture. On va nettoyer tout ça, avant que tu ne rentres chez toi.

« Nettoyer tout ça ? »

Sans plus rien ajouter, Diana l'entraîna dans la maison. Quand elle se vit dans le grand miroir de la salle de bains du second, Cassie comprit où la jolie blonde voulait en venir. Elle avait de la suie partout : sur son pull, sur ses mains, sur son jean. Elle était coiffée comme l'as de pique et ses joues étaient balafrées de grandes traînées noires que ses larmes avaient striées de blanc. On aurait dit une orpheline de guerre.

— Je vais te prêter des fringues pendant qu'on fera tourner les tiennes. Quant à toi, voilà te quoi te laver.

Diana s'activait, remplissant la baignoire d'eau chaude, ajoutant un truc moussant qui sentait délicieusement bon, lui tendant serviettes, savon, gant et shampooing à une telle vitesse que Cassie avait du mal à suivre.

— Tu n'auras qu'à jeter tes fringues devant la porte quand tu te déshabilleras. Et tu pourras enfiler ça, en sortant du bain, lui proposa-t-elle, en pendant un épais peignoir blanc à un crochet. Voilà, tu as tout ce qu'il te faut.

La seconde d'après, Diana avait disparu, laissant une invitée quelque peu dépassée, plantée devant la porte fermée. Cassie jeta un regard un peu perdu au miroir doré légèrement embué, au lavabo, à la baignoire à pattes de lion. Elle avait froid, mal au ventre. Tous ses muscles étaient agités de petits spasmes comme après un effort trop soutenu. Dans ces conditions, l'eau chaude et parfumée l'attirait comme une fontaine miraculeuse. Quand elle s'y glissa et s'allongea dans la baignoire, un soupir d'aise lui échappa. Le bonheur absolu.

Oh ! c'était… génial ! Par-fait. Elle resta un moment sans bouger, laissant la chaleur la pénétrer jusqu'aux os et le délicat parfum de fleurs lui emplir les poumons. C'était comme si les dernières brumes du manque de sommeil se dissipaient et qu'enfin ses idées s'éclaircissaient.

Elle prit le gant et se frotta pour enlever, non tant la suie que le souvenir de cet horrible après-midi. Le shampooing sentait génialement bon, lui aussi. Lorsqu'elle se décida enfin à sortir de la baignoire, elle était propre, elle avait chaud et ça faisait des semaines qu'elle ne s'était pas sentie aussi détendue. Elle avait du mal à croire ce qui lui arrivait, mais elle se sentait comme emplie de lumière.

La salle de bains faisait vieillotte, difficile de dire le contraire, mais pas dans le mauvais sens du terme. Et puis les jolies serviettes, les bocaux de sels de bains colorés et de ce qui ressemblait à du pot-pourri lui donnaient une petite touche colorée plutôt sympa.

Elle chaussa les ballerines d'éponge blanche que Diana avait laissées pour elle devant la porte et sortit dans le couloir.

La porte d'en face était entrebâillée. Elle hésita, frappa à petits coups discrets, la poussa timidement et… se figea sur le seuil.

La tête penchée sur le pull gris de Cassie, posé sur ses genoux, Diana était assise sur la banquette capitonnée, dans l'embrasure de la fenêtre. Juste au-dessus d'elle, des petits prismes étaient suspendus. Le soleil venait frapper leurs facettes, projetant des arcs-en-ciel à travers toute la pièce. Des rayons violets, verts et orangés couraient sur les murs, dansaient sur le plancher, jouaient sur les bras de Diana et pailletaient ses cheveux, comme si elle était au centre d'un kaléidoscope. « Pas étonnant que j'aie vu des étincelles à sa fenêtre », se dit Cassie.

Diana leva la tête et lui sourit.

— Entre, entre. J'étais justement en train d'enlever les taches sur ton pull.

— Euh… c'est du cachemire…

— Oui, oui, je sais. Ne t'inquiète pas, ça va partir, lui assura Diana, en fermant le livre qui était ouvert sur la banquette, à côté d'elle, pour le ranger dans une sorte de petite armoire tout en hauteur calée contre le mur.

Elle la ferma à clef, avant de sortir de la chambre, le pull de Cassie à la main.

Cassie inspecta la banquette avec curiosité. Aucun flacon de détachant, aucun chiffon. Juste un paquet de pot-pourri et ce qui ressemblait à une collection de pierres.

La chambre était super jolie. Elle mariait joyeusement meubles anciens et objets modernes, comme si, ici, passé et présent coexistaient harmonieusement.

Les drapés du lit à baldaquin ressemblaient à du tulle bleu ciel ornés de délicats motifs de lianes, légers, aériens. Aux murs, au lieu des classiques affiches de cinéma ou de concerts, étaient suspendues des gravures d'art. L'ensemble faisait très… très classe. Élégant, raffiné, mais confortable en même temps.

— Tu aimes ? Les gravures, je veux dire ?

Cassie se retourna d'un bloc. Elle n'avait pas entendu Diana entrer. Elle hocha la tête, en se creusant la cervelle pour tenter de trouver un truc intelligent à dire à cette fille qui lui paraissait tellement mieux qu'elle.

— Elles représentent qui ? demanda-t-elle, en priant pour que ce ne soit pas quelque chose qu'elle était censée savoir.

— Des dieux grecs. Enfin, des déesses, en fait. Celle-ci, c'est Aphrodite, la déesse de l'amour. Tu vois les chérubins et les colombes autour d'elle ?

Cassie regarda la belle femme de la gravure. Elle était allongée sur une sorte de canapé avec une grâce indolente. Quelque chose dans sa pose lui rappelait Suzan – à moins que ce ne soit sa poitrine dénudée…

— Et voici Artémis, poursuivit Diana, en désignant la gravure suivante. C'est la déesse de la chasse. Elle ne s'est jamais mariée et, si jamais un homme la surprenait au bain, elle le faisait dévorer par ses chiens.

Mince et déliée, la fille de la gravure avait des bras et des jambes de gymnaste confirmée. Elle se tenait à genoux et bandait un arc. Ses longs cheveux noirs cascadaient dans son dos et il y avait quelque chose de presque agressif, une sorte de défi sur son visage. Deborah avait parfois cette expression, se disait Cassie.

En découvrant la gravure suivante, elle eut un mouvement de recul.

— Et celle-là, c'est qui ?

— Héra, la reine des dieux. Elle pouvait se montrer d'une jalousie… terrible.

« Je veux bien le croire ! » songea Cassie, en la détaillant. Grande et altière, la jeune femme relevait le menton d'un air impérieux. Mais c'étaient surtout ses yeux qui impressionnaient. Cette fougue, cette autorité, ce danger qu'on y lisait. Ils semblaient lancer des éclairs sous leurs paupières de papier.

Prises d'incontrôlables frissons, Cassie se détourna.

— Ça va ? s'alarma aussitôt Diana.

Cassie avala sa salive et hocha bravement la tête. Mais, en fait, maintenant qu'elle se sentait en sécurité, tout lui revenait.

Non seulement les événements de la journée, mais aussi tous ceux de la semaine écoulée. Toutes les blessures infligées, toutes les humiliations. La poupée pendue dans son casier, la scène de la cafétéria, le serpent en caoutchouc, le petit jeu avec son sac à dos dans le couloir…

— Cassie ?

Elle sentit une main se poser sur son épaule. Il ne lui en fallut pas plus. Elle se tourna vers Diana, lui tomba dans les bras et éclata en sanglots.

— Tout va bien, lui assura Diana, en lui tapotant le dos. Ne t'inquiète pas. Ça va aller, ça va aller, crois-moi.

Toutes ces larmes qu'elle avait retenues devant sa mère et sa grand-mère, durant des jours et des jours, se déversaient comme un torrent : les chutes du Niagara ! Elle se raccrochait à Diana et hoquetait de chagrin comme une petite fille.

Et c'étaient exactement les images qui lui étaient venues à l'esprit, dans la bibli. Comme si elle avait sept ans et que sa mère la réconfortait. D'une manière ou d'une autre, au contact de Diana, elle sentait que tout allait effectivement s'arranger.

Peu à peu, ses sanglots s'espacèrent et elle finit par relever la tête.

— Tu sais quoi ? lui dit Diana, en lui tendant un Kleenex. Et si tu restais dîner ici ? Mon père va rentrer très tard – il est avocat. Je peux appeler une ou deux copines et commander une pizza. Qu'est-ce que tu en penses ?

— Oh !… génial, lui répondit Cassie, en se mordant la lèvre. Carrément génial.

— Tu peux mettre ces fringues, en attendant que les tiennes soient sèches. Elles seront peut-être un peu grandes, mais ça devrait aller. Rejoins-moi en bas, quand tu seras prête. (La main sur la clenche, Diana suspendit son geste, en voyant son air incertain.) Un problème ?

— Non… non, pas vraiment, mais…, bredouilla Cassie. (Elle secoua la tête, visiblement agacée.) C'est seulement… enfin, c'est juste que… Pourquoi tu es si sympa avec moi ? lâcha-t-elle finalement.

Elle avait toujours l'impression de rêver. Ça paraissait vraiment trop beau pour être vrai.

Diana la dévisagea un instant en silence, puis un sourire éclaira ses prunelles – sans toutefois parvenir à chasser tout à fait la gravité qui durcissait ses traits.

— Je ne sais pas… Parce que je pense que tu es sympa et que tu le mérites, j'imagine. Mais, avec un peu d'entraînement, je suis sûre que je peux tout à fait devenir odieuse, si tu veux.

Cassie secoua de nouveau la tête. Malgré elle, ses lèvres, déjà, s'étiraient.

— Et puis…, ajouta Diana, le regard perdu dans le vague, tout à coup, on est toutes sœurs, tu sais.

Cassie retint son souffle.

— Ah oui ? chuchota-t-elle.

— Oui. Malgré tout… (Et puis, soudain, son expression changea du tout au tout et elle se retourna vers Cassie.) Tu peux appeler ta mère de cette ligne, lui dit-elle, en désignant le téléphone. Je vais descendre commander la pizza.

Le temps que Cassie réagisse, elle avait déjà disparu.

9

Les deux filles invitées se prénommaient Laurel et Mélanie. Laurel était la fille que Cassie avait aperçue à la bibliothèque avec Diana. Très mince, des cheveux brun clair – presque aussi longs que ceux de Diana –, elle était drôlement jolie avec son petit visage mutin et son regard espiègle. Elle portait une robe à fleurs et des baskets roses.

— Elle est végé, la pizza, hein ? demanda-t-elle, en refermant la porte derrière elle d'un coup de pied – elle avait les bras chargés d'une pile de Tupperware. Tu ne nous as pas fait le coup du bon vieux pepperoni des familles, rassure-moi ?

— Pas de viande, lui confirma Diana, en rouvrant la porte devant laquelle une autre fille patientait gentiment.

— Oups ! désolée, pouffa Laurel, avant de filer vers la cuisine avec ses Tupperware. J'ai apporté des trucs pour faire une salade.

Diana et la nouvelle venue se retournèrent comme un seul homme.

— Pas de tofu ! s'écrièrent-elles en chœur.

— Mais non ! Rien que des légumes et des herbes, leur répondit la voix étouffée de Laurel, qui avait déjà disparu dans le couloir.

Diana et l'autre fille se regardèrent en poussant un gros soupir de soulagement.

Cassie tentait de vaincre sa timidité. La dernière arrivée était de toute évidence une terminale. Une grande fille élancée, belle et très sophistiquée. Un serre-tête retenait son carré auburn, dégageant un front haut sous lequel des yeux gris, au regard froid, semblaient vous jauger. C'était la première fois que Cassie voyait quelqu'un qui paraissait vous examiner à travers des lunettes alors qu'elle n'en portait pas.

Diana se chargea des présentations :

— Voici Mélanie, déclara-t-elle. Elle habite au numéro 4. Mélanie, voici Cassie Blake. Elle vient d'emménager au 12. C'est la petite-fille de Mme Howard.

Les pénétrants yeux gris la détaillèrent en silence.

— Bonsoir, la salua enfin Mélanie, avec un petit hochement de tête protocolaire.

— Bonsoir, lui répondit Cassie, en priant pour ne pas avoir l'air trop ridicule dans les fringues de Diana.

Encore une chance qu'elle ait pu prendre un bain !

— Mélanie, c'est le cerveau de la bande, précisa Diana, d'un ton chaleureux. C'est une tête : elle est follement intelligente et c'est une bête en informatique : les ordis n'ont plus aucun secret pour elle.

— « Aucun » ? il ne faut pas exagérer, la reprit l'intéressée, le plus sérieusement du monde. Parfois, je crois même que je n'y connais rien. (Elle se tourna vers Diana.) Tu sais, j'ai surpris des messes basses au sujet d'une certaine Cassie. Des trucs qui avaient à voir avec Faye. Mais personne n'a voulu m'en dire plus.

— Je sais. Je viens seulement de découvrir le pot aux roses. Peut-être que je suis trop déconnectée de ce qui se passe réellement dans ce lycée… Mais tu aurais au moins pu me dire que tu avais entendu quelque chose.

— Tu ne peux pas passer ton temps à défendre tout le monde, Diana.

Diana se contenta de la regarder sans mot dire, puis secoua légèrement la tête.

— Pourquoi tu n'irais pas donner un coup de main à Laurel, dans la cuisine, Cassie ? Elle va te plaire : elle aussi, elle est en première.

Plantée devant un plan de travail croulant sous les légumes, Laurel épluchait, coupait, hachait et émincait à tout va.

— Diana a dit que je devais t'aider, lui annonça Cassie.

Laurel se retourna.

— Parfait ! Est-ce que tu peux laver cette bourse-à-pasteur, là ? Elle sort de terre : elle doit carrément grouiller de charmants petits représentants de la faune locale.

La « bourse-à-pasteur » ? Cassie examina plusieurs tas de machins verts d'un air incertain. Est-ce que c'était le genre de truc qu'elle était censée connaître ?

— Euh… ça ? s'enquit-elle, en soulevant une grande feuille triangulaire vert foncé sur le dessus et blanc sale en dessous.

— Non, non, ça, c'est de l'épinard sauvage. (Laurel désigna du coude une pile de longues feuilles fines aux bords dentelés.) Ça, c'est de la bourse-à-pasteur. Mais tu peux laver les deux.

— Est-ce que tu mets de… euh ! la partenelle dans tes

salades ? hasarda Cassie, tout en rinçant soigneusement les feuilles d'épinard.

Elle était contente d'avoir quelque chose à dire sur le sujet, de pouvoir participer. Ces filles étaient tellement brillantes, tellement douées, tellement… équilibrées. Elle voulait désespérément leur faire bonne impression.

Laurel sourit et hocha la tête.

— Oui, mais il faut faire attention de ne pas en manger trop. Ça donne de l'urticaire. Mais la partenelle ne se mange pas seulement en salade. En décoction, c'est excellent contre les piqûres d'insectes et c'est un puissant phil… (Elle s'arrêta net et fut soudain prise d'une frénésie de ciselage.) Tiens, la pimprenelle est prête. Il vaut mieux se procurer des plantes fraîches, tu sais, enchaîna-t-elle précipitamment. Le goût est meilleur. Et puis elles sont encore vivantes, gorgées de l'énergie vitale de Mère Nature.

Cassie lui jeta un coup d'œil en coin. « Gorgées de l'énergie vitale de Mère Nature » ? Peut-être que cette fille n'était pas si équilibrée que ça, finalement ? Et puis, subitement, elle se revit appuyée contre ce rocher de granit rose, le jour de la rentrée. Cette vibration qu'elle avait ressentie… Enfin, qu'elle avait cru ressentir, du moins. Oui, partant de là, il n'était pas difficile d'imaginer que des plantes fraîchement coupées puissent être gorgées de cette même énergie.

— Voilà, j'ai fini, déclara alors Laurel. Tu peux dire à Di et à Mel que c'est prêt. Je sors les assiettes.

Cassie retourna dans le grand salon. Mélanie et Diana paraissaient en grande conversation et aucune ne la vit arriver derrière elles.

— … la ramasser dans la rue comme un chien perdu sans collier. C'est une manie, chez toi, ça. C'est plus fort que toi, disait Mélanie – et elle n'avait pas du tout l'air de plaisanter.

Diana l'écoutait les bras croisés.

— Et après, qu'est-ce qui va se passer quand… ?

Mélanie se tut brusquement. Apercevant soudain Cassie, Diana lui avait posé la main sur le bras.

— C'est prêt, leur annonça Cassie, d'une voix incertaine.

Elle ne se sentait pas très à l'aise. Est-ce que c'était d'elle qu'elles parlaient ? Le « chien perdu sans collier » ? « Oui, mais ce n'est pas Diana qui a dit ça, tentait-elle de se rassurer. Seulement Mélanie. » Et elle se persuada sans mal que, tout « cerveau » qu'elle était, elle se moquait bien de ce que Mélanie pensait.

Le regard gris acier n'était pourtant pas hostile, quand Mélanie le posait sur elle, pendant qu'elles mangeaient l'entrée. Juste… préoccupé. Et, quand la pizza arriva, Cassie ne put qu'admirer l'aisance avec laquelle les trois autres filles plaisantaient avec le livreur – un garçon d'une vingtaine d'années –, lequel se prit même d'un si vif intérêt pour Mélanie qu'il s'invita pratiquement à dîner. Mais Diana, en riant, lui ferma la porte au nez.

Après ça, Mélanie se mit à raconter des anecdotes sur ses vacances d'été au Canada, certaines si hilarantes que Cassie en oublia vite la remarque du « chien perdu sans collier ». Et puis, c'était trop génial de participer à une vraie soirée entre copines, de ne plus se sentir exclue. Et d'être là, à l'invitation de Diana, de voir Diana, là, tout près, Diana qui lui souriait, à elle… Elle avait toujours du mal à le croire. Elle n'en revenait toujours pas.

Elle n'était pourtant pas au bout de ses surprises : au moment de partir, en lui présentant une pile de fringues parfaitement pliées – dont un pull gris quasi neuf –, Diana lui annonça :

— Je vais te raccompagner. Ne t'inquiète pas pour la voiture de ta grand-mère : si tu veux bien me donner les clefs, je chargerai Chris Henderson de la reconduire chez toi.

Les clefs à la main, Cassie se figea.

— Henderson ? Tu veux dire… Tu ne parles pas des frères Henderson ?

Diana sourit en déverrouillant sa Honda Integra.

— Ah ! tu as déjà eu des échos des jumeaux ? Chris est très sympa, en fait. Juste un peu foufou, c'est tout. Tu n'as aucun souci à te faire.

Comme la voiture démarrait, Cassie revit Deborah balancer son sac à dos qu'elle lui avait piqué, juste devant les casiers du lycée. Elle se souvint alors que le garçon qui l'avait rattrapé s'appelait Doug, pas Chris. Elle n'en fut pas vraiment rassurée pour autant.

— On se connaît tous, ici, tous ceux de Crowhaven Road, lui expliqua Diana pour la tranquilliser. Tiens, regarde. Ça, c'est la maison de Laurel. Et celle d'à côté, c'est celle de Faye. Tous les gamins ont grandi ensemble, ici : c'est une grande famille. Alors, on est toujours plus ou moins fourrés ensemble. Tout se passera bien, ne t'inquiète pas.

— Une « grande famille » ? s'alarma aussitôt Cassie, soudain prise d'un affreux soupçon.

— Oui, répondit Diana d'un ton léger. On forme une sorte de… de club…

— De « club » ? LE Club ? s'affola Cassie. Tu es en train de me dire que toi, Laurel et Mélanie vous faites partie du Club, vous aussi ?

— Mmmm… Ah ! on est arrivées ! s'exclama subitement Diana. Je t'appelle demain. Peut-être que je pourrais passer ? Et peut-être qu'on pourrait prendre ma voiture pour aller ensemble au lycée lund... (Elle s'interrompit en voyant l'expression de sa passagère.) Qu'est-ce qu'il y a, Cassie ? lui demanda-t-elle avec douceur.

Cassie secouait la tête.

— Rien, rien... Enfin, si, avoua-t-elle, décidant subitement de se jeter à l'eau. Je t'ai raconté comment j'avais entendu Faye, Suzan et Deborah discuter, le jour de la rentrée – c'est comme ça que tout a commencé. Je sais donc qu'elles appartiennent à ce fameux Club. J'ai entendu ce qu'elles se disaient et c'était horrible... Je ne comprends pas comment tu peux faire partie d'un club pareil, avec des filles comme elles.

— Ce n'est pas ce que tu crois... Mais je ne peux pas vraiment... Tout ce que je peux te dire, c'est que... Ne juge pas le Club d'après Faye – bien qu'il y ait beaucoup de bonnes choses, chez Faye aussi, pour peu qu'on se donne la peine de les chercher.

« Au microscope électronique, alors ! » songea Cassie. Et comme le silence se prolongeait, c'est ce qu'elle finit par lâcher.

Diana éclata de rire.

— Non, non, quand même pas. Je la connais depuis la maternelle, et même avant. On se connaît tous depuis toujours, ici.

— Mais... (Cassie dévisageait sa voisine avec anxiété.) Elle ne te fait pas peur ? Tu ne crois pas qu'elle pourrait essayer de te faire du mal ?

— Non, je ne crois pas, non. D'abord, parce qu'elle... s'est engagée, disons, à ne pas le faire. Et ensuite... (Elle lança à Cassie un regard navré, presque une excuse – ce qui n'empêchait pas un petit sourire moqueur d'étirer ses lèvres.) Eh bien, ne m'en veux pas mais… il se trouve que Faye est ma cousine.

Cassie en resta bouche bée.

— On est tous plus ou moins cousins, ici, enchaîna Diana. Parfois au deuxième ou au troisième degré, c'est vrai. Mais pas si éloignés que ça, pour la plupart. Tiens, c'est une tisane que Laurel a préparée pour moi, cet été, ajouta-t-elle, en lui mettant quelque chose dans les mains. Si tu as du mal à dormir, bois-en un peu ce soir. Ça devrait faciliter les choses. On se voit demain matin.

Lorsqu'elle se présenta à sa porte, le lendemain matin, Diana avait les cheveux tirés et artistiquement nattés en épi depuis le haut du crâne jusqu'à la nuque. Une longue tresse tombait dans son dos comme un cordon de soie. Elle tenait à la main un petit tas de feuilles séchées odorantes enveloppées dans un linge.

— Tu m'as dit que ta mère avait la grippe. Alors j'ai apporté de quoi lui faire une infusion, lui annonça-t-elle. C'est contre la toux et les refroidissements. Tu as essayé la tisane que je t'ai donnée hier ?

Cassie hocha la tête.

— Je ne le croyais pas ! Je me suis endormie comme une masse et je me suis réveillée en pleine forme. Qu'est-ce qu'il y avait dedans ?

— Eh bien, déjà, de l'herbe à chat moulue… (Diana sourit en voyant sa réaction.) Ne t'inquiète pas : ça n'a pas le même effet sur les humains que sur les chats. Ça détend tout simplement.

C'était donc ça ? Ce que faisait Diana, la première fois qu'elle l'avait aperçue à sa fenêtre ? Elle préparait un genre de thé ? Elle pouvait cependant difficilement avouer qu'elle l'avait espionnée, ce jour-là. Et elle fut ravie quand Diana lui proposa de faire l'infusion elle-même et de l'apporter en personne à sa mère.

— Ce n'est qu'un simple élixir contre les refroidissements à base de plantes et de gemmes, expliqua-t-elle à Mme Blake d'une voix douce propre à la rassurer.

La mère de Cassie hésita un instant avant de tendre la main vers la tasse. Elle goûta le breuvage, puis leva les yeux vers Diana et lui sourit. Cassie en fut toute retournée.

Même le visage de vieille pomme fripée de sa grand-mère s'éclaira, quand elle les vit passer toutes les deux dans le couloir, en direction de sa chambre.

— Ça doit être formidable d'avoir une grand-mère comme ça, commenta Diana. Elle doit en avoir des histoires à raconter !

Cassie retint un soupir de soulagement. Contre toute attente, Diana avait su voir au-delà de la verrue, du dos de bossue et des cheveux gris hirsutes.

— C'est vrai qu'elle est assez géniale, lui répondit-elle, s'étonnant elle-même de la façon dont sa propre attitude à l'égard de sa grand-mère avait changé, depuis ce jour où elle l'avait vue s'encadrer dans la porte pour la première fois. Et c'est plutôt sympa de faire enfin sa connaissance, vu que c'est la seule famille qui me reste. Tous mes autres grands-parents sont décédés.

— Comme les miens, lui confia Diana. Et ma mère aussi. C'est triste parce que j'ai toujours voulu avoir une petite sœur. Mais ma mère est morte l'année de ma naissance et mon père ne s'est jamais remarié.

— Moi aussi j'aurais bien voulu avoir une sœur…, murmura Cassie.

— Elle est magnifique, cette chambre, s'extasia Diana, pour rompre le silence qui s'était installé.

— Oui, je sais, reconnut Cassie, en jetant un coup d'œil morne aux meubles en bois massif, aux lourdes draperies et aux austères chaises à dossier sculpté. C'est beau, mais on se croirait dans un musée. Regarde, dit-elle, en pointant du doigt une pile d'objets hétéroclites posés dans un coin. C'est tout ce que j'ai pu récupérer de mes affaires, chez moi, en Californie. J'ai bien essayé de les installer ici, mais j'ai eu peur de rayer ou de casser quelque chose.

Diana s'esclaffa.

— Je ne m'en ferais pas pour ça, si j'étais toi. Ces meubles ont traversé les siècles : ils tiendront bien encore quelque temps. Il faudrait juste que tu réaménages ta chambre pour que tes affaires puissent y trouver leur place. On pourrait essayer le week-end prochain, si tu veux. Je suis sûre que Laurel et Mélanie ne demanderaient pas mieux que de t'aider. Et puis, ce serait marrant.

Cassie repensa à la chambre de Diana, si lumineuse, si claire, à l'harmonie qui s'en dégageait… « Si la mienne peut être ne serait-ce qu'à moitié aussi bien que la sienne, je pourrai déjà m'estimer heureuse ! » songea-t-elle.

— Tu es vraiment trop sympa avec moi ! (Cassie n'avait pas achevé sa phrase qu'elle se mordait la lèvre. Elle porta la main à son front, atterrée.) Je sais à quel point c'est idiot de dire un truc pareil. Mais c'est vrai. Enfin, je veux dire, tu fais tout ça pour moi et tu ne reçois rien en échange. Et… eh bien, je n'arrive tout simplement pas à comprendre pourquoi.

Diana regardait la mer par la fenêtre. L'océan dansait, étincelant, reflétant l'azur limpide d'un radieux ciel de septembre.

— Je te l'ai déjà dit, lui répondit-elle en souriant. Je te

trouve sympa. Tu as été bien gentille d'aider Sally comme tu l'as fait et tu as eu le courage de tenir tête à Faye. Et, ça, j'admire. Et puis, ajouta-t-elle avec un haussement d'épaules fataliste, j'aime bien rendre service aux gens. Et je n'ai pas l'impression de ne rien recevoir en échange. C'est plutôt moi qui me demande toujours pourquoi les gens sont si sympas avec moi.

Cassie lui lança un regard incrédule. Elle était assise, là, près de la fenêtre, avec le soleil qui l'auréolait d'or. Ses cheveux paraissaient littéralement rayonner et, dans ce halo scintillant, son délicat profil de camée se détachait, parfait. Et, avec tout ça, elle se demandait encore pourquoi ?

— Eh bien, tu sembles toujours essayer de trouver chez les gens ce qu'ils ont de meilleur. Ça doit compter pour beaucoup, j'imagine, hasarda Cassie. Difficile de résister à ça. Et puis tu n'es pas intéressée et tu écoutes vraiment ce que les gens ont à dire. Et... le fait que tu es la plus belle personne que j'aie jamais vue de toute ma vie ne doit pas vraiment nuire non plus, je suppose.

Diana éclata de rire.

— Je suis désolée que tu aies grandi entourée de gens aussi laids, plaisanta-t-elle. (Et puis, reprenant aussitôt son sérieux, elle regarda de nouveau vers la fenêtre et se mit à jouer avec l'embrasse des rideaux.) Mais tu sais..., dit-elle, toute timide subitement. (Elle tourna alors vers Cassie des yeux d'un vert si lumineux que cette dernière en eut le souffle coupé.) Tu sais, c'est marrant cette histoire de sœur, comme quoi toutes les deux on a regretté de ne pas en avoir une, parce que... depuis que je t'ai vue dans le bâtiment des sciences... Eh bien, je me suis senti une sorte de lien... familial avec toi, comme si tu étais ma petite sœur. Ça a l'air bizarre, je sais, mais c'est vrai.

Cassie ne trouvait pas ça bizarre, elle. Du jour où elle avait vu Diana pour la première fois, elle avait senti qu'elles étaient liées.

— Et… je ne sais pas. J'ai l'impression que je peux te parler. Plus qu'à Mélanie et à Laurel même. Et je les connais pourtant depuis des années, alors que je viens juste de te rencontrer. Je suis persuadée que, d'une manière ou d'une autre, tu me comprends et que… je peux te faire confiance.

— Oh ! mais tu peux, Diana ! lui assura Cassie, avec une telle fougue qu'elle s'en étonna elle-même. Je ne sais pas pourquoi non plus, mais tu peux me faire confiance, quoi qu'il arrive.

— Alors, si tu voulais…, reprit Diana. (Elle fronçait légèrement les sourcils, en se mordant la lèvre, le regard rivé au rideau qu'elle s'amusait distraitement à plier en accordéon.) Eh bien… je me disais qu'on pourrait peut-être être sœurs. Des sœurs adoptives, en quelque sorte. S'adopter mutuellement. Comme ça, j'aurais une petite sœur et toi une grande. Mais seulement si tu veux, s'empressa-t-elle d'ajouter, en relevant les yeux.

Si elle voulait ? Son problème, c'était plutôt de savoir comment réagir : lui sauter au cou, danser comme une folle à travers toute la chambre, éclater de rire ou fondre en larmes.

— Ce serait bien, parvint-elle finalement à articuler, la gorge nouée. (Et puis, le cœur en fête, elle sourit à Diana, timidement, mais en la regardant droit dans les yeux.) Non, ce serait… mais ce serait gé-nial !

— Tu as meilleure mine, ce matin, maman.

Assise sur le bord de son lit, Mme Blake sourit à sa fille.

— C'était une mauvaise grippe, lui dit-elle. Mais je vais

mieux, maintenant. Et toi… tu sembles plus heureuse, mon trésor.

— Je le suis, maman, acquiesça Cassie, en lui plantant un baiser sur la joue.

« Tu ne sauras jamais à quel point », ajouta-t-elle dans le secret de son cœur.

Ce matin-là, elle avait presque l'impression de recommencer la rentrée tant elle était nerveuse et impatiente. « Le lycée tout entier peut bien me haïr, ça m'est complètement égal, maintenant, se réjouissait-elle. Diana sera là. À côté de ça, plus rien n'aura d'importance. »

Avec sa veste de daim verte à doublure de soie bleue et son jean délavé, Diana était particulièrement belle, ce jour-là. Un simple pendentif – une pierre d'un blanc laiteux irisée de reflets bleutés – ornait son cou. Rien que de marcher avec elle au lycée, Cassie rayonnait de fierté.

C'est alors que, dans les couloirs, elle remarqua un étrange phénomène : elles pouvaient à peine faire trois pas sans être arrêtées par quelqu'un.

— Oh ! Salut, Diana ! Tu as une minute ?

— Diana ! Je suis si contente de te voir…

— Diana, ça me tue. Tu ne veux pas au moins y penser pour ce week-end ? (Ça, ça venait d'un garçon, forcément.)

Pratiquement tous ceux qu'elles croisaient voulaient parler à Diana et ceux qui n'avaient rien à lui dire, lui tournaient autour, juste pour écouter ce qu'elle disait.

Diana avait toujours un mot pour chacun. Les garçons qui la suppliaient de leur accorder un rendez-vous étaient les seuls qu'elle congédiait. Et encore, avec le sourire. Certains jetaient des coups d'œil nerveux vers Cassie, mais pas un ne tourna les talons ni ne fit le moindre commentaire.

Apparemment, Diana avait le pouvoir de contrecarrer même Faye.

Finalement, quelques minutes avant la sonnerie, Diana l'attira à l'écart de la foule pour l'accompagner à son cours d'anglais. Non seulement, elle entra dans la classe, mais elle s'assit à côté d'elle et bavarda avec elle, sans un regard pour ceux qui les observaient.

— Il faut qu'on refasse une soirée pizza, cette semaine, disait-elle d'une voix claire qui portait loin. Et j'ai discuté avec Laurel de la façon dont on pourrait redécorer ta chambre, si ça t'intéresse toujours. Et je pense vraiment que tu devrais te faire inscrire à mon cours d'histoire, si tu peux. Bien sûr, c'est niveau terminale et ça compte même pour une valeur à la fac. Mais, comme ça, tu prendras de l'avance. C'est en dernière heure et la prof, Mme Lanning, est géniale…

Elle continuait à bavarder, comme si le reste de la classe n'existait pas. Cassie, de son côté, sentait monter en elle comme des bulles de champagne, et avec le même effet. Des filles, qui lui avaient tourné le dos et la fuyaient encore la semaine précédente, étaient maintenant pendues aux lèvres de Diana, hochant la tête à intervalles réguliers, comme si elles prenaient part à la conversation.

— Bon, je crois que je ferais mieux d'y aller, acheva la jolie blonde. Je te retrouve à la pause déjeuner.

— Où ça ? paniqua Cassie, en la voyant se lever.

Elle venait juste de se rappeler qu'elle n'avait jamais vu Diana à l'heure du déjeuner – pas plus que Laurel ou Mélanie, d'ailleurs.

— Oh ! à la cafétéria, dans le fond. Derrière la porte vitrée. On appelle ça l'arrière-salle. Tu trouveras, tu verras, lui assura Diana.

Autour de Cassie, les filles échangeaient des regards effarés. Diana n'avait pas fait deux pas que, déjà, les questions fusaient :

— Tu vas déjeuner dans l'arrière-salle ? lui demanda l'une d'entre elles, d'un ton presque scandalisé – elle devait être verte de jalousie.

— Apparemment, répondit distraitement Cassie, sans quitter des yeux Diana qui s'éloignait.

— Mais…

Nouvel échange de coups d'œil à la dérobée.

— Tu fais partie du Club ? se lança enfin une troisième, sans doute plus dégourdie que les autres – ou trop dévorée de curiosité pour résister.

— Euh… non, bredouilla Cassie, brusquement mal à l'aise. Non, pas vraiment. Je suis juste une copine de Diana.

Il y eut comme un silence dans les rangs. Et puis les filles retournèrent à leur place. Elles n'avaient pas l'air vraiment convaincues, mais il était clair qu'elles étaient impressionnées.

Cassie n'eut pas le temps de s'y attarder. Elle regardait la porte. Enfin, surtout la fille qui venait de s'y encadrer, juste au moment où Diana s'apprêtait à la franchir.

Avec ses cheveux de jais, luisant comme du satin, et son éclatante peau d'albâtre, Faye était très en beauté, ce matin-là, elle aussi. Mises en valeur par un nouveau rouge flamboyant, ses lèvres étaient plus sensuelles que jamais. Elle portait un pull assorti qui la moulait juste où il fallait.

La brune incendiaire s'était arrêtée sur le seuil, bloquant délibérément la sortie. Les deux filles se faisaient face, les yeux dans les yeux.

Elles se mesuraient du regard, l'or le disputant à l'émeraude. Elles ne se parlaient pas, mais l'air entre elles semblait crépiter, comme chargé d'électricité. Cassie pouvait presque sentir les deux volontés s'affronter, chacune cherchant à dominer l'autre. Finalement, Faye s'effaça. Mais il y avait plus de dédain que de courtoisie dans la révérence moqueuse qu'elle adressa à Diana pour l'inviter à passer. Au moment où sa cousine franchissait le seuil, Faye lança une remarque par-dessus son épaule sans même se donner la peine de la regarder.

— Qu'est-ce qu'elle a dit ? s'enquit aussitôt une des filles.

— J'ai pas entendu, marmonna Cassie.

Elle mentait. Elle avait parfaitement entendu. Seulement, elle n'avait pas compris. Faye avait dit : « Ce n'est pas parce qu'on gagne une bataille qu'on a gagné la guerre ».

Au déjeuner, Cassie se demanda comment elle avait bien pu faire pour ne pas voir l'arrière-salle auparavant. En revanche, elle comprenait parfaitement pourquoi Diana et ses amies ne l'avaient jamais remarquée : il y avait un monde fou devant l'entrée. Des élèves qui attendaient à la porte ; des élèves qui espéraient se faire inviter ou juste des élèves qui traînaient dans le coin, histoire de participer à l'agitation ambiante. Impossible, pour ceux qui étaient à l'intérieur, d'avoir le moindre aperçu de ce qui se passait dans le reste de la cafétéria.

Pas étonnant que l'endroit soit si recherché : il y avait une télé au mur – bien qu'il y ait trop de bruit pour l'écouter –, un micro-ondes à disposition et même un extracteur de jus. Cassie sentit bel et bien des regards dans son dos, quand elle y pénétra pour aller s'asseoir à côté de Diana, mais, cette fois, c'étaient des regards d'envie.

Il y avait là Mélanie et Laurel ; Sean, le frêle garçon au regard fuyant qui l'avait poussée à aller voir le proviseur, ainsi qu'un garçon blond aux cheveux en pétard et aux yeux verts en amande légèrement bridés. « Oh non ! un des frères Henderson ! » Cassie s'efforça de ne pas avoir l'air trop paniqué quand Diana le désigna du menton.

— Voici Christopher Henderson, le présenta-t-elle. Chris, dis bonjour à Cassie. C'est sa Panda que tu as déplacée, hier.

Le garçon se tourna vers elle, visiblement sur la défensive.

— J'y ai jamais touché. J'l'ai jamais vu, O.K. ? J'étais même pas là.

Diana et Mélanie échangèrent un regard blasé.

— De quoi tu parles, Chris ? lui demanda patiemment Diana.

— Le panda d'cette nana. C'est pas moi qui l'ai pris. J'fais pas dans l'animal de compagnie. Et puis on est tous frères, non ?

Diana le dévisagea un moment et secoua la tête.

— Laisse tomber, Chris. Retourne à ton déjeuner.

Chris fronça les sourcils, haussa les épaules et se pencha à nouveau vers Sean.

— Ouais, donc, y a ce nouveau groupe, Choléra, tu vois, et ils ont sorti ce nouvel album, tu vois…

— On m'a pourtant ramené ma voiture, hasarda Cassie, d'une voix hésitante.

— C'est bien lui, intervint Laurel. C'est juste qu'il n'a pas une très bonne mémoire pour tout ce qui de l'ordre du concret. Mais, question musique, il est incollable.

Cassie remarqua que Sean, attablé non loin d'elle, ce jour-là, n'avait rien à voir avec le garçon qu'elle avait rencontré près des casiers. Apparemment soucieux de plaire, il se montrait extrêmement poli et proposait toutes les cinq minutes aux filles d'aller leur chercher quelque chose. Elles, en revanche, le traitaient comme un petit frère un peu envahissant. Avec Laurel, ils étaient les seuls à être en première dans la salle – en dehors de Cassie, évidemment.

Ça ne faisait pas cinq minutes qu'ils avaient commencé à manger qu'une tête rousse apparut à la porte. Suzan paraissait très remontée.

— Deborah s'est chopée une heure de colle et Faye est sortie faire je sais pas quoi. Alors, je vais manger ici, annonça-t-elle.

Diana leva les yeux vers elle.

— Pas de problème, lui répondit-elle posément, et puis elle ajouta : Suzan, voici mon amie Cassie. Cassie, je te présente Suzan Whittier.

— Salut, souffla Cassie, en essayant d'avoir l'air décontracté.

Un ange passa. Et puis Suzan roula des yeux comme des billes et finit par la saluer.

À peine assise, elle commença à déballer tout un tas de trucs de son sac. Cassie la regarda sortir son déjeuner et lorgna discrètement vers Laurel. Et puis elle regarda Diana et haussa les sourcils.

Elle entendit un bruit de plastique, au moment où Suzan extrayait le dernier article de son sac, immédiatement suivi par un cri perçant de Laurel :

— Oh non ! je le crois pas ! Tu manges encore ces trucs ? Est-ce que tu sais ce qu'il y a là-dedans, Suzan ? De la graisse de porc, de la graisse de bœuf, de l'huile de palme… et c'est quasiment cinquante pour cent de sucre blanc…

Diana se mordait la lèvre et, secouée par un fou rire silencieux, Cassie s'efforçait de garder un visage impassible. Et puis, n'y tenant plus, elle laissa échapper quelques gloussements. En l'entendant, ce fut plus fort qu'elle, Diana éclata de rire.

Tout le monde se tourna vers les deux filles, avec une expression tellement ahurie que leur fou rire redoubla.

Cassie sourit alors à son sandwich au thon. Après tant de semaines de solitude, elle avait enfin trouvé sa place. Elle était l'amie de Diana, la petite sœur adoptive de Diana. Sa place était ici, auprès de Diana.

10

Ce vendredi-là, Kori vint déjeuner dans l'arrière-salle. Elle était manifestement impressionnée par ses aînées et semblait même, instinctivement, éprouver un certain respect pour Cassie – pas franchement désagréable comme sensation –, ce qui n'était assurément pas le cas de Suzan et de Deborah. La pulpeuse rousse ne paraissait se souvenir de l'existence de Cassie que lorsqu'elle avait besoin qu'on lui passe quelque chose et la motarde dardait sur elle un regard noir, chaque fois qu'elle la croisait dans les couloirs. Deborah et Doug – l'autre frère Henderson – n'avaient fait qu'une seule apparition dans l'arrière-salle, depuis que Cassie avait commencé à y venir, et ils avaient passé toute l'heure du déjeuner à se bouffer le nez à propos d'un vague groupe de hard rock dont elle n'avait jamais entendu parler.

Nick – le beau ténébreux qui avait rattrapé au vol son sac

à dos – ne s'était pas montré de toute la semaine. Pas plus que Faye, d'ailleurs.

Mais Kori était sympa. Maintenant qu'elle était au courant, Cassie pouvait voir la ressemblance avec Chris et Doug : les mêmes cheveux blonds et les mêmes yeux bleu-vert que Kori faisait ressortir en portant en permanence un collier et une bague de turquoise. Kori n'était pas aussi déjantée que ses frères, en revanche. Heureusement ! Non, elle avait plutôt l'air d'une gentille fille toute simple, juste une ado sans histoire qui allait bientôt avoir quinze ans.

— Ça fait tellement longtemps que j'attends que j'arrive pas à croire que ça y est ! s'enthousiasmait-elle, son repas terminé. Non mais, vous imaginez ! C'est mardi prochain ! Et papa a dit qu'on pouvait faire la fête sur la plage… Enfin… il a pas dit qu'on pouvait pas. Et je veux vraiment que ce soit un truc spécial, surtout que c'est les vacances et que…

Elle laissa sa phrase en suspens. En suivant son regard, Cassie vit que Diana se mordait la lèvre et secouait discrètement la tête.

Qu'est-ce que Kori avait dit de mal ? Et, soudain, ce fut l'illumination : c'était la première fois qu'elle entendait parler d'une fête, alors que ce n'était manifestement une nouvelle pour personne. Ne serait-elle pas invitée ?

— Donc, euh…, bredouilla Kori. Est-ce que tu crois qu'Adam sera là à temps pour… pour… je veux dire, quand tu crois qu'Adam va revenir ?

— Je ne sais pas vraiment. Bientôt, j'espère. Mais… (Diana haussa les épaules.) Qui peut prévoir ? On ne peut jamais savoir avec lui.

— C'est qui, Adam ? s'enquit Cassie, fermement décidée à montrer qu'elle n'en avait rien à faire de cette soirée.

— Tu veux dire qu'elle ne t'a pas encore parlé d'Adam !

s'exclama Mélanie, ses prunelles gris acier débordant d'incrédulité. C'est pousser la discrétion un peu loin, Diana.

Diana avait pris des couleurs.

— C'est juste que je n'ai pas eu le temps, prétexta-t-elle, sous les huées de Mélanie et de Laurel.

Cassie n'en revenait pas. C'était la première fois qu'elle voyait Diana réagir comme ça.

— Non mais, sérieusement, insista-t-elle. C'est qui ? Ton petit ami ?

— Oh ! seulement depuis la maternelle, railla Laurel. Ils sont ensemble depuis toujours.

— Oui mais, il est où ? Il fait quoi ? Il est en fac ? À quoi il ressemble ?

— Non, il est juste... en voyage, répondit Diana. Normalement, il est en terminale, mais il n'a pas encore mis les pieds au lycée, cette année. Et pour ce qui est de la question « à quoi il ressemble ? », eh bien... il est sympa. Je crois qu'il te plaira.

Elle sourit. Cassie se tourna vers Laurel. Peut-être obtiendrait-elle un peu plus d'informations auprès d'elle ? Laurel agita mollement son bâtonnet de courgette dans les airs.

— Adam est...

— Oui, il est..., répéta Kori.

Même Mélanie ne parvenait pas à trouver ses mots, semblait-il.

— Tu comprendras quand tu le verras, lui promit-elle.

Cassie était de plus en plus intriguée.

— Tu n'as pas une photo de lui ? demanda-t-elle à Diana.

— En fait, non.

En voyant la déception de son amie, Diana tenta de lui expliquer :

— Tu comprends, par ici, les gens ont cette sorte de superstition… Ils n'aiment pas trop qu'on les photographie. Alors, on évite.

Cassie s'efforça de n'en rien laisser paraître, mais pour trouver ça bizarre, elle trouvait ça bizarre. « Ils sont comme ces peuplades coupées du monde ? Ils croient qu'on va leur voler leur âme ? songea-t-elle, incrédule. Comment on peut encore penser ça aujourd'hui ? »

— Il est super mignon, en tout cas, assura Kori avec conviction.

Absorbée par son déjeuner, Suzan leva des yeux énamourés de son paquet de Spitz en soupirant avec émotion :

— Oh ! ce corps !

— Ah ! ces yeux ! soupira Laurel.

— Eh ! mollo, les filles ! intervint Mélanie, en souriant. Vous allez rendre cette pauvre Diana complètement folle avant même qu'il ne soit rentré.

— Assez folle pour laisser sa chance à un autre ? hasarda Sean, sautant sur l'occasion.

Les filles s'exhortèrent du regard à la patience.

— Peut-être, Sean… un jour, dans le prochain millénaire, répondit Laurel – suffisamment bas, cependant, pour qu'il ne l'entende pas.

Manifestement amusée, Mélanie se mit en devoir de l'éclairer :

— Pour Adam et Diana, il n'existe pas d'autres représentants du sexe opposé. Ils ne les voient même pas. Pendant des années, Adam nous a toutes prises pour des garçons.

— Ce qui, dans le cas de Suzan, demandait quand même une sacrée imagination, commenta Laurel.

Suzan jeta un coup d'œil appuyé au 80A de l'intéressée.

— Et ce qui, pour d'autres, n'en demandait aucune, rétorqua-t-elle avec un petit reniflement dédaigneux.

— Et toi, Cassie ? intervint Diana, avant que la discussion ne dégénère. As-tu laissé un petit ami en Californie ?

— Non, pas vraiment, répondit-elle. Il y a bien eu un garçon, cet été, mais... (Elle s'interrompit brusquement. Elle n'avait aucune envie de raconter son histoire devant Suzan.) Enfin, il était... pas mal. Alors, comment s'est passé le rendez-vous de Faye avec Jeffrey, finalement ? demanda-t-elle, en se tournant brusquement vers Suzan.

À son regard, il était clair que Suzan n'était pas dupe, mais elle ne put résister au plaisir de lui annoncer la nouvelle :

— Le poisson a mordu à l'hameçon, dit-elle avec un sourire goguenard. Maintenant, il ne reste plus à Faye qu'à le remonter.

La sonnerie retentit, coupant court à toutes les histoires de petits copains et de rendez-vous. Mais Cassie remarqua une drôle d'expression dans les yeux de Diana, une sorte de mélancolie rêveuse qui ne devait pas la quitter de la journée.

Après les cours, Cassie et Diana rentrèrent ensemble. Comme elles passaient devant chez les Henderson – la maison en plus mauvais état de tout Crowhaven Road –, Cassie remarqua que Diana se mordait la lèvre. Il était clair que quelque chose la contrariait. Et Cassie croyait savoir de quoi il s'agissait.

— Ça m'est égal pour la fête de Kori, lui déclara-t-elle posément. Non, vraiment, insista-t-elle, en voyant la surprise de Diana. Je ne la connais même pas, ou à peine. La seule fois où je l'ai vue avant, c'était avec Faye sur les marches. Qu'est-ce qu'il y a ?

Le regard de Diana s'était subitement assombri.

— Kori déjeunait avec Faye et les autres, ce fameux jour où tu les as entendues discuter sur les marches, tu veux dire ?

— Oui… enfin, quand elle est arrivée, les autres avaient pratiquement fini de manger. Elle faisait partie de tout ce groupe qui était venu revendiquer le droit de déjeuner dehors. Mais c'est la seule que Faye a bien voulu laisser rester. Faye a dit que…

— Qu'est-ce qu'elle a encore dit ? soupira Diana d'un air résigné.

— Elle a dit : « On croyait juste que tu préférerais manger à la cafétéria avec la bande des petits saints ».

Cassie jugea plus sage d'omettre le passage sur « l'Immaculée Conception ».

— Mmm… Et qu'est-ce que Kori a répondu ?

Cassie commençait à ne pas se sentir très à l'aise.

— Elle a dit un truc sur « les petits saints » qui peuvent « devenir rasoir, à la longue ». Mais elle n'est pas restée très longtemps. Je crois que Faye et Suzan ont tout fait pour la choquer.

— Mmm…

Diana avait recommencé à se mordiller la lèvre.

— Enfin, en tout cas, reprit Cassie, ça m'est complètement égal de ne pas être invitée à sa soirée. Mais est-ce que tu crois… eh bien, tu crois qu'un jour je pourrais avoir une chance d'être admise dans le Club, moi aussi ?

Les yeux de Diana s'étaient légèrement écarquillés.

— Oh Cassie ! Mais tu ne veux pas en faire partie.

— Je sais que j'ai dit des trucs, la semaine dernière, qui pourraient le faire penser. Mais tu m'as dit toi-même qu'il ne fallait pas juger le Club d'après Faye. Alors, c'est ce que je fais. Et puis, je vous aime bien, moi. Toi et Laurel et Mélanie et Kori. Même Suzan, maintenant, ça peut passer. Même Chris Henderson. Alors, je me disais que peut-être…

Elle laissa sa phrase en suspens. Les battements de son cœur s'étaient accélérés.

— Ce n'est pas ce que j'entendais par là, se reprit Diana. J'entendais : tu ne veux pas parce que tu es bien décidée à rentrer chez toi, en Californie. Et dès que possible. C'est vrai, non ? Tu as dit que tu prévoyais d'aller en fac là-bas.

— Eh bien, euh… oui, mais… (Elle avait vraiment dit ça, cette première nuit, chez Diana. Mais, maintenant, elle n'en était plus si sûre. Et elle ne savait pas trop comment faire marche arrière.) Mais quel est le rapport ? argua-t-elle plutôt. Je veux dire : ce n'est pas parce qu'on adhère au Club qu'on est obligé de rester ici toute sa vie, si ?

Diana ne quittait pas la route des yeux.

— Ce n'est pas facile à expliquer… Et puis, de toute façon… eh bien, les places sont… plutôt limitées, j'en ai peur.

C'est alors que les paroles qu'avait prononcées Deborah, après le départ de Kori, lui revinrent subitement en mémoire : « Une place vacante, une candidate, tu sais ? » Et puis Kori était d'ici ; Chris et Doug étaient ses frères : elle n'était pas une étrangère dont on acceptait la présence uniquement parce que Diana y tenait, un « chien perdu sans collier » qu'elle avait « ramassé dans la rue ».

— Je comprends, affirma-t-elle.

Elle essayait de faire comme si de rien n'était, comme si ça n'avait aucune importance. Mais ça en avait. Ça en avait énormément.

— Non, tu ne comprends pas, murmura Diana. Mais je

pense que c'est mieux comme ça. Vraiment, Cassie, crois-moi.

— Oh non ! s'écria Diana. Je n'ai pas le Scotch. Il a dû rouler sous le siège. Tu n'as qu'à rester ici. Ce n'est pas la peine qu'on y retourne toutes les deux.

Elle tourna les talons et se précipita vers le parking.

Elles étaient arrivées en avance, ce matin. Diana avait apporté une banderole que Laurel et elle avaient peinte et qui disait « Happy Birthday, Kori ! ». Diana voulait la suspendre au-dessus de l'entrée du lycée et Cassie avait proposé de l'aider. Elle trouvait que c'était très noble et très altruiste de sa part, sachant qu'elle n'avait toujours pas été invitée à la soirée d'anniversaire de Kori. Une façon comme une autre de montrer à quel point elle s'en fichait.

Elle regardait, à présent, la grande porte de ce pompeux édifice qui l'avait tellement terrifiée quinze jours plus tôt.

Deux semaines seulement. La première, elle l'avait passée dans la peau d'une paria, d'une fille à laquelle tout le monde avait peur de parler sous peine d'encourir les représailles de Faye. Mais la deuxième…

Diana n'influençait pas les gens par la terreur, elle, songeait-elle. Elle s'y prenait beaucoup plus subtilement : avec de l'amour. Ça sonnait carrément nulle et franchement gnangnan, genre carte de fête des mères pour gamines de cinq ans, mais c'était vrai. Tout le monde aimait Diana, les filles autant que les garçons, et la plupart d'entre eux auraient traversé les flammes pour elle. En devenant sa « petite sœur adoptive », Cassie avait instantanément bénéficié d'un statut privilégié auquel elle n'aurait jamais pu accéder toute seule. Elle fréquentait désormais les élèves les plus branchés du lycée, évoluait au sein du cercle le plus fermé – même si elle n'en faisait pas vraiment partie – ce que seuls les initiés savaient.

« Tu es presque l'une d'entre nous », entendait-elle encore Faye dire à la petite Kori. « Eh bien, aujourd'hui, c'est son anniversaire, songea Cassie. Et, aujourd'hui, Kori va vraiment être des leurs. Aujourd'hui, Kori va devenir membre du Club. »

Alors qu'elle, elle ne le serait jamais.

Cassie essaya de chasser cette pensée d'un haussement d'épaules, mais un frisson l'en empêcha. Elle referma les bras sur sa poitrine. Elle n'était pas habituée à ce qu'il fasse si froid fin septembre. Pendant le week-end, Laurel et Mélanie avaient parlé de l'équinoxe qui tombait justement ce jour-là. Mélanie avait expliqué que c'était l'une des deux seules périodes de l'année où le jour avait la même durée que la nuit, celle qui marquait le début de l'automne. « Normal qu'il commence à faire froid », se raisonna-t-elle. Tout le monde disait que les feuilles n'allaient pas tarder à jaunir.

Mélanie et Laurel avaient eu l'air carrément passionnées par cette histoire d'équinoxe. Apparemment, c'était super important pour elles. Quant à savoir pourquoi… Encore un des petits mystères qui entouraient les habitants de La Nouvelle-Salem et qui la rendaient à moitié hystérique.

Elle frissonna de plus belle et se mit à battre le pavé en se frottant les bras pour se réchauffer.

La colline s'étendait en contrebas. Elle marcha jusqu'en haut de l'escalier et commença à se balancer sur les talons. L'air était vif ; le temps clair et, au milieu du vert éclatant qui l'entourait, elle pouvait déjà apercevoir quelques petites touches d'automne çà et là. Les buissons de l'autre côté de la route… Comment Laurel les avait-elle appelés déjà ? Des… sumacs ? Les sumacs, de l'autre côté de la route, s'empourpraient déjà. Et certains des érables à sucre se paraient d'or. Et c'était encore plus rouge au pied de la colline…

Cassie fronça les sourcils. Elle en oublia de se frictionner les bras. Elle descendit une marche, puis deux, et se pencha en plissant les yeux. Ce rouge, là, en bas… Il était presque trop rouge, trop vif. Elle n'aurait jamais imaginé qu'un feuillage puisse prendre une telle couleur. Ça faisait presque factice.

Elle fut secouée d'un violent tressaillement. Bon sang ! Qu'est-ce qu'il faisait froid ! Non, le truc rouge, en bas, était caché par les broussailles, mais ce n'était pas une plante. On aurait plutôt dit un pull que quelqu'un aurait oublié.

« Il va être fichu, s'il reste sur le sol mouillé », se dit-elle. Son propriétaire n'allait pas aimer.

Elle descendit encore une marche. « De toute façon, il doit déjà être fichu… À moins que ce soit juste un bout de tissu que quelqu'un a jeté ? »

Mais ça n'avait pas l'air d'un bout de tissu. Ça avait une forme. Elle parvenait même à discerner ce qui devait être une manche. En fait, c'était plutôt tout un tas de fringues… Eh oui ! on aurait dit un jean, là, en dessous du…

Elle en eut le souffle coupé.

« C'est marrant, drôlement marrant, parce qu'on dirait quelqu'un d'allongé… Mais ce serait franchement débile : il fait froid et c'est mouillé par terre. Quelqu'un qui se coucherait là serait congelé… »

Déjà, elle dévalait l'escalier.

« Débile, oui. Mais ça ressemble pourtant drôlement à quelqu'un d'allongé. Eh oui ! là, les jambes. Ce jaune pâle, là, ça serait bien des cheveux. Il doit dormir… Mais qui irait s'endormir dans un endroit pareil, à deux pas de la route ? Évidemment, les buissons le cachent de… »

Elle était très près, maintenant, et tout se déroulait soudain au ralenti. Tout, sauf ses pensées qui déferlaient dans son cerveau en ébullition.

« Ouf ! ce n'est pas quelqu'un, finalement. C'est juste un pantin, un peu comme ces épouvantails qu'on sort à Halloween pour effrayer les gens. Tiens, tu vois, c'est tout mou au milieu… Et puis personne ne pourrait se courber comme ça… Le cou… On dirait celui de la poupée pendue dans mon casier… Comme si quelqu'un avait déboîté la tête… »

Son propre corps réagissait bizarrement. Elle respirait avec difficulté et ses muscles étaient secoués de spasmes convulsifs. Ses genoux tremblaient tellement qu'elle avait du mal à rester debout. Et elle percevait de drôles d'éblouissements en marge de son champ de vision, comme si elle allait tomber dans les pommes.

« Dieu merci ! ce n'est pas un corps… Mais, oh mon Dieu ! ce ne serait pas une main ? Les épouvantails n'ont pas de main, pas des mains comme ça… des mains avec des ongles vernis… Et les épouvantails ne portent pas de bague… de bague en turquoise… »

Elle l'avait déjà vue, cette bague, mais où ?

« Examine-la de plus près… Non ! ne regarde pas ! Ne regarde… »

Trop tard. Elle avait déjà vu. La main. Les doigts crispés comme des serres. Cette main-là était humaine. Et la bague était celle de Kori.

Cassie ne se rendait pas compte qu'elle criait. Elle ne s'en aperçut qu'à mi-chemin parce qu'elle ne pouvait plus respirer. Pourtant, ses jambes, si flageolantes, se détendaient comme des ressorts et elle faisait des bonds, gravissant l'escalier quatre à quatre. Elle criait : « Au secours ! au secours ! au secours ! » sans pouvoir s'arrêter. Sauf que c'étaient des couinements de souris, si pathétiques, si faibles que personne ne l'entendrait, forcément. Comme dans ces cauchemars où on voudrait hurler et où nos cordes vocales sont comme paralysées.

Quelqu'un avait entendu, pourtant. Au moment où elle atteignait le sommet de la colline, Diana apparut devant elle. Elle courait. Elle la prit par les épaules.

— Qu'est-ce qu'il y a ?

— Kori ! haleta Cassie d'une voix étranglée – elle pouvait à peine parler. Diana, il faut aider Kori. Elle est blessée. Il y a quelque chose d'anormal… (Elle savait que c'était bien plus grave que ça, mais elle ne parvenait pas à le dire.) Aide-la, je t'en prie ! Elle a…

— Où ? l'interrompit sèchement Diana.

— En bas. Au pied de la colline. Mais n'y va pas, se contredit-elle dans un souffle.

Oh Seigneur ! elle pétait complètement les plombs. Elle ne gérait pas du tout… Mais elle ne pouvait pas laisser Diana y aller toute seule non plus.

Diana dévalait les marches. Les jambes raides comme des bâtons, Cassie la suivit. Elle vit Diana atteindre le bas de l'escalier et hésiter. Et puis elle la vit s'agenouiller et se pencher en avant.

— Est-ce qu'elle est… ? demanda Cassie, les poings serrés.

Diana se releva. Cassie lut la réponse dans ses épaules soudain voûtées.

— Elle est froide. Elle est morte.

Et puis Diana se retourna. Elle était livide et ses yeux verts brillaient étrangement. Quelque chose, dans son expression, galvanisa Cassie et elle dégringola les deux dernières marches pour la prendre dans ses bras.

Elle sentait Diana trembler, se cramponner à elle de toutes ses forces. Kori avait été son amie.

— Ça va aller. Ça va aller, haleta-t-elle.

Toujours aussi logique ! Comment cela pourrait-il jamais aller ?

Et, pendant ce temps, dans sa tête, tournait en boucle un tout autre refrain :

« Tu verras, un jour, c'est toi qu'on retrouvera au pied de l'escalier avec la nuque brisée… Un jour, c'est toi qu'on retrouvera… »

Kori avait la nuque brisée.

C'était ce que le docteur de la police avait dit. Après que Diana et Cassie avaient remonté l'escalier, tout ce qui s'était passé avait semblé se dérouler comme dans un rêve. Un très mauvais rêve. Des adultes étaient venus et avaient pris la situation en main : les responsables du lycée, les flics, le médecin… Ils avaient posé des questions et pris des notes dans de petits carnets. Et, pendant tout ce temps, les élèves s'étaient tenus à l'écart, se contentant de regarder. Ils étaient exclus du mode opératoire des adultes. Et puis, ils avaient leurs propres questions :

— Qu'est-ce qu'on attend ? Pourquoi on lui règle pas son compte tout de suite ? disait Deborah, au moment où Cassie pénétra dans l'arrière-salle.

Ce n'était pas l'heure du déjeuner, mais toutes les règles semblaient avoir été chamboulées.

— On l'a toutes entendue, renchérissait Deborah. Suzan, Faye et moi. Et même elle, ajouta-t-elle, en désignant Cassie qui essayait vaguement de se procurer une canette de jus de fruits dans le distributeur. Cette garce nous a averties qu'elle allait le faire. Et elle l'a fait. Alors qu'est-ce qu'on attend ?

— On attend de savoir la vérité, lui répondit Mélanie avec son calme et sa froideur habituels.

— La vérité ? Qu'ils nous la balancent, tu veux dire ? Les autres ? Ceux du dehors ? Tu rigoles ! Ils reconnaîtront jamais que c'est Sally qui a fait l'coup. Les flics prétendent que c'est un accident. Un accident ! « Pas de traces de lutte », qu'ils disent. Elle aurait glissé sur une marche mouillée. Et tu sais ce qu'ils disent, les autres élèves ? Ils disent que c'est l'un d'entre nous !

Laurel leva les yeux de l'eau bouillante qu'elle versait sur des feuilles séchées dans un bol. Elle avait le bout du nez rouge.

— Peut-être que c'était l'un des nôtres, murmura-t-elle.

— Du genre ? cracha Deborah.

— Dans le genre de quelqu'un qui ne voulait pas d'elle dans le Club. Quelqu'un qui avait peur qu'elle ne fasse pencher la balance du mauvais côté…

— Et on sait tous quel côté a du souci à se faire, intervint une nouvelle voix.

Cassie se retourna d'un bond. Elle faillit en lâcher sa canette.

C'était Faye. Cassie ne l'avait jamais vue dans l'arrière-salle avant. Mais elle était bel et bien là, avec ses yeux d'or brûlant comme des charbons ardents sous ses paupières mi-closes.

— Eh bien, Diana n'avait certainement rien à craindre, lui rétorqua Laurel. Kori adorait Diana.

— Ah oui ? Alors pourquoi elle a passé toutes ses pauses déjeuner avec moi cette semaine ?

Laurel la dévisagea, manifestement troublée. Et puis, le nuage passa et son visage s'éclaira. Elle secoua la tête.

— Tu peux dire tout ce que tu voudras, Faye. Tu ne réussiras jamais à me faire croire que Diana ait pu faire du mal à Kori.

— Elle a raison, intervint Suzan – Cassie en avala de travers. Diana n'aurait jamais fait ça.

— De toute façon, on sait tous qui c'est, trancha Deborah. C'est Sally – ou peut-être son débile de mec. On n'a qu'à les choper, j'vous dis. Et pas plus tard que maintenant.

— Elle a raison, approuva Sean.

Le regard de Laurel se posa sur lui, puis sur Deborah et, enfin, sur Faye.

— Qu'est-ce que tu en penses, Mélanie ? demanda-t-elle finalement.

Mélanie répondit, toujours avec ce même flegme, ce même ton détaché :

— Je crois qu'on devrait en débattre entre nous.

Sean opina.

— Elle a raison !

C'est à ce moment-là que Diana fit son entrée, les frères Henderson sur les talons. Ils avaient tous les deux l'air ravagés de chagrin – et complètement largués. Comme s'ils n'arrivaient pas à comprendre comment un truc pareil pouvait leur arriver. Chris avait les yeux rouges.

Leur apparition jeta un froid et ils prirent place à la table dans un silence de cathédrale.

Quand Faye se tourna vers Diana, elle semblait avoir des flammes d'or dans les yeux.

— Assieds-toi, lui dit-elle d'un ton sans réplique. Il faut qu'on parle.

Loin de protester, Diana obtempéra. Faye l'imita aussitôt. Après avoir posé deux bols fumants devant les frères Henderson, Laurel en fit autant, rejoignant Suzan et Mélanie qui étaient déjà assises. Deborah empoigna une chaise et l'enfourcha.

C'est alors que toutes les têtes se tournèrent vers elle.

Ils avaient tous l'air bizarre, ailleurs, presque irréels, tout à coup. Le visage fermé, Laurel n'avait plus rien d'une elfe espiègle. Les yeux gris de Mélanie étaient encore plus froids que d'habitude ; leur expression, encore plus lointaine. Suzan pinçait les lèvres – toujours entrouvertes pour faire plus sexy. Deborah avait visiblement encore plus de mal à se contenir. Même le visage de Sean, malgré son éternel regard fuyant, semblait empreint d'une certaine dignité – un exploit sans précédent. Quant à Diana, la mine sévère, le teint pâle, elle était d'une inquiétante gravité.

La porte vitrée s'ouvrit alors sur Nick. Il portait son masque de pierre coutumier, toujours aussi beau, mais encore plus dur, plus distant, indéchiffrable. Il s'assit toutefois à côté de Doug.

Elle était la seule encore debout dans la pièce. Elle les regarda, eux, les membres du Club, et ils lui rendirent son regard en silence. Toute parole était désormais inutile : elle avait compris. Elle tourna les talons et sortit.

11

Elle ne savait pas où elle allait. Les cours avaient été maintenus, bien qu'il y ait probablement plus d'élèves à l'extérieur qu'à l'intérieur des classes. Ils squattaient les couloirs, les escaliers, traînaient devant l'entrée du lycée. Elle jeta un vague coup d'œil à l'une des horloges : juste le temps d'aller en cours de physique. Elle aurait sans doute pu appeler sa mère et lui demander de venir la chercher. Mais elle n'aurait pas eu le courage d'affronter ses questions. Pas encore, pas maintenant. Pour le moment, tout ce qu'elle voulait, c'était faire comme si tout était normal – ou, du moins, essayer.

Pendant qu'elle prenait des notes – sans comprendre un traître mot de ce qu'elle écrivait –, elle se sentait observée. C'était comme si elle était revenue deux semaines en arrière, quand Faye l'avait mise en quarantaine. À la fin du cours, elle constata pourtant une nette différence. Les autres venaient tous vers elle en murmurant des trucs du style « Ça va ? »

ou « Tu tiens l'coup ? ». Et ils avaient l'air hyper mal à l'aise, comme s'ils n'avaient aucune envie de lui parler mais qu'ils s'y sentaient obligés. Après sa dernière heure de cours, le phénomène s'amplifia : ils étaient de plus en plus nombreux à venir la voir, par petits groupes de deux ou trois, pour lui dire « Désolés » ou « On voulait juste que tu saches qu'elle nous manquera aussi »…

Et, tout à coup, l'évidence lui sauta aux yeux. Elle en aurait presque ri. Ils lui présentaient leurs condoléances ! À elle ! Quelle ironie ! « Les autres, ceux du dehors », comme disait Deborah, s'adressaient à elle, parce que, dans leur esprit, elle représentait le Club. Ils ignoraient qu'en réalité, elle en était aussi exclue qu'eux !

Quand la capitaine des pom-pom girls du lycée vint la trouver pour lui chuchoter, d'un air compatissant : « Oh ! ça doit être si dur pour toi », Cassie n'y tint plus.

— Mais je la connaissais même pas ! explosa-t-elle. Je n'lui ai adressé la parole qu'une seule fois dans ma vie !

La pom-pom girl en chef ne s'attarda pas et les visites de condoléances s'arrêtèrent là.

Mme Lanning, la prof d'histoire, la raccompagna. Cassie réussit à esquiver sa mère et à échapper à ses questions angoissées – apparemment, le lycée avait appelé pour expliquer ce qui s'était passé. À peine rentrée, déjà elle ressortait. Elle emprunta le chemin escarpé taillé dans la falaise pour gagner la plage, au pied de la maison.

L'océan n'avait jamais eu l'air plus déprimant : une lourde nappe couleur argent, brillante et froide comme du mercure. Le temps, qui s'était annoncé radieux, s'était finalement couvert et le ciel s'assombrissait de plus en plus à mesure que Cassie marchait.

Et marchait. Et marchait. Cette plage avait fait partie des

bons côtés de sa nouvelle vie chez sa grand-mère. Mais, maintenant… À quoi bon ? Elle s'y promenait seule. Elle serait toujours seule.

Elle étouffait, la poitrine prête à éclater. C'était comme si tous les terribles événements de la journée avaient été enfermés là et luttaient pour sortir. Mais il n'y avait pas d'échappatoire.

Elle avait cru qu'être la pestiférée du lycée était le truc le plus horrible qui puisse lui arriver. Mais c'était encore pire d'être presque acceptée. Surtout quand on savait qu'en réalité on ne l'était pas et qu'on ne le serait jamais. Oui, oui, c'était égoïste de s'apitoyer sur son sort, après ce qui était arrivé à Kori. Mais elle ne pouvait pas s'en empêcher. En proie à un tourbillon de noirceur, entre confusion et douleur, elle en venait presque à l'envier. Kori était peut-être morte, mais elle était intégrée, elle : elle avait trouvé sa place.

Alors qu'elle ne s'était jamais sentie aussi seule, rejetée.

Le ciel était plombé. L'océan s'étendait à l'infini sous ce couvercle couleur de cendres, plus sombre encore. Perdue dans ses mornes pensées, Cassie le regardait. Et plus elle le regardait, plus elle sentait naître en elle une étrange fascination. Si elle se mettait à marcher dans cette direction et si elle continuait…

« Arrête ça tout de suite ! s'ordonna-t-elle sèchement. Reprends-toi !

» Mais ce serait si simple…

» Oui. Et, cette fois, tu serais vraiment toute seule. Toute seule et dans le noir, pour l'éternité. Sympa comme idée, hein, Cassie ? »

Secouée de violents tremblements, elle s'arracha à l'appel des eaux grises. Elle avait les pieds engourdis et les doigts gelés. Elle remonta l'étroit sentier rocailleux en titubant.

Cette nuit-là, elle ferma tous les rideaux de sa chambre pour ne pas voir l'océan ni la nuit. Le cœur serré, elle ouvrit sa boîte à bijoux pour y prendre la petite pierre porte-bonheur.

« Je n'ai pas touché à ton cadeau depuis longtemps, mais j'ai pensé à toi. Quoi que je fasse, où que je sois, tu es avec moi. Et ô comme je voudrais que… »

Sa main trembla tandis qu'elle fermait les yeux et portait la pierre à ses lèvres. Elle sentit le froid habituel des cristaux que, déjà, son souffle réchauffait. Sa respiration s'accéléra. Les larmes lui montèrent aux yeux. « Oh ! un jour, un jour… », songea-t-elle.

Et puis soudain sa bouche se tordit de douleur. Quelque chose monta en elle comme un torrent de lave et elle lança la pierre de toutes ses forces à travers la pièce. Le cristal heurta le mur avec un bruit mat et claqua sur le sol.

« Un jour, rien du tout ! hurlait une petite voix cruelle dans sa tête. Cesse de te raconter des histoires ! Tu ne le reverras jamais. »

Elle resta allongée sur son lit dans la pénombre que seule éclairait une petite veilleuse sur le mur du fond. Elle ne pouvait pas pleurer. Toutes ses larmes avaient été asséchées d'un coup. Mais elle avait l'impression qu'on lui avait arraché le cœur.

Cassie rêvait de l'océan. L'océan : noire immensité. Le navire était en perdition. Elle entendait les craquements de la coque sous ses pieds. Ils allaient s'échouer. Et quelque chose était perdu… perdu…

Elle se réveilla en sursaut, retint sa respiration. Qu'est-ce que c'était que ce bruit ? Est-ce que c'était dans son rêve ou dans la réalité ?

Tétanisée, elle écouta. Silence. Elle tenta de percer les ténèbres de sa chambre. La veilleuse était éteinte.

Pourquoi n'avait-elle même pas pensé à avoir peur avant ? Mais qu'est-ce qui lui prenait, ce soir ? Elle était allée à la plage toute seule, sans même se demander si l'assassin de Kori ne l'observait pas, attendant son heure…

« Un accident, se rassura-t-elle, tous les sens en alerte. Ils ont dit que c'était probablement un accident. » Mais son cœur cognait dans sa poitrine et ses coups de boutoir ne cessaient de s'accélérer. Il lui semblait voir des lumières scintillantes dans le noir. Et elle percevait…

Une présence. Comme une ombre devant elle. Oh ! Mon Dieu ! elle la sentait vraiment. C'était comme une pression contre sa peau, comme un courant d'air glacé. Il y avait quelque chose dans sa chambre.

Elle fouillait l'obscurité des yeux, le corps tout tremblant de tension contenue. C'était stupide mais elle se disait que, si elle restait parfaitement immobile et si elle ne faisait aucun bruit, on ne la trouverait pas.

Elle avait tort.

Elle entendit des pas feutrés, quelque chose qui venait vers elle, furtivement. Et puis le parquet craqua.

Ça se rapprochait !

Elle était pa-ra-ly-sée de trouille. Elle inspirait, déjà prête à crier, quand… un mouvement vif dans le noir… quelque chose se plaqua contre sa bouche…

Et, en une fraction de seconde, ce fut le chaos : après le calme absolu, l'agitation frénétique. Elle se défendit. Mais c'était encore pire : on lui immobilisa d'abord les bras, puis les pieds.

On la faisait rouler, rouler, rouler. On l'enveloppait dans son drap. Elle ne pouvait plus bouger. Ses bras étaient emprisonnés par le tissu. Elle essaya bien de donner des coups de pied, mais ses jambes étaient coincées aussi.

Elle se sentit soudain soulevée. Et impossible de hurler. Elle asphyxiait. Quelque chose sur sa tête… Elle étouffait. Et le plus terrible, c'était ce silence. Cet incroyable, cet éternel silence. Ce qui se trouvait là était aussi silencieux qu'un fantôme.

Un fantôme… C'était pourtant elle qui était enveloppée dans un linceul. Les plus horribles idées se bousculaient dans sa tête.

On la sortait de sa chambre. On lui faisait descendre l'escalier. On l'emportait hors de la maison. On l'emmenait pour l'enterrer.

Elle avait envié Kori ? Eh bien, maintenant, elle allait la rejoindre. On allait la mettre en terre… ou la jeter à la mer. Prise de panique, elle essaya de se débattre. Mais le tissu était trop serré.

Elle n'avait jamais été aussi terrifiée.

Avec le temps, cependant, la violence de sa première réaction de panique s'épuisa toute seule. C'était comme se battre contre une camisole : ses efforts ne servaient à rien, qu'à l'affaiblir. Et à la faire mourir de chaud. Elle suffoquait… Si seulement elle avait pu respirer…

Haletant, le souffle court, elle sentit son corps devenir lourd, inerte. Pendant les quelques minutes qui suivirent, elle ne concentra plus son attention que sur une seule chose : trouver de l'air. C'est alors seulement qu'elle commença à réfléchir.

Elle était portée par plus d'une personne. Ça, elle en était sûre. Ses bras et ses jambes n'étaient pas seulement emprisonnés par le drap dont elle était enveloppée, mais par des mains.

Des mains d'être humain ou… ? Des images se mirent alors à déferler dans sa tête. Des images tout droit sorties de films d'horreur. Des mains décharnées d'où saillaient les os. Des mains brunâtres aux ongles d'un bleu cyanosé de cadavre. Des mains mutilées, des mains jaillissant de tombes, des mains…

« Oh ! Mon Dieu ! mon Dieu ! par pitié ! Je vais devenir folle. Faites que ça s'arrête ou je vais mourir. Je vais mourir de peur ! » Personne ne pouvait éprouver une telle terreur et y survivre.

Mais ce n'était pas si simple de mourir. Ça ne s'arrêtait pas et elle continuait à vivre. C'était comme dans un cauchemar. Sauf qu'elle ne rêvait pas. Elle pouvait toujours prier tout ce qu'elle voulait. Elle n'allait pas se réveiller.

Et puis, tout à coup, ça s'arrêta.

On ne la portait plus. On la redressait. On la faisait basculer… Ah ! elle sentait le sol sous ses pieds : on la mettait debout. Le drap était déroulé. Elle sentit la brise sur ses mollets. Sa chemise de nuit en coton claqua contre ses jambes. Ses bras étaient libérés.

Elle tendit les mains en avant. On lui saisit les poignets et on les lui maintint dans le dos. Elle ne pouvait toujours rien voir. Elle avait quelque chose sur la tête, une sorte de cagoule sans doute. Il faisait une chaleur torride là-dessous et elle respirait son propre dioxyde de carbone. Elle tangua en essayant de donner un coup de pied. Elle aurait voulu lutter encore, mais elle savait qu'elle n'en avait plus la force.

C'est alors qu'elle entendit un bruit s'élever juste derrière elle.

Un ricanement.

Lent, chaud, sensuel. Amusé. Sardonique aussi.

Reconnaissable entre tous.

Faye.

Cassie s'était crue parvenue au summum de la terreur. Elle avait imaginé des fantômes, des morts-vivants venus la chercher pour l'entraîner avec eux, sous terre. Mais toutes ses peurs les plus débridées, toutes ces horreurs surnaturelles n'étaient rien, comparés à l'épouvante qui s'empara d'elle, en cet instant.

— Avance, lui ordonna Faye.

Une violente poussée la propulsa en avant. On lui avait ligoté les mains dans le dos. Elle chancela et fit un pas hésitant.

— Tout droit, commanda Faye.

Cassie fit un nouveau pas et trébucha. Une main la retint. Une main qui venait de son côté droit. Faye n'était donc pas seule. Eh bien non, forcément ! Elle n'aurait pas pu la porter sans l'aide d'un ou d'une complice.

Elle ne s'était jamais rendu compte à quel point la vue était cruciale. C'était terrifiant de devoir marcher comme ça, un pas après l'autre, dans le néant. Si ça se trouvait, Faye la faisait avancer droit vers le précipice.

Non, non, elles ne se trouvaient pas sur la falaise. Elles étaient sur la plage. Elle ne pouvait peut-être rien voir, mais, maintenant qu'elle n'était plus ficelée dans le drap, ses autres sens avaient pris le relais, plus aiguisés que jamais. Sur sa gauche, lui parvenait le rugissement régulier des rouleaux. Tout près. Sous ses pieds, elle pouvait sentir un terrain instable et humide : du sable mouillé. La brise qui soulevait sa chemise de nuit était fraîche et salée. Ça sentait l'iode et les algues.

— Stop !

Cassie obéit machinalement. Elle voulut avaler sa salive et s'aperçut qu'elle avait la langue collée au palais.

— Faye, je…

— Tais-toi !

Plus rien de languide dans cette voix tranchante. Comme un chat qui aurait soudain sorti ses griffes. Une pression contre son cou la tétanisa : on avait attrapé le bord inférieur de la cagoule et on le serrait en guise d'avertissement.

— Ne parle que si on t'interroge et ne bouge pas avant qu'on te le dise. C'est compris ?

Hébétée de peur, Cassie opina.

— Maintenant, avance d'un pas. Stop. Tourne sur ta gauche. Reste là. Pas un mot.

Des mains s'agitaient dans sa nuque. Et puis… Ouf ! une merveilleuse bouffée d'air pur : on venait de lui ôter sa cagoule. La lumière lui éclata au visage. Clignant des paupières, Cassie découvrit avec effarement la scène hallucinante qui se jouait sous ses yeux.

Du noir et blanc. Telle fut sa première impression. Tout lui apparaissait en contrastes tranchés, comme en négatif.

Juste en face d'elle, la lune. D'un blanc mat, immaculée, à peine levée. Un parfait croissant au-dessus de l'océan. L'océan, aussi noir que le ciel, une immensité de ténèbres seulement brisée par la blancheur spectrale de l'écume frisant les vagues. Et, devant ce décor lunaire, se dressait une silhouette qui semblait scintiller.

Diana ?

Elle portait une fine et longue robe blanche sans manches. Un large bracelet d'argent, ciselé d'étranges motifs, lui enserrait le bras gauche. Sur son front était posé une sorte de diadème avec, au centre, un croissant de lune aux extrémités pointées vers le ciel. À peine retenue par la fine couronne d'argent, sa longue chevelure de soie ruisselait librement, tel un voile de lumière. Comme si la lune lui avait prêté sa clarté pour l'en draper.

Dans sa main, elle tenait… une dague !

Cassie revit alors, avec une acuité terrifiante, sa mère et sa grand-mère penchées au-dessus d'elle, comme dans son rêve. L'une d'elles avait parlé de « sacrifice ». Est-ce que c'était pour ça qu'on l'avait amenée ici ? Pour la sacrifier ?

Elle regardait la lame étinceler au clair de lune, comme hypnotisée. Et puis elle leva les yeux vers le visage de Diana.

« Je ne l'aurais jamais cru. Non, je n'aurais jamais cru que tu pourrais aider Faye à faire un truc pareil. Pas toi, non. Pas toi, songeait-elle, crucifiée de chagrin. Mais tu es là, devant moi, avec un couteau… Je te vois de mes propres yeux. Comment ne pas croire ce que je vois ? »

— Retourne-toi, lui intima une voix.

Elle sentit son corps obéir.

Un cercle était dessiné dans le sable, un grand cercle. À l'intérieur et tout autour, brûlaient des bougies plantées à même le sol. La cire coulait sur le sable. Il y en avait de toutes les tailles et de toutes les couleurs. Certaines devaient avoir été allumées depuis longtemps, vu ce qu'il en restait et la quantité de cire fondue. Chaque petite flamme dansait dans la brise nocturne.

À l'intérieur du périmètre se tenaient les membres du Club. Dans l'état d'absolue terreur où elle était, Cassie n'eut que des flashes des visages autour d'elle, comme si elle ne les avait aperçus qu'à la faveur des éclairs, un soir de tempête. C'étaient ceux qu'elles avaient vus réunis autour de la table de l'arrière-salle, l'après-midi même. Fiers. Beaux. Irréels.

Faye était du nombre. Tout de noir vêtue. Et, si les cheveux de Diana ressemblaient à une étole de clair de lune, les siens n'étaient plus qu'un lourd manteau de nuit.

Diana passa à côté de Cassie et entra dans le cercle. Cassie s'aperçut alors que le rond dessiné dans le sable n'était pas achevé. Il y avait une ouverture devant ses pieds.

Elle se tenait juste… sur le seuil ?

Incrédule, elle chercha les yeux de Diana. Mais, pâle, distante, Diana ne la regardait pas. Son visage ne trahissait aucune émotion. Le cœur de Cassie s'emballa.

C'est alors que Diana prit la parole. Sa voix, claire et mélodieuse, s'éleva dans le silence de la nuit.

— Qui la récuse ?

Une voix gutturale lui répondit :

— Moi.

Cassie ne vit pas la dague changer de main jusqu'à ce que Faye ne la lui pointe contre la gorge. Une piqûre, une pression, là, juste au creux du cou. Elle écarquilla les yeux. Rester parfaitement immobile, se disait-elle. Surtout ne pas bouger. Faye la regardait droit dans les yeux, entre ses paupières mi-closes. Quelque chose luisait au fond de ses prunelles. Une sorte de plaisir mauvais, cette même flamme que Cassie avait vue, quand elles étaient dans le bâtiment des sciences et que Faye avait menacé de la brûler.

Un sourire étira lentement les lèvres laquées de rouge, un sourire terrifiant. La pression de la lame contre sa gorge s'accentua.

— Je te mets au défi, lui lança alors Faye à pleine voix. Si la moindre peur habite ton cœur, tu ferais mieux de te jeter sur cette dague plutôt que de continuer. Alors, Cassie, qu'est-ce que tu décides ? ajouta-t-elle, sur le ton de la confidence, si bas que les autres ne pouvaient probablement pas l'entendre. Est-ce qu'il y a de la peur dans ton cœur, oui ou non ? Attention à ce que tu vas dire.

Abasourdie, Cassie la regardait sans comprendre. « De la peur dans son cœur » ? Bien sûr qu'il y avait de la peur dans son cœur ! Comment aurait-il pu en être autrement ? Ils avaient tout fait pour la terroriser.

C'est alors que son regard se posa sur Diana.

Elle repensa à Laurel dans l'arrière-salle, quand Faye avait laissé entendre que Diana aurait pu jouer un rôle dans la mort de Kori. Laurel avait semblé déstabilisée, sur le coup. Et puis son visage s'était éclairé et elle avait dit : « Tu peux dire tout ce que tu voudras, Faye. Tu ne réussiras jamais à me faire croire que Diana ait pu faire du mal à Kori ».

C'était ce qui s'appelait avoir confiance. Avoir foi en quelqu'un, croire en lui quoi qu'il arrive. Est-ce qu'elle avait cette foi en Diana ?

« Oui, songea-t-elle, les yeux toujours plongés dans les prunelles vertes de son amie. Oui, j'ai confiance en elle.

» Assez pour croire en elle quoi qu'il arrive ? Assez pour ne plus avoir peur ? »

La réponse devait venir de l'intérieur. Cassie fouillait dans sa tête, raisonnait, en quête de vérité. Tout ce qui s'était passé, ce soir, quand elles l'avaient tirée du lit, enlevée, amenée ici sans un mot d'explication, menacée avec un couteau… sans compter cette étrange cérémonie… tout ça semblait annoncer le pire. Et Kori avait bel et bien été as-sa-ssi-née !…

« J'ai confiance en toi, Diana. »

Voilà la réponse qu'elle trouva au fond de son cœur. « J'ai confiance en toi. Malgré tout, en dépit de ce que je vois, j'ai confiance en toi… »

Elle reporta son attention sur Faye, qui arborait toujours son petit sourire sardonique.

— Vas-y, lui dit-elle d'une voix forte, en plongeant les yeux dans ses perturbantes prunelles d'or. Vas-y. Il n'y a pas de peur dans mon cœur.

Au moment même où elle prononçait ces mots, toutes les manifestations de la terreur – les tremblements, les vertiges, les battements affolés de son cœur… – se volatilisèrent comme par enchantement. Elle avait beau être ligotée, avoir une dague pointée contre la gorge, elle ne s'en redressa pas moins et continua à regarder Faye sans ciller, droite comme un « i ».

Une étincelle passa dans les prunelles de Faye. Une étincelle de quelque chose qui ressemblait… mais oui ! à du respect, à de l'admiration presque. Son sourire se fit amusé et elle hocha imperceptiblement la tête. La seconde d'après, ce fut avec un haussement de sourcils ironique qu'elle l'invita à entrer dans le cercle :

— Avance, lui dit-elle.

« Avance » ? s'interrogea Cassie, en se refusant cependant à baisser les yeux devant le regard d'or. Avec une lame contre la gorge ? Hors de question pourtant, malgré son trouble, de laisser paraître ne serait-ce qu'un frémissement de paupières. Elle hésita, puis fit un pas en avant.

La dague céda devant elle. Cassie sentit tout de même une goutte couler dans son cou quand la lame s'abaissa et que Faye recula.

Lorsqu'elle s'autorisa enfin à baisser les yeux, elle était à l'intérieur du cercle.

Diana prit la dague des mains de Faye et vint se placer derrière Cassie. Plongeant la lame dans le sable, elle relia les deux points de la circonférence, fermant le cercle. Cassie ressentit alors une drôle d'impression, comme si on verrouillait une porte dans son dos, comme si on l'emmurait. Comme si ce qui se trouvait à l'intérieur du cercle n'avait rien à voir avec tout ce qui se trouvait à l'extérieur.

— Viens au milieu, lui dit Diana.

Cassie tenta de marcher dignement, bien qu'elle soit en chemise de nuit. La robe de Diana, remarqua-t-elle alors, était fendue sur le côté jusqu'à la hanche. Il y avait quelque chose sur sa longue cuisse fuselée. Une jarretière ? Ça y ressemblait en tout cas. Comme ces bandes de dentelle enrubannées que les jeunes mariées jettent aux invités, le soir de leurs noces. Sauf que celle-ci semblait faite de daim vert doublé de soie bleue et qu'elle était fermée par une boucle d'argent.

— Retourne-toi, ordonna Diana.

Cassie pensa qu'on allait trancher ses liens… C'est alors qu'on l'attrapa par les épaules et qu'on commença à la faire tourner, de plus en plus vite. Elle tournait comme une toupie et on la poussait d'un bord et de l'autre, d'une personne à l'autre. Au début, elle fut prise de panique. Elle était étourdie, complètement désorientée. Avec ses mains attachées, elle ne pourrait pas se rattraper si elle tombait. Et il y avait toujours ce couteau quelque part…

« Laisse-toi aller, se dit-elle alors. Ne résiste pas. Suis le mouvement. Détends-toi. » Et, soudain, sa peur disparut comme par enchantement. Elle s'abandonna au jeu, projetée par une personne et toujours rattrapée par une autre. Et si elle tombait, eh bien… elle tomberait.

Tout à coup, le jeu cessa et des mains la stabilisèrent pour la replacer devant Diana. Elle était légèrement essoufflée et tout tournait autour d'elle, mais elle essayait de se tenir droite.

— On t'a lancé un défi et tu l'as relevé. Tu as passé les épreuves et tu les as surmontées, lui annonça Diana, un petit sourire dans le vert de ses prunelles, mais l'air toujours grave. Maintenant, acceptes-tu de prêter serment ?

« Prêter serment » ? Quel serment ? Elle hocha la tête.

— Jures-tu loyauté et fidélité au Cercle ? Jures-tu de ne jamais nuire à quiconque se tient à l'intérieur du Cercle ? Jures-tu de protéger et de défendre tous ceux qui se trouvent à l'intérieur du Cercle, fût-ce au prix de ta vie ? Le jures-tu ?

Cassie déglutit bruyamment, puis tenta de parler d'une voix ferme et assurée :

— Oui.

— Jures-tu de ne jamais révéler les secrets qui te seront dévoilés, sauf aux initiés et sous la protection d'un Cercle préparé dans les règles, comme celui dans lequel tu te trouves à l'instant ? Jures-tu de garder ces secrets et de les défendre vis-à-vis des autres, fussent-ils amis ou ennemis, même au prix de ta vie ? Le jures-tu ?

— Oui, murmura Cassie.

— Sur l'océan, sur la lune, sur ton propre sang, le jures-tu ?

— Oui.

— Réponds : « Oui, je le jure ».

— Oui, je le jure.

— Elle a été mise au défi, soumise aux épreuves et sommée de prêter serment, dit Diana, en reculant pour s'adresser aux membres du Club. Et, maintenant, comme nous tous ici, dans ce Cercle, l'avons acceptée, je vais invoquer les Pouvoirs pour la soumettre à leur approbation.

Diana leva la dague au-dessus de sa tête, pointant la lame vers le ciel. Puis elle la dirigea vers l'est, vers l'océan, puis vers le sud, vers la falaise, puis vers le nord. Enfin, elle la pointa vers Cassie. Les paroles qu'elle prononça alors furent comme des ondes de chocs qui lui dégringolaient l'échine :

Terre et Eau, Feu et Air
Voyez votre fille devant vous aujourd'hui
Par l'ombre de la lune, du soleil, la lumière
Je le veux, qu'il en soit fait ainsi

Défi relevé, épreuves surmontées, serment prononcé
Que Cassie, désormais, soit du Cercle acceptée
Par sa chair et par son sang, en son âme et en son cœur
Qu'elle soit, à jamais…

— Ah mais non ! On l'a pas tous acceptée ! protesta soudain une voix frémissante de colère. Je la considère toujours pas comme une des nôtres et je crois toujours pas qu'elle pourra l'être un jour.

12

Diana se retourna brusquement vers Deborah.

— Tu n'as pas le droit d'interrompre un rituel !

— Il ne devrait pas y avoir de rituel ! répliqua Deborah, les yeux flamboyants de rage.

— À la réunion, tu as accepté…

— J'ai accepté de faire tout ce qu'il faudrait pour nous rendre plus forts. Mais…

Deborah s'interrompit subitement et se renfrogna.

— Mais certains d'entre nous ne croyaient peut-être pas qu'elle réussirait à passer les épreuves…, acheva Faye, avec un petit sourire en coin.

Diana était pâle et la colère crispait ses traits. Le diadème qu'elle portait semblait lui donner un surplus d'autorité et de stature de telle sorte qu'elle paraissait encore plus grande que Faye. Le clair de lune faisait miroiter ses cheveux comme il avait fait miroiter la lame de la dague sacrée.

— Mais elle a surmonté les épreuves, lui rétorqua-t-elle d'une voix glaciale. Et, maintenant, vous avez interrompu un rituel, vous l'avez violé, alors même que j'invoquais les Pouvoirs. J'espère que vous avez une meilleure raison que ça.

— Je vais t'la donner, moi, ta raison, cracha Deborah. Elle est pas des nôtres. Sa mère s'est mariée avec un type du dehors.

— Qu'est-ce que tu veux alors ? riposta Diana. Qu'on ne puisse jamais fonder un vrai Cercle ? Tu sais qu'il faut être douze pour faire quoi que ce soit. Qu'est-ce qu'on est censés faire, d'après toi ? Attendre que tes parents ou les Henderson fassent un autre enfant ? Aucun de nous, à part vous, n'a encore ses deux parents. Non, poursuivit Diana, en se tournant vers les autres membres du groupe qui se tenaient debout, à l'intérieur du cercle. Nous sommes les derniers, leur dit-elle. La dernière génération du Nouveau Monde. Et, si nous ne pouvons pas compléter notre Cercle, alors ce sera la fin. Après nous, il n'y aura plus rien.

Mélanie prit alors la parole. Elle était habillée normalement, mais elle portait un châle à franges qui semblait tout à la fois très usé et très fragile, comme une pièce de musée.

— Nos parents et nos grands-parents seraient ravis, commenta-t-elle. C'est exactement ce qu'ils veulent : qu'on oublie tout ça, comme ils l'ont fait eux-mêmes, comme leurs propres parents l'ont fait. Ils ne veulent pas que l'on remue le passé, que l'on exhume les vieilles coutumes, ni que l'on réveille les Anciens Pouvoirs.

— Ils ont la trouille, persifla Deborah, avec dédain.

— Ils seront bien contents, si on ne peut pas compléter le Cercle, argua Mélanie. Mais est-ce que c'est ce que nous voulons, nous ?

Elle regardait Faye.

— Chacune d'entre nous peut déjà faire pas mal de choses par elle-même, lui fit calmement observer la brune incendiaire.

— Oh ! arrête ! lui lança Laurel. Pas comme avec un vrai Cercle. À moins que… quelqu'un n'ait eu dans l'idée de s'emparer des Artéfacts pour les utiliser à son seul profit…, ajouta-t-elle d'un ton soupçonneux.

Faye lui adressa un sourire radieux.

— Ce n'est pas moi qui suis partie à la recherche des Artéfacts, lui fit-elle remarquer.

— Tout ça n'a rien à voir, s'agaça Diana. La question, c'est de savoir si on veut compléter le Cercle, oui ou non.

— On veut, affirma l'un des frères Henderson.

« Chris », se reprit intérieurement Cassie, qui venait soudain de s'apercevoir qu'elle parvenait à les différencier. Les deux frères paraissaient aussi livides l'un que l'autre et aussi défigurés par la douleur, mais il n'y avait pas cette lueur de folie dans les yeux de Chris.

— On ira jusqu'au bout pour retrouver celui qui a tué Kori, renchérit ce dernier.

— Et on s'occupera d'lui… ou d'elle, ajouta Doug, en mimant une gorge tranchée.

— Dans ce cas, il nous faut un Cercle complet, intervint Mélanie. Un douzième membre et une septième fille. Cassie remplit les deux conditions.

— Et elle a réussi les épreuves, répéta Diana. Sa mère était des nôtres. Elle est partie, c'est vrai, mais, maintenant, elle est revenue. Et elle nous a ramené sa fille juste au moment où on avait besoin d'elle. Pile quand il fallait.

Mais Deborah ne désarmait pas.

— Qui dit qu'elle sait se servir des Pouvoirs, seulement ?

— Moi, lui répondit Diana. Je le sens en elle.

— Moi aussi, la soutint Faye.

Venant d'elle, cette intervention était pour le moins inattendue et Deborah se tourna pour la regarder, incrédule. Faye lui adressa un sourire on ne peut plus innocent.

— Je dirais qu'elle est capable d'invoquer la Terre et le Feu. Au moins, précisa Faye, d'un calme et d'une impassibilité carrément exaspérants. Il se pourrait même qu'elle soit plutôt douée, d'ailleurs…

Et pourquoi est-ce que ça lui filait la chair de poule ? se demandait Cassie.

Diana fronça les sourcils en dévisageant Faye d'un air sceptique. Puis elle se retourna vers Deborah.

— Satisfaite ?

Il y eut comme un blanc dans le texte. Et puis Deborah hocha la tête – avec une mauvaise grâce évidente – et recula.

— Bon, reprit Diana d'un ton posé – et excessivement poli – sans doute censé faire oublier cette colère froide qu'elle semblait contenir à grand-peine. Pouvons-nous espérer reprendre où nous en étions restés ?

Tout le monde regagna sa place, tandis qu'elle-même se remettait en position : elle leva la dague vers le ciel, puis vers les points cardinaux, puis vers Cassie. De nouveau, elle prononça les mots qui donnaient à Cassie des frissons dans le dos. Mais, cette fois, elle alla jusqu'au bout sans être interrompue :

Terre et Eau, Feu et Air
Voyez votre fille devant vous aujourd'hui
Par l'ombre de la lune, du soleil, la lumière
Je le veux, qu'il en soit fait ainsi

Défi relevé, épreuves surmontées, serment prononcé
Que Cassie, désormais, soit du Cercle acceptée
Par sa chair et par son sang, en son âme et en son cœur
Qu'elle soit, à jamais, notre sœur.

— Et voilà, murmura Laurel derrière elle. Tu fais partie du Club.

« Du Club ! Je fais partie du Club ! » Gagnée par une subite euphorie, Cassie comprit soudain que plus rien ne serait jamais comme avant.

— Cassie.

Diana dégrafait son collier. Cassie s'étonna de ne pas avoir déjà remarqué le petit pendentif qui s'y balançait : il avait la forme d'un… croissant de lune… « Comme celui de son diadème, songea-t-elle, intriguée. Et comme le tatouage de Deborah. »

— En gage de ton appartenance au Cercle, déclara Diana, en lui passant la chaîne autour du cou.

Elle la prit alors dans ses bras. Le geste n'avait cependant rien de spontané. Au contraire, il avait quelque chose de retenu, de solennel qui tenait plutôt du cérémonial. Après s'être écartée, Diana la fit pivoter pour la présenter aux autres membres du Club.

— Les Pouvoirs l'ont acceptée, proclama-t-elle. Maintenant, c'est à vous qu'il revient de le faire.

Laurel fut la première à s'avancer. Son visage était grave, mais il y avait de la chaleur et une touchante sincérité au fond de ses prunelles. Elle serra Cassie contre elle, puis l'embrassa sur la joue.

— Je suis contente que tu sois des nôtres, chuchota-t-elle, avant de s'écarter, ses longs cheveux châtains flottant dans la brise.

— Merci, murmura Cassie.

Mélanie prit la suite. Son étreinte fut plus formelle et le regard froid et intellectuel de ses yeux gris intimidait toujours Cassie, mais, quand elle lui dit : « Sois la bienvenue parmi nous », elle semblait le penser vraiment.

Deborah, en revanche, paraissait se forcer et chaque pas sembla lui coûter. L'air renfrogné, elle serra Cassie comme si elle voulait lui briser les côtes et s'en détacha comme si elle s'était brûlée, sans lui décrocher un seul mot.

Pour Sean, ce fut plutôt l'excès inverse : il se précipita vers elle avec une impatience suspecte et son étreinte fut un peu trop longue et un peu trop chaleureuse à son goût. À tel point qu'elle se vit finalement obligée de se dégager de force.

— Content que tu sois dans la bande, lui susurra-t-il, en regardant sa chemise de nuit avec une telle insistance qu'elle en vint à regretter de ne pas avoir adopté le modèle pilou pilou au lieu du modèle en fin coton ajouré.

— C'est c'que je vois, souffla-t-elle, en reculant.

Debout à côté d'elle, Diana dut se mordre la lèvre pour garder son sérieux.

En temps normal, les frères Henderson auraient dû se montrer encore plus entreprenants. Mais, en un soir pareil, ils auraient tout aussi bien pu embrasser un tronc d'arbre. Ils l'enlacèrent comme des automates et reculèrent aussitôt, le regard lointain et les traits durcis par trop de colère et de chagrin refoulés.

Et puis ce fut le tour de Nick.

Cassie sentit alors quelque chose se nouer dans son ventre. Ce n'était pas qu'il l'attirait, non, pas vraiment, mais… elle ne put réprimer un tressaillement quand elle leva les yeux vers lui. Il était tellement… sublime et cette froideur qui l'enveloppait ne faisait qu'accentuer son côté beau ténébreux inaccessible. Il s'était tenu en retrait durant toute la soirée et avait observé le déroulement de la cérémonie avec un tel détachement que rien de ce qui se passait ne semblait devoir l'affecter.

Son étreinte fut brève et sans ambiguïté. Impersonnelle. Comme s'il exécutait simplement les gestes requis en pensant à autre chose. Il émanait pourtant de lui une force… Eh bien, oui, évidemment : un garçon qui avait un… « arrangement » avec Faye ne pouvait pas vraiment être une petite nature.

Suzan sentait l'eau de toilette de luxe et, quand elle l'embrassa, Cassie se retint pour ne pas essuyer la trace de rouge à lèvres couleur cerise qu'elle devait lui avoir laissée sur la joue. En la serrant dans ses bras, elle eut l'impression d'étreindre un oreiller parfumé.

Enfin, ce fut le tour de Faye. Une petite lueur énigmatique luisait dans les yeux d'or aux paupières mi-closes, comme si elle avait parfaitement conscience de mettre Cassie mal à l'aise et s'en délectait. Quant à Cassie, tout ce qu'elle savait, c'était que Faye était beaucoup plus grande qu'elle et qu'elle devait vraiment se retenir pour ne pas prendre ses jambes à son cou. Elle était persuadée que Faye allait lui faire un truc horrible…

Mais la brune sculpturale se plia au rituel. Elle se contenta simplement de murmurer en s'écartant :

— Alors, comme ça, la petite souris est plus coriace qu'elle n'en a l'air… J'avais parié que tu ne tiendrais même pas jusqu'à la fin de la cérémonie.

— Je ne suis pas très sûre d'avoir réussi, marmonna Cassie.

Tout ce qu'elle voulait, c'était pouvoir s'asseoir et prendre le temps de rassembler ses idées. Il était arrivé tellement de choses et tout s'était passé si vite… Oui mais, maintenant, elle était membre du Club. Même Faye l'avait acceptée. Et personne ne pourrait plus rien y changer.

— Bon, dit posément Diana. Voilà pour l'initiation. Normalement, on fait une fête après. On célèbre l'événement d'une façon ou d'une autre. Mais…

La jolie blonde lui jeta un regard éloquent avec un geste d'impuissance. Cassie hocha la tête. En un jour pareil, il aurait été plutôt déplacé de faire la fête.

— Je pense donc qu'on devrait officiellement dissoudre le Cercle, mais rester pour une réunion du Club ordinaire, proposa Diana. Comme ça, on pourra aider Cassie à rattraper son retard sur tout ce qu'elle doit savoir.

Hochements de tête à la ronde et soupir de soulagement général. Diana prit alors une poignée de sable et commença à le faire couler entre ses doigts pour effacer le cercle dessiné sur la plage. Les autres l'imitèrent aussitôt, chacun faisant disparaître une portion du tracé. Ils se répartirent ensuite entre les bougies encore allumées, certains s'asseyant sur le sable, d'autres sur des rochers. Seul Nick resta debout, la cigarette au bec.

Diana attendit que tout le monde soit attentif et se tourna vers Cassie. Son visage était sérieux et le regard de ses yeux verts, grave.

— Maintenant que tu en fais partie, reprit-elle d'un ton qui n'avait plus rien de formel, je crois qu'il est temps de te dire ce qu'est réellement le Club.

Cassie retint son souffle. Elle avait remarqué tant de choses bizarres, depuis son arrivée à La Nouvelle-Salem. Et, maintenant, elle allait enfin voir le mystère éclairci. Mais, à y bien réfléchir, en avait-elle vraiment besoin ? Dès l'instant où on l'avait amenée ici, sur cette plage, les pièces du puzzle s'étaient imbriquées dans sa tête : tout un tas de petites anomalies qui l'avaient intriguée, tout un tas de petites énigmes qu'elle n'avait pas réussi à résoudre. Sans qu'elle s'en rende compte, son cerveau avait commencé à rassembler les morceaux et, maintenant…

Elle jeta un coup d'œil circulaire aux visages éclairés par la lune et par la flamme vacillante des bougies.

— Je crois…, hasarda-t-elle, que je le sais déjà. Enfin, en partie, du moins, se sentit-elle obligée d'ajouter.

— Ah oui ? lança Faye, avec un haussement de sourcils suffisant. C'est toi qui va nous l'expliquer, alors, hein ?

Cassie interrogea Diana du regard. La jolie blonde hocha la tête.

— Eh bien, déjà, je sais que ce n'est pas le club Mickey.

Ricanements dans l'assistance.

— Tu peux l'croire ! marmonna Deborah. Et on est pas non plus chez les scouts.

— Je sais… (Cassie hésita encore avant de se jeter à l'eau.) Je sais que vous pouvez allumer un feu sans allumettes. Et que vous n'utilisez pas la partenelle qu'en salade.

Faye examina ses ongles d'un air innocent et Laurel sourit en baissant la tête.

— Je sais que vous pouvez faire bouger des objets pour faire croire qu'ils sont vivants.

Cette fois, ce fut Faye qui sourit. Deborah et Suzan échangèrent des petits coups d'œil complices en se rengorgeant et Suzan siffla comme un serpent.

— Je sais que tout le monde a peur de vous au lycée, même les profs. Ils ont peur de tous ceux qui habitent sur Crowhaven Road.

— Et ils ont encore rien vu, grommela Doug Henderson.

— Je sais que vous utilisez des pierres comme détachants…

— Des cristaux, la reprit Diana à mi-voix.

— … et qu'il n'y a pas que des feuilles de thé dans vos infusions. Et je sais… (elle avala sa salive, puis, prenant son courage à deux mains, poursuivit vaillamment)… que vous pouvez pousser quelqu'un sans le toucher et le faire tomber.

Un silence pesant accueillit cette sortie. Plusieurs regards se tournèrent vers Faye. La brune incendiaire releva le menton et se mit à contempler l'océan entre ses yeux mi-clos.

— C'est vrai, reconnut Diana, tu as beaucoup appris rien qu'en nous observant – et on n'a pas été très vigilants. Mais je crois quand même qu'on devrait te raconter toute l'histoire depuis le début.

— Je m'en charge, intervint Faye, et, quand Diana lui jeta un coup d'œil soupçonneux, elle ajouta : Et pourquoi pas ? J'aime bien les bonnes histoires, moi. Et je connais celle-là par cœur.

— Soit, concéda Diana. Mais pourrais-tu, s'il te plaît, ne pas trop t'écarter du sujet ? Je te connais, Faye.

— Mais certainement, répondit l'intéressée, avec une feinte obséquiosité. Bien, bien, voyons, par où commencer ? (Elle pencha la tête, réfléchit un instant, puis sourit.) Il était une fois, commença-t-elle avec un sourire narquois, un drôle de petit village qui s'appelait Salem. Et qui regorgeait littéralement de drôles de petits Puritains : Américains pur jus, travailleurs, honnêtes, sans peur et sans reproche…

— Faye…

— … tout comme certaines personnes ici présentes que nous connaissons tous, poursuivit Faye, ignorant l'interruption.

Manifestement ravie d'être le point de mire, elle se leva,

repoussant d'un geste théâtral sa superbe crinière noire. Avec ses vagues se brisant éternellement sur la plage, l'océan lui offrait un décor idéal devant lequel elle faisait les cent pas dans un incessant va-et-vient, sa blouse de soie noire glissant sur sa peau blême, juste assez pour dénuder une épaule nacrée.

— Ces braves petits Puritains étaient pleins de bonnes intentions, pour la plupart. Il se peut, pourtant, que certains n'aient pas été très heureux de la gentille petite vie qu'ils menaient : le travail avant tout ; pas la moindre distraction ; des robes fermées jusque-là – elle plaçait sa main bien à plat sous le menton ; six heures enfermés dans l'église tous les dimanches…

— Faye…

— … sans compter les voisins, continua Faye, feignant de ne pas avoir entendu. Tous ces voisins qui vous surveillaient, qui racontaient tout ce que vous faisiez, qui vous contrôlaient pour être bien sûrs que vous ne portiez pas un bouton de trop sur votre robe ou que vous ne vous avisiez pas de sourire sur le chemin de l'office. Il fallait montrer patte blanche, en ce temps-là, et garder les yeux baissés et faire ce qu'on vous disait de faire sans discuter. Si vous étiez une fille, en tout cas. Vous n'aviez même pas le droit de jouer à la poupée parce que ces choses-là étaient des « tentations du démon ».

Captivée malgré elle, Cassie regardait Faye faire les cent pas et, une fois de plus, pensait à un lynx en la voyant. Un lynx en cage. Si Faye avait vécu à cette époque, se disait-elle, les bonnes âmes bien intentionnées en question n'auraient pas été au bout de leurs peines…

— Et peut-être que certaines de ces gentilles petites filles n'étaient pas heureuses, qui sait ? poursuivait Faye. Toujours est-il qu'un hiver, quelques-unes d'entre elles se réunirent pour se faire dire la bonne aventure. Elles n'auraient pas dû, bien sûr. C'était… mal. Mais elles le firent quand même. L'une d'entre elles avait une esclave qui venait des Antilles et qui savait lire dans les lignes de la main. C'était une façon comme une autre de tromper leur ennui par ces longues et mornes nuits d'hiver…

Sous le couvert de ses épais cils noirs, elle lorgna vers Nick, d'un air de dire qu'elle aurait pu leur suggérer une bien meilleure façon d'occuper leurs soirées.

— Mais ça les hantait, reprit Faye, d'un air éploré. Ça tourmentait leurs pauvres petites âmes de Puritaines : elles se sentaient coupables. À tel point qu'un jour, les nerfs de l'une d'entre elles lâchèrent. Elle tomba malade, se mit à délirer et avoua tout. Et c'est comme ça qu'elle vendit la mèche. Le secret découvert, toutes les autres filles de son âge se retrouvèrent sur la sellette. Il ne faisait pas bon jouer avec le surnaturel, en ce temps-là – et encore moins se faire prendre. C'était… mal. Et les grandes personnes n'aimaient pas ça du tout. Tant et si bien que, pour sauver leur peau, les pauvres petites Puritaines n'eurent d'autre solution que de désigner des coupables.

Faye leva alors un long doigt fuselé à griffe écarlate et le pointa, tour à tour, sur chaque membre du groupe comme une arme. Elle s'arrêta finalement devant Cassie.

Cassie regarda d'abord le revolver imaginaire, fascinée, puis les yeux de Faye.

— Et c'est ce qu'elles firent, acheva cette dernière avec un plaisir manifeste, en retirant son doigt comme on range une épée au fourreau. Elles désignèrent l'esclave antillaise. Et puis deux ou trois autres vieilles harpies qu'elles n'aimaient pas. Des femmes qui avaient une mauvaise réputation au village. Et, quand elles les pointaient du doigt, elles disaient…

(Elle marqua un temps d'arrêt pour ménager son effet et leva son visage vers le croissant de lune accroché au drap de la nuit. Puis elle baissa de nouveau les yeux vers Cassie.) « Sorcière » !

Un frémissement parcourut le groupe comme une onde à la surface d'un étang, provoquant une soudaine agitation, un sourire sarcastique, un mouvement d'exaspération. Certains secouaient la tête d'un air dégoûté. Cassie sentit ses cheveux se hérisser dans sa nuque.

— Et vous savez quoi ? demanda Faye, en surveillant son auditoire qu'elle savait tenir en haleine. (Un sourire se dessina lentement sur ses lèvres vernissées et elle chuchota :) Ça a marché. Personne ne pensa plus à les accuser pour leurs malheureux petits jeux de divination. Tout le monde était bien trop occupé à chasser les méchantes sorcières. Le seul problème, persifla-t-elle, avec un haussement de sourcil dédaigneux, c'était que ces braves petits Puritains auraient été bien incapables de reconnaître une sorcière s'ils en croisaient une. Ils recherchaient les femmes excentriques, ou trop indépendantes à leurs yeux, ou… riches. Les sorcières reconnues coupables perdaient tous leurs biens. Autant dire que ça pouvait se révéler très lucratif de les accuser. Pourtant, pendant tout ce temps, les vraies sorcières étaient juste sous leur nez.

» Parce que, voyez-vous, murmura Faye, il y avait vraiment des sorcières à Salem. Pas les pauvres femmes – et hommes – qui furent accusés, non. Ils n'en avaient même pas un de bon. Mais les sorcières existaient bel et bien et ce qui se passait là ne leur plaisait pas. Ça sentait un peu trop le roussi pour elles. Quelques-unes tentèrent bien d'empêcher les procès des prétendues sorcières, mais c'était attirer les soupçons sur elles : beaucoup trop dangereux. Il était même risqué de se dire seulement l'amie d'une des prisonnières.

Elle se tut et le silence retomba. Autour d'elle, Cassie ne voyait plus de sourires dédaigneux ou sarcastiques, mais des visages froids et des regards aigris. Comme si cette histoire trouvait en eux un écho. Comme s'il ne s'agissait pas d'une vieille légende poussiéreuse exhumée d'un passé depuis longtemps enterré, mais d'une menace toujours d'actualité.

— Qu'est-ce qui leur est arrivé ? murmura-t-elle finalement.

— À celles qui furent accusées de sorcellerie ? Elles sont mortes. Les malchanceuses, du moins : celles qui n'ont rien voulu avouer. Dix-neuf ont été pendues avant que le gouverneur ne mette fin au lynchage. La dernière exécution publique a eu lieu il y a exactement trois cents ans aujourd'hui… le 22 septembre 1692, le jour de l'équinoxe d'automne. Non, les malheureuses accusées n'ont pas eu de chance. Mais les vraies sorcières, elles… eh bien… (Faye sourit.) Les vraies sorcières s'échappèrent. Discrètement, bien sûr. Elles attendirent que le soufflet soit retombé. Elles firent tranquillement leurs bagages et partirent s'installer dans le nord, dans leur propre petit village, là où personne ne pourrait les montrer du doigt. Pour la bonne raison que tout le monde, dans ce village, serait comme elles. Et elles appelèrent leur petit village…

Faye se tourna vers Cassie.

— La Nouvelle-Salem, répondit cette dernière. (Dans son esprit, elle revoyait l'inscription au fronton du lycée.) « Fondé en 1693 », ajouta-t-elle dans un souffle.

— Oui. Un an exactement après la fin des procès. Alors, tu vois, c'est comme ça que notre bonne petite ville a été fondée. Avec, en tout et pour tout, les douze membres de ce *coven*[1] et leurs familles. Et voici ce qui reste aujourd'hui de ces douze familles… (D'un geste gracieux, elle engloba tout le groupe.) Leurs derniers descendants. Alors que toute la racaille que tu vois traîner au lycée et en ville…

— Comme Sally Waltman, crut bon de préciser Deborah.

— … n'est que le ramassis des descendants des domestiques. La valetaille, persifla Faye. Ou les nouveaux venus qui passaient par là et ont été autorisés à s'installer. Mais ces douze maisons sur Crowhaven Road sont celles des douze familles fondatrices : nos familles. Elles se sont mariées entre elles pour préserver la pureté du sang – sauf exceptions… Et, au bout du compte, elles ont fini par produire le résultat que tu vois là : nous.

— Il faut que tu comprennes bien qu'une partie de ce que Faye vient de te dire reste très hypothétique, intervint la voix douce de Diana, à côté d'elle. On ne sait pas vraiment comment a commencé la chasse aux sorcières de 1692. Ce qu'on sait très bien, en revanche, c'est ce qui est arrivé à nos ancêtres par la suite, parce qu'on a leurs journaux intimes, leurs vieilles archives et leurs livres de sorts : leurs… Livres des Ombres.

Elle s'était retournée pour prendre quelque chose posé sur le sable. Cassie reconnut alors le gros bouquin qu'elle avait vu sur la banquette, près de la fenêtre, le jour où Diana avait nettoyé son pull.

— Voici celui de mon arrière-arrière-grand-mère, annonça Diana, en le levant devant elle. Elle l'avait reçu de sa mère, qui l'avait reçu de sa propre mère et ainsi de suite. Chacune d'entre elles a écrit dedans. Elles y ont inscrit les

1. Cercle d'initiés, notamment dans la Wicca.

sorts qu'elles utilisaient, les rituels et y ont consigné les événements les plus importants de leur vie. Et elles se le sont transmis de génération en génération.

— Jusqu'à l'époque de nos arrière-grand-mères, rectifia Deborah. Il y a quatre-vingts, quatre-vingt-dix ans de ça. Elles ont décrété que c'était trop dangereux, cette affaire.

— Que c'était… diabolique, persifla Faye avec, dans les prunelles, une étincelle sardonique.

— Elles ont caché les grimoires et ont décidé d'enterrer le savoir des anciens, reprit Diana. Elles ont dit à leurs enfants qu'il ne fallait surtout pas être différents, que c'était mal. Elles ont essayé d'être « normales », d'être… comme les autres.

— Elles avaient tout faux ! s'insurgea Chris. (Il se pencha en avant, les mâchoires serrées, défiguré par le chagrin.) On est pas comme eux. On peut pas être comme eux. Kori le savait bien, elle. Kori…

Il s'étrangla et se tut en secouant la tête.

— Ça va, Chris, lui dit Laurel d'une voix douce. On comprend.

Bombant le torse, Sean prit alors la parole, trop content de se mettre en avant.

— Elles avaient tout planqué. Mais on les a retrouvés, leurs vieux bouquins, fanfaronna-t-il. On allait pas se laisser faire comme ça.

— Non, non, ON n'allait pas, renchérit Mélanie, en lui jetant un coup d'œil ironique. Évidemment, pendant que leurs aînés redécouvraient ce précieux héritage, certains d'entre nous en étaient encore à jouer à Batman…

— Et certaines d'entre nous étaient plus douées que d'autres pour invoquer les Pouvoirs…, ajouta Faye, en écartant les doigts pour admirer ses longs ongles carmin. Elles avaient plus de… de flair.

— Ça, c'est vrai, approuva Laurel, en haussant les sourcils pour se tourner ostensiblement vers Diana. Certaines sont vraiment douées.

— On a tous des talents cachés, enchaîna Diana. On a commencé à s'en rendre compte très tôt : pratiquement au berceau. Nos parents ne pouvaient pas fermer les yeux. Ils ont bien essayé de nous empêcher de les utiliser, pendant un moment, mais la plupart ont jeté l'éponge.

— Certains nous encouragent même, au contraire, intervint Laurel. Ma grand-mère, par exemple. Mais c'est encore dans les vieux grimoires qu'on trouve l'essentiel de ce dont on a besoin.

Cassie pensa alors à sa propre grand-mère. Avait-elle essayé de l'aider ? Oui, elle en était persuadée.

— Dans les grimoires ou là-d'dans, affirma Doug, en se frappant la tempe du doigt avec un petit sourire goguenard. (Il se marrait. Il jubilait tellement que, pendant un instant, il ressembla de nouveau à ce casse-cou qui fonçait comme un fou en rollers dans les couloirs du lycée.) C'est instinctif, ça. Purement instinctif, tu vois ? Primal.

— Nos parents détestent, soupira Suzan. Mon père dit qu'on arrivera qu'à se mettre les autres à dos. Il dit qu'un jour les autres nous auront.

Les dents de Doug étincelèrent au clair de lune.

— C'est nous qui les aurons.

— Ils ne comprennent pas, expliqua Diana. Même au sein du Club, tout le monde ne réalise pas que les Pouvoirs peuvent servir à faire le bien. Mais c'est nous qui invoquons les Pouvoirs. Alors, c'est nous qui savons. C'est ça le plus important.

Laurel hocha la tête.

— Ma grand-mère dit qu'on s'attirera toujours la haine des autres – de certains d'entre eux, du moins. Et qu'on'peut rien y faire, à part les éviter autant que possible.

Cassie repensa soudain à la façon dont le proviseur avait tenu la poupée pendue dans son casier : du bout des doigts, par le dos de sa robe. « Ô combien pertinent ! » avait-il dit. Eh bien, oui, forcément, s'il croyait qu'elle faisait déjà partie du Club. Et, brusquement, elle réalisa.

— Tu veux dire que… que même les adultes savent ce que vous… ce qu'on est ? Les adultes, de l'extérieur ?

— Seulement ceux d'ici. Ceux qui ont grandi sur l'île. Ça fait des siècles qu'ils le savent. Mais ils ont toujours gardé le secret. S'ils veulent vivre ici, ils ont intérêt. C'est comme ça qu'ça marche ici.

— Au cours des deux ou trois dernières générations, les relations ont été plutôt bonnes, entre les nôtres et les autres, déclara Mélanie. C'est ce que nos grands-parents disent, en tout cas. Seulement, là, on a commencé à remuer le passé. Et il se pourrait bien que les autres ne se tiennent pas éternellement tranquilles. Ils pourraient tenter de nous en empêcher.

— « Pourraient » ? grinça Deborah. Mais c'est déjà fait. Qu'est-ce qui est arrivé à Kori, à ton avis ?

Et, tout à coup, ce fut la cacophonie, les Henderson, Sean, Suzan et Deborah s'étaient brusquement lancés dans un débat enflammé. Diana leva la main.

— Ça suffit ! Ce n'est ni le jour, ni l'heure, argua-t-elle. Ce qui est arrivé à Kori fait partie des choses que le Cercle est justement censé trouver. Maintenant qu'on est au complet, on devrait pouvoir y arriver. Mais pas ce soir. Et, tant que je serai leader…

— Leader temporaire, s'empressa de lui rappeler Faye, d'un ton tranchant. Jusqu'en novembre.

— Tant que je serai leader « temporaire », on fera les choses quand je le dirai et on évitera de tirer des conclusions hâtives, vu ?

Elle leur jeta un regard circulaire. Certains visages s'étaient fermés, indéchiffrables. D'autres, comme Deborah, se montraient ouvertement hostiles. Mais la majorité des membres hocha la tête ou manifesta d'un geste son approbation.

— Bien. Ce soir, on est là pour l'initiation de Cassie, leur rappela-t-elle. (Elle se tourna vers sa voisine.) As-tu des questions ?

— Eh bien… (Cassie avait cette exaspérante impression qu'il y avait cette question qu'elle devrait poser, cette question fondamentale… mais elle ne parvenait pas à la trouver.) Les garçons qui font partie du Cercle, vous les appelez des sorciers ?

— Oui, bien que le mot soit plutôt associé à l'idée d'être malfaisant ou de vieux rebouteux de village, on a gardé l'appellation. Autre chose ?

Cassie secoua la tête.

— Bon, alors, maintenant que tu as écouté notre histoire, on a juste une petite question à te poser, intervint soudain Faye.

Elle posa son regard d'or sur Cassie, un drôle de demi-sourire aux lèvres, et dit d'une voix trop douce pour être honnête :

— Tu as l'intention d'être une gentille ou une méchante sorcière ?

13

« Très drôle », pensa Cassie. Mais, en fait, ça n'avait rien de drôle. Elle devinait même un enjeu très sérieux, derrière la question de Faye, un enjeu… mortellement sérieux. Allez savoir pourquoi, elle ne voyait pas vraiment Faye recourir aux Pouvoirs pour faire le bien. Et elle n'imaginait pas Diana vouloir les utiliser à d'autres fins.

— Est-ce que quelqu'un a quelque chose à ajouter ? Des questions, des commentaires, des problèmes de cuisine interne ? (Diana jeta un coup d'œil circulaire.) Dans ce cas, je déclare la séance levée. Vous pouvez tous partir ou rester, comme vous voulez. Nous tiendrons une autre assemblée demain après-midi pour honorer Kori et pour mettre au point un plan d'action.

Des murmures s'élevèrent autour d'elle, tandis que chacun se retournait vers son voisin et que tous se levaient. La tension qui avait soudé le groupe s'était dissipée, mais on sentait, dans l'air, comme un goût d'inachevé : personne ne semblait avoir vraiment envie de s'en aller.

Suzan alla se pencher derrière un rocher pour sortir plusieurs packs de canettes de soda light. Laurel se précipita aussitôt derrière un autre rocher pour revenir avec une grosse Thermos.

— C'est une infusion de cynorhodon, annonça-t-elle, en remplissant une tasse d'un liquide rouge sombre très parfumé. Pas la moindre feuille de thé là-dedans, commenta-t-elle, avec un sourire pour Cassie. Mais ça te réchauffera et ça te fera du bien. Les roses sont apaisantes et purifiantes.

Cassie la remercia et prit la tasse qu'elle lui tendait avec gratitude. La tête lui tournait. « Trop d'infos d'un seul coup : je dois saturer », diagnostiqua-t-elle.

« Je suis une sorcière, songea-t-elle alors. (Elle avait du mal à réaliser.) Enfin, je suis à moitié sorcière, en tout cas. Et maman et grand-mère sont toutes les deux… des descendantes en droite ligne des sorcières de Salem ! »

Ça ressemblait à un bobard : trop bizarre et trop gros pour qu'on puisse l'avaler. Soudain prise de frissons, elle but une autre gorgée d'infusion.

— Tiens, lui dit Mélanie, en ôtant son châle pour le lui mettre sur les épaules. On est habitués au froid. Pas toi. Si tu veux, on peut faire du feu.

— Non, non, ça ira avec le châle, merci, lui répondit Cassie, en ramenant ses pieds sous sa chemise de nuit. Il est super beau. Il est très ancien, non ?

— Il appartenait à l'arrière-grand-mère de mon arrière-grand-mère, si on en croit la légende familiale, sourit Mélanie. D'habitude, on fait un petit effort vestimentaire pour les assemblées – on peut mettre tout ce qu'on veut et, parfois, ça devient même carrément délirant –, mais ce soir…

— Oui, évidemment…

Cassie hocha la tête : elle comprenait. Elle trouvait aussi que Mélanie se montrait plus sympa avec elle, ce soir-là justement. Son comportement à son égard se rapprochait plus de celui de Laurel ou de Diana. Elle s'interrogea sur ce changement d'attitude pendant un moment. Et puis elle finit par tilter.

« Je suis l'une d'entre elles, maintenant, réalisa-t-elle brusquement, prenant, pour la première fois, pleinement conscience de ce que ça impliquait. Je n'ai plus rien d'un chien perdu ramassé dans la rue. Je suis membre du Club à part entière. »

Des bulles d'excitation et d'euphorie recommencèrent à lui monter à la tête. Mais elle éprouvait autre chose aussi, quelque chose de plus intérieur, une sorte d'intime conviction, une impression d'évidence presque. Comme si, au fond, elle l'avait toujours su.

Cassie regarda Mélanie, qui buvait sa tisane à petites gorgées, et puis Laurel, qui redressait une bougie rose piquant du nez. Enfin, elle regarda Diana, qui se tenait debout, un peu plus loin sur la plage, avec les frères Henderson, leurs trois têtes blondes penchées l'une vers l'autre, en plein conciliabule. Diana ne paraissait pas autrement embarrassée de porter la fine chemise de coton blanc fendue et les étranges bijoux de son costume. Comme si, à ses yeux, c'était une tenue comme une autre. Il fallait reconnaître que ça lui allait comme un gant.

« Ma famille », pensa Cassie. Ce soudain sentiment d'appartenance – de communion – fut si violent qu'elle en eut les larmes aux yeux. Et puis elle tourna la tête vers Deborah et Suzan, en grande conversation ; vers Faye, qui écoutait avec un sourire figé ce qu'un Sean tout excité lui racontait, et enfin vers Nick, qui paraissait perdu dans la contemplation de l'océan, une cannette – de ce qui n'était vraisemblablement pas du soda – à la main.

« Même eux », se dit-elle. Elle était prête à essayer de s'entendre avec tous les autres membres du Club – avec tous ceux qui partageaient son héritage. Même avec ceux qui avaient tout fait pour l'en écarter.

Lorsqu'elle reporta son attention sur Laurel, la longue jeune fille brune la regardait, un petit sourire indulgent aux lèvres.

— Ça fait beaucoup d'un coup, compatit-elle d'un air entendu.

— Oui, mais c'est éclatant, en même temps.

Le sourire de Laurel s'élargit.

— Bon, alors, maintenant que tu es une sorcière, quelle est la première chose que tu vas vouloir faire ?

Cassie fut prise d'un fou rire. Voir s'ouvrir devant soi, comme ça, d'un claquement de doigt, comme un panorama à perte de vue, une immensité de possibilités, c'était… grisant. « Le Pouvoir, se dit-elle. Il y a tant de Pouvoir, là, tout autour de nous… Et, maintenant, je n'ai qu'à tendre la main ! »

Elle secoua la tête.

— Qu'est-ce qu'on peut faire ? lui rétorqua-t-elle, avec un geste d'ignorance. Quel genre de truc, j'veux dire ?

Laurel et Mélanie échangèrent des coups d'œil en coin.

— Eh bien, en fait, tu n'as qu'à demander, ou à peu de chose près, lui répondit Mélanie.

Elle prit le grimoire que Diana avait reposé sur le sable et le feuilleta avec précaution pour lui en montrer les pages jaunies. Elles semblaient fragiles, friables et elles étaient couvertes de pattes de mouche indéchiffrables. Elles étaient aussi envahies de Post-it et de petites flèches autocollantes.

Il y en avait quasiment à toutes les pages et certaines disparaissaient presque sous l'avalanche de petits rectangles fluo.

— C'est le premier Livre des Ombres sur lequel on a mis la main, lui expliqua Mélanie. On l'a déniché dans le grenier de Diana. Depuis, on en a trouvé d'autres – chaque famille est censée avoir le sien. Ça fait peut-être cinq ans qu'on bosse sur celui-là pour déchiffrer les sorts et les traduire en langue moderne. Je suis même en train de les recopier sur mon PC pour les retrouver plus facilement.

— Une sorte de disque dur des Ombres, quoi, plaisanta Cassie.

Ce qui fit marrer Laurel.

— Tout juste. Et, tu sais, c'est bizarre, mais, une fois que tu commences à apprendre des sorts et des rituels, on dirait que ça éveille quelque chose en toi et tu te mets même à en inventer.

— Comme un instinct ? murmura Cassie.

— Exactement. On l'a toutes. Certaines plus que d'autres. Et certaines d'entre nous sont plus douées pour certaines choses, pour invoquer certains Pouvoirs, par exemple. Moi, j'ai plus de facilité avec la Terre, lui confia Laurel, en prenant une poignée de sable qu'elle laissa couler entre ses doigts.

— Devine avec quoi Faye a le plus d'affinités, railla Mélanie.

— Mais, pour répondre à ta question, il y a plein de choses qu'on peut faire, reprit Laurel. Tout dépend de ce que tu préfères. Des sorts de protection, de défense…

— Ou d'attaque, intervint Mélanie, en coulant un regard vers Deborah et vers Suzan.

— … des sorts pour faire des petits trucs, comme allumer un feu, et des sorts pour faire des gros trucs, comme… eh bien, tu verras. Des charmes, des sortilèges, des enchantements… des sorts de guérison et des sorts pour trouver des choses, pour la divination, pour lire l'avenir dans les boules de cristal… Des philtres d'amour… (Elle sourit en voyant Cassie relever brusquement les yeux.) Ça t'intéresse ?

— Oh ! euh… un petit peu, peut-être…, bredouilla Cassie, en se sentant rougir.

Bon sang ! si seulement elle pouvait se reprendre, se remettre un peu les idées en place. Rien de plus énervant que d'avoir constamment la sensation d'être à côté de la plaque, de passer à côté de quelque chose d'essentiel, quelque chose qui lui crevait les yeux et qu'elle ne voyait pas. Et c'était pourtant sur ce quelque chose qu'auraient dû porter ses questions. Oui mais, sur quoi ?

— Les philtres d'amour et les sorts pour charmer ou enchanter une personne font l'objet de nombreux débats éthiques, disait, pendant ce temps, Mélanie, une ombre de réprobation dans ses prunelles grises. Certains pensent que ça revient à violer la liberté de l'intéressé en annihilant sa volonté. Tu sais, un sort dont tu uses à mauvais escient peut se retourner contre toi – et trois fois plus puissant. Certains estiment que le jeu n'en vaut pas la chandelle.

— Et d'autres, objecta Laurel, d'un ton solennel, que démentaient ses yeux pétillants de malice, disent qu'en amour comme à la guerre, la fin justifie les moyens, si tu vois c'que j'veux dire…

Cassie se mordit la lèvre. Ce maudit truc venait encore de lui échapper ! Quels que soient ses efforts pour se concentrer, il fallait toujours qu'une autre pensée vienne la perturber. Non pas tant une pensée qu'un espoir, d'ailleurs, le reflet d'un mirage qui, tout à coup, prenait un curieux éclat de réalité et lui laissait entrevoir une incroyable possibilité…

Des « philtres d'amour »… « trouver des choses »… Un

moyen de LE retrouver et de le faire venir jusqu'à elle ? Est-ce qu'il existait un tel sort ? La réponse était là. En elle. Elle vibrait jusque dans les fibres de son corps, comme un appel.

Le retrouver. LUI. Le garçon aux yeux gris-bleu… À cette seule pensée, elle sentait comme une chaleur au creux de son ventre et de petits picotements dans ses doigts, sur son poignet, partout où il l'avait touchée. Cette simple perspective lui donnait des ailes. Oh ! par pitié, si elle n'avait qu'un seul souhait à formuler…

— En admettant, hasarda-t-elle, rassurée de constater que sa voix ne tremblait pas, que tu voudrais, euh… tu vois, retrouver quelqu'un que tu as rencontré, mais que tu as perdu de vue. Quelqu'un que tu… trouvais sympa et que tu voudrais revoir… Est-ce qu'il y aurait un sort quelconque pour ça ?

Les prunelles de Laurel scintillèrent de plus belle.

— Voyons, est-ce que, dans cette supposition, le quelqu'un en question ne serait pas un garçon ?

— Euh… si.

Voilà qu'elle piquait encore un fard !

— Eh bien…

Laurel jeta un petit coup d'œil amusé à Mélanie, qui secouait la tête d'un air consterné, puis se retourna vers Cassie.

— … je dirais quelque chose de simple qui fait appel à la magie des arbres. Les arbres vibrent en harmonie avec les choses comme l'amour et l'amitié, tout ce qui croît et qui porte la vie. Et l'automne est une bonne saison pour utiliser ce que tu récoltes, ce que tu ramasses, ce que tu cueilles : les pommes, par exemple. Donc, j'utiliserais une pomme pour jeter mon sort. Il y en a un comme ça. D'abord, tu prends une pomme et tu la fends. Ensuite, tu prends deux aiguilles – des aiguilles à coudre ordinaires – et tu glisses l'une dans le chas de l'autre et tu les maintiens attachées avec du fil. Et puis tu les mets à l'intérieur de la pomme et tu la refermes avec le fil pour qu'elle reste bien fermée. Enfin, tu la rattaches à l'arbre et tu murmures une incantation : quelques mots pour dire à l'arbre ce que tu attends de lui.

— Quel genre de mots ?

— Oh ! un poème ou un truc de ce style. Quelque chose qui invoque le pouvoir de l'arbre et t'aide à visualiser ce que tu demandes. Il vaut mieux que ça rime quand même. Je suis pas très douée pour ça mais, tu vois, ça pourrait donner un truc comme : « Pommier, pommier, sois gentil, ramène-moi mon bel ami. »

Non. Non, ce n'était pas vraiment ça, se disait Cassie, en proie à une soudaine excitation. Les paroles de Laurel résonnaient dans sa tête, se transformaient, s'étiraient. Il lui sembla alors entendre une voix, claire, limpide, et pourtant lointaine, déclamer :

Branche, bourgeon,
Feuilles et tronc,
Trouvez-le-moi,
Ramenez-le-moi.

Souche, surgeon,
Racine et scion,
De lianes d'amour,
Liez-nous toujours.

Sans bruit ses lèvres formaient les mots. Elle savait, oui, elle savait, au plus profond de son être, que c'était bien ça, que c'était le sort qui convenait. Mais… oserait-elle vraiment l'utiliser ?

Oui. Pour lui, elle serait prête à tout. Elle regardait ses doigts ratisser mécaniquement le sable. « Demain, décréta-t-elle. Je le ferai demain. Et, après ça, je passerai chaque minute de chaque jour à espérer et à attendre. À attendre ce moment où je sentirai une ombre au-dessus de moi et, quand je relèverai les yeux, ce sera lui. Ou, quand j'entendrai des pas derrière moi, je me retournerai et ce sera lui. Ou, quand… »

Une truffe humide vint se glisser d'autorité sous sa main.

C'était tellement inattendu, tellement hallucinant qu'elle faillit hurler. Seul quelque chose de l'ordre de l'arrêt cardiaque l'en empêcha : son cri lui resta dans la gorge et, lorsqu'elle vit le chien, lorsqu'elle le vit de ses propres yeux, autour d'elle, subitement, tout devint flou. Sa main, qui, instinctivement, s'était rétractée, retomba mollement sur le sable. Sa bouche s'ouvrit et se referma sans émettre le moindre son. Ce fut à travers un brouillard irréel qu'elle regarda les grands yeux bruns liquides et le museau à poils ras. Le chien lui rendit son regard, les babines retroussées sur un sourire moqueur, comme pour lui dire :

— Tu n'es donc pas contente de me voir ?

Alors, Cassie leva les yeux vers son maître.

Il la regardait, lui aussi, comme ce jour-là, sur la plage de Cape Cod. Le clair de lune jouait dans ses cheveux fauves, allumant des flammes par endroits, creusant, ici et là, des rivières pourpres, et changeait le gris-bleu de ses yeux en prunelles d'argent.

Il l'avait trouvée !

Tout s'était figé et elle ne percevait que le mugissement de l'océan, étouffé et distant. Même le vent était tombé. C'était comme si l'univers tout entier retenait son souffle.

Lentement, Cassie se leva.

Le châle vert glissa de ses épaules et elle l'abandonna sur le sable, oublié. Elle sentait le froid, bien sûr, mais seulement parce qu'il lui faisait percevoir chaque millimètre de sa propre peau, frissonnante et comme toute crépitante d'électricité. Et pourtant, bizarrement, tout en étant ainsi éminemment consciente de son corps, elle avait l'impression de flotter au-dessus de lui. Elle pouvait se voir – et le voir, lui – debout, là, sur la plage, exactement comme la première fois.

Elle pouvait se voir dans sa fine chemise de nuit blanche, pieds nus, ses cheveux tombant librement sur ses épaules, les yeux levés vers lui. « Comme Clara dans *Casse-Noisette*, se dit-elle. Dans ce fameux passage du ballet où elle se réveille au beau milieu de la nuit et voit le prince venu la chercher pour l'emmener dans un monde de magie. » Elle se sentait dans la peau de Clara. Elle était Clara. Comme si, au clair de lune, elle s'était métamorphosée en un être tout de délicatesse et de beauté, une créature enchantée. Comme s'il allait la prendre dans ses bras, là, tout de suite, et l'entraîner dans une valse à jamais inachevée. Comme si, au clair de lune, ils pouvaient danser sans s'arrêter, enlacés pour l'éternité.

Et ils se mangeaient des yeux. Dès l'instant où leurs regards s'étaient croisés, ils ne s'étaient plus quittés. Elle lisait bien la stupeur sur son visage. Comme s'il était aussi stupéfait qu'elle. Mais pourquoi aurait-il été étonné ? Il l'avait trouvée. S'il l'avait trouvée, c'est qu'il l'avait cherchée.

Le fil d'argent, songea-t-elle. Elle ne pouvait pas le voir, à présent, mais elle pouvait percevoir ses vibrations, son pouvoir. Elle sentait ce lien qu'il créait entre eux, comment il les unissait cœur à cœur. Le tressaillement se propageait, de sa poitrine à son ventre, la gagnait tout entière.

Le fil se tendait, les rapprochant inexorablement. Le fil la tirait vers lui. Lentement, il leva la main vers elle. Déjà, elle s'apprêtait à glisser sa main dans la sienne…

Soudain, un cri s'éleva dans son dos, attirant l'attention du garçon qui regarda par-dessus son épaule, derrière elle. Sa main retomba.

Quelque chose s'interposa entre eux, quelque chose de lumineux, d'éblouissant, d'aussi brillant que le soleil, quelque chose qui fit voler le rêve de Cassie en éclats et l'arracha brutalement à sa torpeur. Diana ! Et elle enlaçait le garçon aux cheveux fauves. Elle le serrait dans ses bras. Non, ils s'étreignaient. Cassie les regardait, pétrifiée. Comment ses bras à lui pouvaient-ils enlacer quelqu'un d'autre qu'elle ? Elle put à peine comprendre les mots qu'elle entendit alors :

— Oh ! Adam ! Je suis si heureuse que tu sois revenu !

Elle se crut instantanément changée en statue de glace.

Elle n'avait jamais vu Diana craquer auparavant, mais Diana craquait bel et bien maintenant. Elle pleurait. Cassie la voyait trembler. Elle voyait comment le garçon – comment Adam – la serrait contre lui pour essayer de la calmer.

Il la serrait dans ses bras. Il étreignait Diana. Et il s'appelait Adam.

« Tu veux dire qu'elle ne t'a pas encore parlé d'Adam !… C'est pousser la discrétion un peu loin, Diana »… « C'est qui ? Ton petit ami ? »… « Il est sympa. Je crois qu'il te plaira »…

Cassie tomba à genoux et enfouit son visage dans le pelage de Raj, se cramponnant au gros chien comme si sa vie en dépendait. Elle n'aurait pas supporté qu'on la voie maintenant et elle remerciait silencieusement Raj du chaleureux soutien qu'il lui offrait tandis qu'elle s'effondrait contre lui. « Oh, mon Dieu ! Oh, mon Dieu !… »

Elle entendit vaguement la voix d'Adam :

— Qu'est-ce qu'il y a ? J'ai essayé d'arriver à temps pour l'initiation de Kori, mais… Où est Kori ? Qu'est-ce qui se passe ? (Il se tourna vers Cassie.) Et…

— Elle s'appelle Cassie Blake, lui expliqua Diana. C'est la petite-fille de Mme Howard et elle vient juste d'emménager ici.

— Oui, je…

Mais déjà Diana enchaînait :

— Et elle vient d'être initiée à la place de Kori.

— Quoi ! s'exclama Adam. Mais pourquoi ?

Seul le silence lui répondit. Finalement, ce fut Mélanie qui se dévoua :

— Parce que, ce matin – ou plutôt, hier matin, puisqu'on est déjà mercredi –, dit-elle, d'un ton aussi calme et détaché que celui d'une présentatrice de J.T., on a trouvé le corps de Kori au bas de la colline du lycée, la nuque brisée.

— Oh non !

Cassie releva les yeux pour voir l'étreinte d'Adam se resserrer sur Diana. Il ferma un instant les yeux, tandis qu'elle se blottissait contre lui, tremblant de plus belle. Et puis il se tourna vers les frères Henderson.

— Chris… Doug…

Doug serrait les dents.

— C'est ceux du dehors qu'ont fait ça, gronda-t-il.

— C'est Sally qui a fait ça, cracha Deborah.

— Personne ne sait qui a fait ça, martela Diana, avec force. Et personne ne fera rien avant de le savoir.

Adam hocha la tête.

— Et vous, dit-il, en lançant un regard accusateur à ceux

du groupe qui faisaient bande à part. Qu'est-ce que vous avez fait pour aider, pendant ce temps-là ?

— Que dalle, lâcha Nick, qui avait assisté à la scène, debout, les bras croisés, en spectateur désabusé.

Mais, maintenant, un éclat rebelle brillait dans les prunelles pleines de défi qu'il tournait vers Adam. Leurs regards se rivèrent l'un à l'autre. Ces deux-là ne s'étaient pas beaucoup manqué, apparemment.

— Il a fait de son mieux, Adam, plaida Diana, devançant ce qu'Adam s'apprêtait déjà à rétorquer. Il est venu à toutes les assemblées et il est là ce soir. Qu'est-ce qu'on peut demander de plus ?

— Beaucoup, grommela Adam.

— Demande toujours, c'est tout c'que t'auras, lui répliqua Nick. (Il fit volte-face.) J'm'arrache.

— Oh ! ne t'en va pas ! le supplia Laurel.

Il ne se retourna même pas.

— Je suis venu parce que Diana me l'a demandé, lança-t-il par-dessus son épaule. Mais là, c'est bon. J'ai eu ma dose pour ce soir.

Et il disparut dans l'obscurité.

Faye se tourna vers Adam. Un sourire se dessina sur ses lèvres écarlates, étincelant. Elle frappa alors lentement dans ses mains aux longs ongles laqués dans une parodie d'applaudissements.

— Joli travail, Adam ! le félicita-t-elle. Voilà trois semaines que Diana se démène comme une folle pour souder les troupes et, en moins de trois minutes, tu lui casses sa baraque. Chapeau ! Franchement, je n'aurais pas pu faire mieux.

— Oh ! va te faire voir, Faye ! maugréa Laurel.

Pendant tout ce temps, Cassie n'avait pas bougé. À genoux, toujours agrippée à Raj comme à une bouée de sauvetage, elle ne pouvait voir qu'une seule chose, n'avait qu'une seule chose en tête : le bras d'Adam – SON bras à LUI – autour des épaules de Diana.

« Il s'appelle Adam. Et c'est son petit ami. Pas le mien. Le sien. Depuis toujours. »

Non, ce n'était pas possible. Ça ne pouvait pas être vrai. Contre toute attente, elle l'avait retrouvé. Alors même qu'elle avait perdu tout espoir de le revoir jamais, il était venu à elle. Sans philtre d'amour, sans enchantement, comme aspiré par ce vide qu'il avait créé en elle, son manque de lui, aimanté par la puissance de son amour, il était venu. Mais pas pour elle.

Comment avait-elle pu être aussi bête ? Comment n'avait-elle donc pas compris ? Toute la nuit, ils n'avaient parlé que de ça : de compléter le Cercle, des douze membres qui le formaient, qu'il leur fallait douze membres, douze, toujours douze. Si elle avait pris la peine de compter, elle se serait aperçue qu'ils n'étaient que onze. Diana, Mélanie et Laurel : ça faisait trois. Avec Faye, Suzan et Deborah : ça faisait six. Plus les garçons, les frères Henderson, Nick et Sean : ça faisait dix. Avec elle, ça faisait onze. Depuis le début, quelque part, dans son esprit, tout au fond, elle avait su qu'il y avait un truc qui clochait. Une petite voix n'avait cessé de le lui dire. Mais elle ne l'avait pas écoutée.

« Et même, se sermonnait-elle, comment tu as pu ne pas comprendre ? Comment tu as fait pour ne pas réaliser que ce garçon, rencontré sur la plage, ne pouvait être que l'un d'entre eux ? Tous les indices étaient là. Ils te crevaient les yeux. Il détient des pouvoirs. Tu en as eu la preuve, ce jour-là, avec Portia : il a lu dans tes pensées. Et il t'a dit qu'il venait d'ailleurs. Il t'a dit qu'il était différent. Portia a même prononcé le mot devant toi :

» “Sorcier”.

» Et, ce soir, tu as découvert que le fameux Club était, en fait, un coven de sorcières. La dernière génération de sorcières du Nouveau Monde. Tu as découvert qu’il y avait des garçons dans ce coven et qu’on les appelait des sorciers. Tu as même posé la question. Comment tu as pu ne pas percuter, à ce moment-là ?

» Tu savais même que Diana avait un petit ami, un petit ami qui était “en voyage”. Les pièces du puzzle étaient toutes là. Tu t’es contentée de les regarder, sans même te donner la peine de les assembler.

» Parce que… ? Parce que… ? Oui, parce que je suis amoureuse de lui. Je ne le savais pas avant de le revoir, ce soir. Et il en aime une autre. Il aime ma meilleure amie. Ma “sœur”.

» JE LA DÉTESTE ! »

Sa réaction fut d’une violence terrifiante et elle serra les poings, agrippant le pelage du gros chien. Une bouffée de haine la submergea, une émotion brute, primitive, si dévastatrice que, pendant un moment, même sa douleur fut emportée. Une haine assassine, rouge sang, qui l’aveuglait et la faisait trembler de rage, un geyser de lave qui jaillissait d’elle pour anéantir la fille aux cheveux de lumière…

Comme si on avait pu filer un rayon de soleil et un clair de lune tout à la fois. Tandis qu’elle les regardait, toujours rongée par cette jalousie corrosive, en proie à cette violence qui se déchaînait en elle, une autre image lui traversa l’esprit. Ces mêmes longs cheveux de lumière tombant sur le frein à main de Diana. Le jour où Diana l’avait tirée des griffes de Fayc.

« Le jour où elle t’a raccompagnée, où elle s’est occupée de toi, reprit la petite voix. Le jour où elle t’a lavée, nourrie, présentée à ses amies. Tout comme elle t'a protégée par la suite, et t'a donné une place dans son monde, une place où te sentir bien : ta place. Tout comme elle t'a adoptée, comme elle a fait de toi sa sœur.

» Alors, qu'est-ce que tu disais, déjà ? Que tu la… "détestais" ? »

Cassie sentit sa fureur meurtrière retomber. Elle ne pouvait pas s'y raccrocher. Elle ne voulait même pas essayer. Elle ne pouvait pas haïr Diana. Elle ne pouvait pas la détester parce que… parce qu'elle l'aimait. Et elle aimait Adam. Elle les aimait tous les deux et elle voulait les voir heureux.

« Et toi dans tout ça ? » recommença à la harceler la petite voix.

Oh ! c'était tout simple, en fait. Ces deux-là étaient tellement faits l'un pour l'autre. Ça crevait les yeux. Tous les deux grands – Diana était juste à la bonne hauteur pour le regarder droit dans les yeux. Tous les deux en terminale – Diana avait la maturité qu'il fallait pour un garçon comme lui. Comment aurait-elle pu imaginer, quant à elle, qu'un garçon plus vieux qu'elle aurait pu ne serait-ce que s'intéresser à elle ? Tous les deux d'une beauté à couper le souffle. Tous les deux sûrs d'eux. Tous les deux dotés de cette autorité naturelle qui en faisaient des leaders-nés…

« Et tous les deux sorciers à cent pour cent, se rappela-t-elle. Je suis sûre qu'il est atrocement doué – forcément qu'il est doué, puisqu'il est avec Diana. Seul le meilleur a pu plaire à Diana. Elle n'aurait su se contenter de moins puisqu'elle est elle-même la meilleure.

» Et n'oublie pas non plus qu'ils s'aiment depuis l'enfance. Ils ont toujours été ensemble. Ils ne voient même pas les autres. Ils sont faits l'un pour l'autre, ça tombe sous le sens. »

O.K. Donc, c'était évident et tout simple. Sauf que… Pourquoi est-ce qu'elle avait l'impression d'avoir des lames de rasoir qui lui lacéraient les entrailles ? Il ne lui restait plus qu'à leur souhaiter tout le bonheur possible et à faire une croix sur ses rêves avec Adam. Plus qu'à se résigner à ce qui, de toute façon, était couru d'avance, inévitable. Plus qu'à leur souhaiter bonne chance.

C'est à ce moment-là que cette détermination froide et inflexible s'empara d'elle. « Quoi qu'il arrive, se jura-t-elle, quoi qu'il arrive, Diana ne devra jamais savoir.

» Et lui non plus. »

Si jamais Diana découvrait ses sentiments pour Adam et sa souffrance d'en être séparée, ça lui ferait de la peine. Altruiste comme elle l'était, elle pourrait même se sentir obligée de faire quelque chose – de quitter Adam pour ne plus faire souffrir son amie. Et, même si elle n'allait pas jusque-là, elle se sentirait affreusement coupable.

Pour éviter ça, une seule solution : ne jamais le lui dire. C'était aussi simple que ça.

« Ni en parole, ni en acte, se promit-elle avec ferveur. Quoi qu'il arrive, jamais je ne ferai de mal à Diana. Pas un mot, pas un regard, pas un geste de ma part ne la rendra malheureuse. Je le jure. »

Une truffe humide la repoussait à petits coups insistants. Des gémissements vinrent lui signaler que Raj se plaignait de son manque d'attention.

— Cassie ?

Et Diana lui parlait. Elle se rendit soudain compte du spectacle qu'elle devait offrir, cramponnée comme elle l'était au chien de berger, les yeux hagards et… complètement paumée.

— Quoi ? fit-elle, en essayant d'empêcher ses lèvres de trembler.

— Je disais : ça va ?

Diana la dévisageait. Une vive anxiété assombrissait l'émeraude de ses prunelles. Des larmes étaient encore accrochées à ses cils. En regardant ces yeux-là, Cassie accomplit alors l'acte de bravoure le plus courageux qu'elle ait jamais accompli de toute sa vie. Plus encore que de tenir tête à Jordan Bainbridge et à son pistolet. Bien plus encore que de se jeter en travers du chemin de Sally pour l'empêcher de tomber du haut en bas de la colline.

Elle sourit.

— Ça va, lui répondit-elle, en donnant une petite tape amicale à Raj avant de se lever.

Sa voix lui parut incroyablement fausse et niaise, comme si elle appartenait à quelqu'un d'autre. Mais Diana, qui n'aurait jamais pu la soupçonner de mentir, se détendit.

— Je suis juste… Il s'est passé tellement de trucs, ce soir, ajouta-t-elle. Je crois que je suis un peu dépassée par les événements.

Déjà Adam ouvrait la bouche. Il allait tout raconter, comprit-elle soudain avec horreur. Il allait leur dire comment ils s'étaient rencontrés et tout ce qui s'était passé. Et Faye n'était pas assez bête pour ne pas faire le rapprochement : elle allait tout de suite comprendre qu'Adam et le garçon de son poème ne faisaient qu'un.

Et il ne fallait pas. Elle ne pouvait pas laisser faire ça. Personne ne devait savoir.

— Et tu ne m'as pas encore présentée, lâcha-t-elle subitement, en désespoir de cause. Tu sais pourtant que je meurs d'envie de rencontrer ton petit ami depuis que tu m'as parlé de lui.

Voilà. Elle l'avait dit. « Ton petit ami ». Adam avait l'air troublé, mais Diana, l'innocente, la pure Diana, se mordait la lèvre, manifestement navrée.

— Pardon, comment j'ai pu ? Cassie, je te présente Adam. Je suis sûre que vous vous entendrez à merveille, tous les deux. Adam était parti…

— « En voyage », s'empressa de compléter Cassie, en voyant Adam qui s'apprêtait de nouveau à parler.

— Non, non, pas en voyage. Je sais que c'est ce que je t'ai dit. Mais c'était avant. Maintenant, je peux te révéler la vérité. Il était parti à la recherche de… certains… objets… qui ont appartenu à l'ancien coven, celui des origines. D'après les informations qu'on a retrouvées, on peut affirmer que les membres de ce coven originel détenaient des… outils très puissants qui ont été perdus, on ne sait trop comment : les Artéfacts Primordiaux. Depuis le jour où il en a entendu parler pour la première fois, Adam n'a cessé de les chercher.

— Et de revenir bredouille, commenta Faye, d'un ton sarcastique. J'imagine que ce n'est pas mieux cette fois-ci.

Cette réplique caustique parvint enfin à détourner l'attention d'Adam. Il dévisagea la belle brune et sourit. C'était un sourire espiègle, plein de sous-entendus et de secrets.

— Quoi ? lui lança crânement Faye, méprisante. (Et puis comme ce sourire mystérieux ne quittait pas les lèvres d'Adam, elle s'énerva.) Mais quoi ? Tu n'veux pas nous faire croire que…

— Adam ? s'alarma Diana, d'une voix tout à coup méconnaissable. Est-ce que tu veux dire que… ?

Adam se contentait de sourire. Et puis, il désigna du menton le sac marin qui gisait un peu plus loin sur le sable.

— Sean, va le chercher, ordonna-t-il.

L'intéressé ne se fit pas prier. Il revint en haletant :

— Ouah ! c'est super lourd !

— Adam ? chuchota Diana, en ouvrant des yeux de gamine de trois ans devant une vitrine de Noël.

Adam prit le sac des mains de Sean et le posa par terre.

— C'est vraiment dommage que Nick ait été si pressé de s'en aller, commenta-t-il nonchalamment. Parce que, s'il était resté, il aurait pu voir ça.

Il plongea les deux mains dans le sac et en sortit… un crâne.

14

Ça avait la forme et la taille d'un crâne humain, mais qui aurait été sculpté dans un bloc de cristal. Le clair de lune se reflétait au travers, à l'intérieur. Son rictus sardonique découvrait des dents également de cristal et ses orbites creuses paraissaient la regarder droit dans les yeux.

Pendant un instant, tout sembla se figer. Et puis Faye se rua dessus, toutes griffes dehors.

— Tss… tss, fit Adam, en l'écartant d'un geste vif. Pas question.

— Où tu as trouvé ça ?

La voix de Faye n'avait plus rien de languide ni de suave. Son débit s'était brusquement accéléré. À peine si elle pouvait contenir son excitation.

Tout abattue et tétanisée qu'elle était, Cassie ressentit une pointe d'appréhension en percevant, dans le ton de Faye, cette avidité. Et elle surprit le coup d'œil anxieux qu'Adam échangea alors avec Diana.

— Sur une île, répondit-il, en se retournant vers Faye.

— Quelle île ?

— J'ignorais que ça t'intéressait à ce point-là. Ça n'avait pas l'air de te passionner beaucoup jusqu'ici.

Faye lui décocha un regard noir.

— D'une manière ou d'une autre, je le saurai, Adam.

— Il n'y a rien d'autre, là où je l'ai trouvé. C'est le seul des Artéfacts Primordiaux qui ait été caché là-bas, crois-moi.

Faye prit une profonde inspiration, se détendit et sourit.

— Eh bien, tu peux tout de même nous laisser une chance de voir celui-ci de plus près. C'est la moindre des choses, non ?

— Non ! s'exclama Diana. Personne n'y touche ! On ne sait rien de cet objet magique sauf qu'il a été utilisé par l'ancien coven, par Black John lui-même. Ce qui signifie qu'il est dangereux.

— Est-ce qu'on est sûr que c'est le crâne de cristal dont parlait Black John dans ses écrits ? demanda Mélanie, d'un ton parfaitement calme : la voix de la raison.

— Oui, répondit Adam. Il correspond parfaitement au portrait qui en est fait dans les anciens grimoires, du moins. Et je l'ai trouvé dans un endroit qui ressemblait très précisément à ce que Black John décrivait. Je pense que c'est le bon.

— Dans ce cas, on va devoir le neutraliser, le purifier et l'étudier avant que quiconque ne s'en serve, affirma Diana. (Elle se tourna vers Cassie.) Black John était l'un des leaders de l'ancien coven, lui expliqua-t-elle. Il est mort peu de temps après la fondation de La Nouvelle-Salem. Mais, avant, il s'est emparé des objets magiques les plus puissants de son coven pour les cacher. Par sécurité, a-t-il prétendu. Mais, en réalité, c'était parce qu'il voulait les garder pour lui. Pour son usage personnel et pour se venger, précisa-t-elle, avec un regard lourd de sous-entendus pour Faye. C'était un être malfaisant et tout ce qu'il a touché sera entaché de mauvaises vibrations. On ne s'en servira pas tant qu'on ne sera pas sûrs que c'est sans danger.

Si Black John avait eu quoi que ce soit à voir avec ce crâne, il devait effectivement avoir été quelqu'un de très mal intentionné, songeait Cassie. D'une façon qu'elle aurait été bien en peine d'expliquer, elle sentait, oui, elle sentait vraiment la noirceur qui en émanait. Si elle n'avait pas eu le cœur en miettes et si elle n'avait pas été aussi abrutie de chagrin, elle l'aurait dit, d'ailleurs – mais sans doute que tout le monde s'en était déjà rendu compte.

— Les autres membres de l'ancien coven n'ont jamais retrouvé les Artéfacts perdus, avait enchaîné Laurel. Ils les ont pourtant cherchés, parce que Black John avait laissé des indices sur les endroits où il pouvait les avoir cachés. Mais ils n'ont rien trouvé. Ils ont créé de nouveaux objets magiques pour les remplacer. Mais aucun n'était aussi puissant que les premiers, ceux des origines.

— Et, aujourd'hui, on en a trouvé un ! se félicita Adam, les yeux brillants.

Diana se contenta de lui frôler le dos de la main, puisqu'il tenait toujours le crâne. Et elle lui sourit. Le message était clair : un même sentiment de fierté et de triomphe partagés. C'était leur truc à tous les deux, un projet sur lequel ils avaient bossé ensemble pendant des années. Et, maintenant, ils avaient réussi. Enfin !

Cassie serra les dents pour supporter la douleur atroce qui lui déchirait la poitrine. Ils avaient bien mérité un moment d'intimité pour se retrouver et célébrer ensemble leur victoire, pensa-t-elle.

— Vous savez, avec tout ça, je commence un peu à fatiguer, annonça-t-elle alors avec un entrain forcé. Je crois que je ferais mieux de…

— Oh ! mais bien sûr ! s'écria Diana, aussitôt prise de scrupules. Tu dois être épuisée. On l'est tous, d'ailleurs. On pourra reparler de tout ça à la réunion de demain.

Cassie hocha la tête et personne n'émit la moindre objection. Même pas Faye. Pourtant, pendant que Diana demandait à Laurel et à Mélanie de la raccompagner, Cassie croisa le regard de la brune incendiaire. Elle surprit alors une étrange expression dans les prunelles d'or : quelque chose de calculateur et de soupçonneux qui l'aurait alertée, si elle n'avait pas déjà largement dépassé ce stade.

Quand elles arrivèrent, toutes les lumières étaient allumées, chez elle. Pourtant, les premières lueurs de l'aube n'avaient pas encore fait rosir l'océan. Laurel et Mélanie entrèrent avec elle dans la maison pour trouver sa mère et sa grand-mère assises, toutes les deux, dans l'« antichambre » – une pièce vieillotte et peu accueillante située dans la partie la plus ancienne de la maison. Les deux femmes étaient en chemise de nuit et en robe de chambre. La mère de Cassie avait les cheveux détachés, tombant librement dans son dos.

Rien qu'à voir leurs têtes, Cassie comprit qu'elles savaient.

« Est-ce que c'est pour ça qu'on m'a amenée ici ? se demanda-t-elle. Pour que je rentre dans le Cercle ? » Elle ne doutait plus, désormais, d'avoir été amenée ici, intentionnellement, et dans un but précis.

Aucune de ses petites voix intérieures ne lui répondit. Pas même la plus profonde. Elle trouva ça… perturbant.

Mais ce n'était pas le moment de s'inquiéter pour ça. Elle n'en avait pas le temps. Pas maintenant. Elle dévisagea sa mère, ses traits tirés, son regard hanté, dévoré d'anxiété, mais aussi plein de quelque chose qui ressemblait à de la fierté cachée, à une sorte d'espoir secret, inavoué. Un peu comme une mère qui vient d'assister au plongeon de sa fille aux jeux Olympiques et regarde, fébrile, s'afficher la note des juges. Sa grand-mère avait exactement la même expression.

En dépit de cette douleur écrasante qui lui broyait la poitrine, elle sentit soudain monter en elle une brusque bouffée d'amour protecteur. Pour elles. Pour ces deux femmes qui l'attendaient. Tandis qu'elle demeurait sur le seuil, flanquée de Laurel et de Mélanie, elle s'efforça d'accrocher un sourire à ses lèvres.

— Alors, mamie, lança-t-elle, est-ce qu'on a un Livre des Ombres dans la famille, nous aussi ?

L'atmosphère se détendit d'un coup et les deux femmes se levèrent en riant.

— Pas qu'je sache, lui répondit sa grand-mère. Mais on pourra aller vérifier dans le grenier quand tu voudras.

La réunion du mercredi après-midi fut plutôt tendue. Tout le monde était sur les nerfs. Et Faye avait manifestement quelque chose derrière la tête.

Elle ne voulait parler que d'une seule chose : le crâne. Ils devraient invoquer son pouvoir, argua-t-elle d'entrée. Bon d'accord, sinon invoquer son pouvoir, du moins le tester. Essayer de l'activer, voir quelles empreintes magiques on y avait laissées.

Diana lui opposait un refus obstiné. Non, on ne le testerait pas. Non, on ne l'activerait pas. Il fallait d'abord le purifier. Le stabiliser. Le neutraliser. Ce qui prendrait des semaines, si c'était fait correctement, savait bien Faye. Oui, mais tant que Diana serait responsable…

Oui, eh bien, elle ne le resterait pas longtemps, à ce compte-là, disait Faye. En fait, si Diana s'entêtait à refuser de tester le crâne, Faye pourrait bien proposer un vote anticipé : au lieu d'attendre novembre pour désigner leur leader en titre, elle pourrait bien demander une élection tout de suite. Est-ce que c'était ce que Diana voulait ?

Cassie n'y comprenait rien. Comment est-ce qu'on « testait » un crâne ? Comment on le « stabilisait » ou comment on le « neutralisait » ? Mais, cette fois, la discussion était trop animée pour qu'on pense à le lui expliquer.

Elle passa toute la réunion à NE PAS regarder Adam – qui avait essayé de lui parler juste avant d'entrer et qu'elle avait réussi à esquiver. Elle se cramponnait de toutes ses forces à la résolution qu'elle avait prise et s'y tenait *mordicus*, quand bien même l'énergie qu'exigeait cette feinte ignorance l'épuisait. Elle se forçait à ne pas regarder ses cheveux – qui étaient un peu plus longs que lors de leur dernière rencontre –, ni sa bouche – toujours aussi belle et rieuse. Elle s'interdisait de penser à son corps, tel qu'elle l'avait entrevu à Cape Cod – musclé, sec, à son ventre plat, à ses longues jambes… Et, surtout, elle s'interdisait de le regarder dans les yeux.

La seule info que Cassie réussit à glaner, au cours de cette houleuse réunion, concernait Diana : son amie se trouvait, apparemment, dans une position délicate. « Leader temporaire » signifiait que le coven pouvait demander des élections à tout moment et la destituer, quand bien même l'élection officielle devait avoir lieu – allez savoir pourquoi – en novembre. Et Faye était manifestement en quête d'électeurs pour lui ravir la place.

Elle avait rallié les frères Henderson à sa cause en disant

qu'ils devraient utiliser le crâne tout de suite pour démasquer l'assassin de Kori. Et elle s'était acquis le soutien de Sean – en se contentant de le terroriser, semblait-il. Deborah et Suzan étaient dans son camp depuis le début, forcément.

Ça faisait six. Ça aurait pu faire six pour Diana aussi, si Nick n'avait pas refusé de se prononcer. Il avait assisté à la réunion, mais l'avait entièrement passée assis dans son coin à fumer avec un air distant, comme s'il n'était pas là. Quand on lui avait posé la question, il avait dit qu'on pouvait utiliser les pouvoirs du crâne ou non, qu'il s'en fichait royalement.

— Donc, comme tu peux le constater, tu n'as pas la majorité, jubila Faye, en tournant vers Diana un regard triomphant. Tu es coincée : soit tu nous laisses utiliser le crâne, soit je demande des élections anticipées et on verra bien si c'est toujours toi qui mènes la danse.

Serrant les dents, Diana redressa la tête.

— Très bien, dit-elle finalement d'une voix sans timbre. On va essayer de l'activer samedi – juste de l'activer, c'est clair ? Rien de plus. Est-ce que c'est assez tôt pour toi ?

Faye hocha la tête de bonne grâce : elle avait gagné et elle le savait.

— Samedi soir, donc, conclut-elle, un large sourire aux lèvres.

Le vendredi, c'était le jour de l'enterrement de Kori. Cassie y assista avec les autres membres du Club et joignit ses pleurs aux leurs pendant l'office. Au cimetière, une bagarre éclata entre Doug Henderson et Jimmy Clark, le garçon avec lequel Kori était sorti pendant l'été. Tout le Club dut s'y mettre pour les séparer. Les adultes semblaient avoir peur de les approcher.

Le samedi commença par une belle matinée fraîche et

limpide. Cassie passa toute la journée le nez sur un bouquin et le regard rivé sur quelque horizon lointain… Le soir venu, elle se rendit chez Diana. Elle appréhendait le rituel d'activation du crâne, mais elle appréhendait encore plus de revoir Adam. « Quoi qu'il advienne, se promit-elle, personne ne doit savoir, jamais. Quoi qu'il puisse arriver, jamais je ne montrerai mes sentiments pour lui. Je garderai le secret, même si ça me tue. »

Diana avait l'air fatigué, comme si elle n'avait pas assez dormi. C'était la première fois qu'elles se retrouvaient toutes les deux depuis la cérémonie d'initiation – et le retour d'Adam. Assise dans la jolie chambre de son amie, le regard aimanté par les prismes qui chatoyaient à la fenêtre, elle pouvait presque faire comme si Adam n'était pas là, comme s'il n'avait jamais existé. Les choses étaient tellement plus simples avant : être auprès de Diana suffisait alors à son bonheur.

Elle remarqua soudain un autre pan de mur couvert de gravures, comme celles qu'elle avait vues le premier jour.

— D'autres déesses ? demanda-t-elle à son amie.

— Oui. Celle-ci, c'est Perséphone, fille de la déesse des moissons, répondit Diana d'une voix lasse, avec un sourire attendri pour la gravure.

Elle représentait une rieuse jeune fille élancée qui cueillait une brassée de fleurs, sur fond de décor printanier. Son visage rayonnait de jeunesse et de joie de vivre.

— Et celle-là ?

— Athéna, déesse de la sagesse. Comme Artémis, la déesse de la chasse, elle ne s'est jamais mariée. C'est elle que tous les autres dieux avaient l'habitude de consulter pour demander conseil.

C'était une grande femme au front haut avec de grands

yeux gris au regard clair et calme. « Eh bien oui, forcément qu'ils sont gris puisque c'est une reproduction en noir et blanc ! » railla intérieurement Cassie, se moquant de sa propre bêtise. Pourtant, elle aurait juré qu'ils auraient été gris, de toute façon, et pleins d'intelligence aussi : les yeux de quelqu'un de posé et de réfléchi.

Elle passa à la gravure suivante.

— Et qui…

Des voix s'élevèrent au même moment dans l'escalier :

— Hou hou ! Y a quelqu'un là-haut ? La porte d'entrée n'était pas verrouillée…

— Montez, montez ! répondit Diana. Mon père est à son cabinet… pour changer.

— Tiens, dit Laurel, en apparaissant sur le seuil. J'ai pensé que ça pourrait te faire plaisir. Je les ai cueillies en chemin.

Elle tendait à Diana une brassée de fleurs des champs.

— Oh ! Super ! Elles sont magnifiques. Vous avez vu ce rose ? Et après, je pourrais les sécher pour faire du savon. Et ces gueules-de-loup sauvages ! Hum ! Et le parfum de ce mélilot ! Je vais chercher un vase.

— J'aurais bien apporté des roses du jardin, mais on les a toutes coupées pour la purification du crâne.

Mélanie lui sourit.

— Alors, comment va notre nouvelle sorcière ? l'apostropha-t-elle, une expression plutôt sympathique dans le gris acier de ses prunelles. Complètement perdue ?

— Eh bien, euh… un peu perdue, oui. Comment on peut purifier un crâne avec des roses, j'veux dire ? demanda-t-elle, piochant au hasard dans tout ce tas de trucs auxquels elle ne comprenait rien.

— Tu ferais mieux de t'adresser à Laurel, pour ça : c'est elle la spécialiste des plantes.

— Et Mélanie est notre experte en pierres et en cristaux, rétorqua Laurel. Or, corrige-moi si j'me trompe, mais c'est bien un crâne de cristal…

— Mais qu'est-ce que c'est un cristal, exactement ? s'enquit Cassie. J'ai peur de ne même pas savoir ça.

— Eh bien…, commença Mélanie, en allant s'asseoir au bureau de Diana, au moment où cette dernière revenait dans sa chambre pour arranger son bouquet.

Laurel et Cassie étaient assises sur le lit. Cassie voulait vraiment comprendre toutes ces choses mystérieuses dont se servait le Cercle pour faire de la magie. Après tout, même si elle ne pourrait jamais jeter le seul sort qui l'intéressait vraiment, elle n'en demeurait pas moins une sorcière.

— … certaines personnes parlent, à propos des cristaux, « d'eau fossilisée », continua Mélanie, en imitant le ton doctoral de son prof de physique. L'eau se combine en effet avec un autre élément pour leur donner naissance. Mais moi, je préfère les voir comme une plage.

Laurel pouffa et Cassie cilla.

— Une plage ?

— Oui, confirma Mélanie avec un petit sourire. Qu'est-ce qu'une plage ? De l'eau et du sable, non ? Et le sable, c'est du silicium. Quand on met en présence du silicium et de l'eau, sous certaines conditions, ça donne du dioxyde de silicium. Autrement dit : des cristaux de quartz. Donc, de l'eau plus du sable, avec de la chaleur et une pression suffisante, égale un cristal : les restes d'une ancienne plage.

— Et le crâne, c'est du quartz ? s'étonna Cassie, fascinée.

— Oui, cent pour cent pur cristal de roche. Il y a d'autres sortes de quartz, d'autres couleurs. L'améthyste est violette. Tu n'en aurais pas sur toi, Laurel ?

— Quelle question ! Avec un rituel ce soir, tu penses bien

que si ! lui répondit Laurel, en rejetant en arrière ses longs cheveux bruns pour découvrir ses oreilles.

À chaque lobe pendait une petite pierre d'un violet profond.

— J'aime bien les améthystes, expliqua-t-elle. Elles sont apaisantes et équilibrantes. Et si on les porte avec un quartz rose, elles attirent l'affection des autres et attisent l'amour.

Cassie en eut une crampe d'estomac. Si elles pouvaient éviter le sujet…

— C'est quoi les autres pierres qu'on peut utiliser ? demanda-t-elle à Mélanie.

— Oh ! Y en a plein ! Dans la famille des quartz, il y a la citrine – Deborah en porte beaucoup. C'est jaune et c'est bon pour l'énergie physique : les activités sportives, le dynamisme, la forme…, ce genre de choses.

— Deborah aurait plutôt besoin de moins d'énergie, à mon avis, marmonna Laurel.

— Moi, j'aime porter du jade, poursuivit Mélanie, en tendant son poignet gauche vers Cassie pour lui montrer un ravissant bracelet orné d'une jolie pierre ovale d'un vert translucide. Le jade est apaisant, calmant. Et il aiguise les facultés mentales : il clarifie les idées.

— Mais…, hésita Cassie, ces trucs marchent vraiment ? Enfin, je sais que tous ceux qui donnent dans le New Age sont à fond dans les cristaux et tout ça, mais…

— Les cristaux ne sont pas New Age, affirma Mélanie, en lançant à Laurel un coup d'œil propre à lui faire passer cette envie de protester qui manifestement la démangeait. Les gemmes sont utilisées depuis la nuit des temps – et parfois même à bon escient. Le problème, c'est qu'elles ne sont efficaces qu'autant que l'est la personne qui les utilise. Elles peuvent emmagasiner l'énergie et t'aider à invoquer les

Pouvoirs. Mais seulement si tu possèdes déjà le don pour ça. Autrement dit, pour la plupart des gens, elles ne servent strictement à rien.

— Mais, pour nous, c'est pas pareil, s'empressa d'intervenir Laurel. Bon, elles ne marchent pas toujours comme on voudrait, je reconnais. Il arrive que ça dérape un peu. Vous vous souvenez quand Suzan s'était carrément couverte de cornalines ? Et qu'elle avait failli se faire quasiment écraser au match de foot ? J'ai bien cru qu'il allait y avoir une émeute.

Mélanie s'esclaffa.

— Les cornalines sont oranges et très... stimulantes, expliqua-t-elle à Cassie. On peut mettre les gens dans un état de surexcitation, si on n'y prend pas garde. Suzan voulait attirer l'attention du capitaine et elle a failli se retrouver avec toute l'équipe de foot sur le dos. Je n'oublierai jamais la scène quand je l'ai vue dans les toilettes en train d'enlever précipitamment de ses fringues tous ces cristaux !

Cassie éclata de rire rien que d'imaginer le tableau.

— On n'est pas censé porter des pierres orange ou rouges tout le temps, ajouta Laurel, un sourire jusqu'aux oreilles. Mais, bien sûr, Suzan ne veut pas le savoir. Faye non plus, d'ailleurs.

— C'est vrai, renchérit Cassie, en revoyant le cou de Faye. Faye porte une pierre rouge en pendentif.

— Un rubis étoilé, précisa Mélanie. Ils sont très rares et celui-ci est extrêmement puissant. Il peut exacerber la passion – ou la colère – en un clin d'œil.

Il y avait bien autre chose qui la titillait, mais Cassie hésitait. Qu'elle le veuille ou non, il fallait pourtant qu'elle pose la question.

— Et qu'est-ce qui se passe avec une pierre comme...

la calcédoine ? demanda-t-elle d'un ton dégagé. Est-ce que c'est bon à quelque chose ?

— Oh oui ! la calcédoine a une influence protectrice. Elle peut garder celui qui la porte de l'adversité et de l'agressivité du monde extérieur. D'ailleurs... Diana, tu n'aurais pas donné... ?

— Si, l'interrompit Diana, qui les écoutait, tranquillement assise sur la banquette de la fenêtre. (Un doux sourire flottait à présent sur ses lèvres comme si elle se remémorait un bon souvenir.) J'ai donné une rose de calcédoine à Adam, quand il est parti, cet été. C'est une forme spéciale de calcédoine, expliqua-t-elle à Cassie. Sur la tranche, la pierre est ronde et plate et il y a une sorte de spirale à l'intérieur, comme des pétales de rose. Elle est couverte de petits cristaux de quartz.

« Et de minuscules éclats de coquillages noirs à l'extérieur », compléta mentalement Cassie. Elle en était malade. Même le cadeau qu'il lui avait fait venait de Diana.

— Cassie ?

Elles la regardaient toutes les trois avec inquiétude.

— Pardon, souffla-t-elle, en rouvrant les yeux avec un sourire forcé. Ça va. Je... je crois que je suis un peu nouée à cause de cette histoire de crâne, ce soir.

Toutes ont immédiatement compati. Diana hocha la tête d'un air sombre, montrant plus d'animation qu'elle n'en avait manifesté depuis son arrivée.

— Moi non plus je ne suis pas tranquille, avoua-t-elle. C'est beaucoup trop tôt. On ne devrait pas faire ça maintenant, pas encore. Mais... on n'a pas vraiment le choix.

— Tu comprends, le crâne a absorbé les vibrations de celui qui l'a invoqué en dernier, lui expliqua Mélanie. Un peu comme une empreinte qu'il aurait laissée, une empreinte de ce qu'il a fait. Et c'est ce qu'on veut savoir. Alors, on va tous se focaliser dessus et voir ce qu'il va bien vouloir nous montrer. Cela dit, il est fort possible qu'on ne soit pas capables de l'activer du tout. Il arrive que ce ne soit qu'une personne précise qui puisse y parvenir ou un certain enchaînement de sons, de paroles, de lumières ou de gestes. Mais, si on réussit, et si c'est sans danger, on peut éventuellement canaliser l'énergie qu'il a en lui et l'utiliser pour nous révéler des choses… comme qui a tué Kori, peut-être…

— Et plus le cristal est grand, plus il y a d'énergie, intervint Diana d'un ton funeste. Et celui-là, c'est un énorme cristal…

— Mais pourquoi ceux de l'ancien coven l'ont-ils sculpté en forme de crâne ? s'étonna Cassie.

— Ils n'y sont pour rien, lui répondit Mélanie. On ignore qui l'a fait, mais il a bien plus de trois siècles. Il y a d'autres crânes de cristal à travers le monde. Personne ne sait vraiment combien. La plupart sont dans des musées ou des trucs de ce genre : il y a le crâne de Londres, au British Museum, et le crâne de Paris, au musée du quai Branly ; il y aurait aussi celui qu'on appelle le crâne des Templiers qui appartiendrait à une société secrète française. Notre ancien coven a juste récupéré celui-là on ne sait trop comment et s'en est servi.

— Black John s'en est servi, la reprit Diana. J'aurais préféré qu'Adam trouve n'importe lequel des Artéfacts Primordiaux sauf celui-là. C'était le favori de Black John. C'était le sien. Il lui appartenait et j'ai bien peur qu'il ne l'ait utilisé pour se débarrasser de certaines personnes gênantes. J'ai peur que ce soir… je ne sais pas. Mais j'ai peur qu'il se passe quelque chose de terrible.

— On fera tout pour que ça n'arrive pas.

En entendant cette voix, le cœur de Cassie se mit à cogner dans sa poitrine. Elle sentit le rouge lui monter aux joues.

— Adam ! s'exclama Diana.

Dès qu'Adam se dirigea vers la fenêtre pour aller l'embrasser et s'asseoir auprès d'elle, le visage de Diana se détendit. Elle paraissait toujours plus paisible et plus rayonnante à la fois quand il était dans les parages.

— Le rituel de ce soir sera strictement contrôlé, argua-t-il. Et si quelque chose de dangereux se profile à l'horizon, on arrêtera net. Tu as préparé le garage ?

— Pas encore. Je t'attendais. Mais on peut le descendre, maintenant.

Diana ouvrit la petite armoire où Cassie l'avait vue enfermer le fameux Livre des Ombres familial, la première fois qu'elle était venue. Elle aperçut alors le crâne de cristal posé dans un plat en Pyrex rempli de pétales de rose.

— On dirait la tête de saint Jean Baptiste, murmura-t-elle.

— J'ai essayé de le neutraliser avec du sel et de l'eau de pluie, dit Diana. Mais c'est d'un véritable traitement aux cristaux et aux essences florales dont il aurait besoin, avant d'être enterré dans le sable mouillé pendant plusieurs semaines.

— On prendra toutes les précautions nécessaires, tenta de la rassurer Adam. Un triple cercle de protection. Tout ira bien.

Il souleva le crâne, auquel adhéraient encore des pétales d'un rose nacré, et sortit avec Diana pour aller préparer le garage. Cassie ne put s'empêcher de le suivre des yeux.

— Ne sois pas si nerveuse, lui conseilla Mélanie. Tu n'auras pratiquement rien à faire pendant le rituel. Tu ne pourras pas, de toute façon. On ne lit pas dans le cristal comme ça, tu sais – boules ou crâne, la forme n'a pas d'importance. Il faut du temps pour attraper le coup – des années même, pour les plus doués. Tout ce qu'on te demande, c'est de rester bien gentiment assise et de ne pas briser le Cercle.

Cassie s'efforça de ne pas prendre la mouche, en dépit du ton légèrement condescendant de Mélanie.

— Dites, est-ce que l'une d'entre vous aurait le temps de me raccompagner en voiture ? demanda-t-elle tout à coup. Il y a quelque chose que j'aimerais récupérer chez moi.

Le garage de Diana était vide – enfin, il n'y avait pas de voiture dedans, du moins. Le sol était propre et nu, à l'exception d'un cercle dessiné à la craie.

— Désolée de devoir vous faire tous asseoir à même le ciment, s'excusa Diana, mais je tenais à faire ça à l'intérieur : je veux être sûre que le vent n'éteindra pas les bougies.

Plusieurs bougies blanches étaient, en effet, disposées en rond, par terre, au centre du cercle. Au milieu de ce second cercle plus petit, un objet, recouvert d'une étoffe noire, trônait sur une boîte à chaussures.

— Bon, dit Diana, en s'adressant aux autres membres du Club qui étaient arrivés par petits groupes et se tenaient, à présent, debout dans le garage. Allons-y, qu'on en soit quitte.

Elle avait revêtu sa fine chemise de coton blanc et Cassie remarqua qu'elle portait les mêmes bijoux que pendant son initiation. En les examinant de plus près, elle soupçonna le diadème et le brassard d'argent – et peut-être même la jarretière – d'avoir une valeur symbolique. Elle regarda Diana « invoquer » le cercle : elle en suivit le tracé d'abord avec sa dague, puis avec de l'eau, puis avec de l'encens et, enfin, avec une chandelle allumée. Les quatre éléments, songea Cassie : la terre, l'eau, l'air et le feu. Il y eut aussi quelques incantations qu'elle essaya vaguement de suivre. Mais quand, conformément aux instructions de Diana, ils prirent place à l'intérieur du cercle pour s'asseoir en tailleur, aussi passionnée qu'elle ait pu être par le rituel, ce qui se passait alentour perdit subitement tout intérêt pour elle.

Et pour cause : elle se retrouvait assise entre Faye et Adam. Elle ne comprenait même pas comment un truc pareil avait pu arriver. Elle était derrière Sean dans la queue : elle aurait donc dû être placée entre Faye et lui, mais, allez savoir comment, Faye lui était passée devant. Peut-être que Faye ne voulait pas se retrouver assise à côté d'Adam ? Eh bien, pour une fois, Faye et elle avaient quelque chose en commun – quoique pour des raisons très différentes, assurément.

Le genou d'Adam était appuyé contre le sien. C'était ce que Diana leur avait demandé de faire, de garder le contact avec leurs voisins en se touchant le genou. Elle sentait sa chaleur, sa stabilité, sa force. Et plus rien d'autre ne comptait.

À sa gauche, Faye portait un capiteux parfum exotique qui lui montait à la tête.

Soudain, toutes les lumières s'éteignirent.

Elle ne voyait pas comment – personne n'avait quitté le cercle, elle en était sûre. Pourtant, les néons du plafond s'étaient bel et bien éteints d'un coup.

Il faisait noir comme dans un four. Seule la flamme de la bougie que tenait Diana trouait ces épaisses ténèbres. Son visage faiblement éclairé était la seule chose que l'on distinguait dans l'obscurité.

— Bon, répéta posément Diana. Nous allons juste essayer de retrouver les dernières empreintes. Rien de plus. Personne ne va au-delà, avant que nous ne sachions à quoi nous avons précisément affaire. Inutile de vous rappeler qu'en aucun cas le cercle ne doit être brisé.

Son amie ne l'avait pas regardée en disant ça, mais d'autres ne s'en privèrent pas – sous-entendant que si, il était utile de le rappeler. Pour elle.

Diana approcha la flamme de sa bougie de celle que lui tendait Mélanie. La flamme se dédoubla et Mélanie se pencha vers Deborah pour allumer, à son tour, sa bougie. Trois flammes percèrent alors l'obscurité.

Et ainsi de suite jusqu'à ce que Laurel se penche vers Adam. La main de Cassie trembla quand elle tendit sa bougie pour qu'Adam lui donne sa flamme. Elle espérait que tout le monde attribuerait cette fébrilité à sa nervosité de novice. Mais le symbole ne lui avait pas échappé.

À la fin, les douze bougies allumées furent plantées dans leur propre cire à même le sol. Chacune formait une petite sphère de lumière et projetait les ombres gigantesques des douze silhouettes assises sur les murs.

Diana se pencha à l'intérieur du cercle de bougies et retira l'étoffe noire.

Cassie en hoqueta de stupeur.

Le crâne lui faisait face, ses orbites creuses semblant la regarder droit dans les yeux. Mais ce n'était pas ça le plus alarmant. Le crâne rougeoyait. Les flammes des bougies s'y reflétaient et le crâne renvoyait la lumière. Il semblait presque… vivant.

Dans le cercle, les autres s'étaient redressés, visiblement tendus.

— Maintenant, reprit Diana. Trouvez, quelque part, à l'intérieur du crâne, un endroit qui vous intéresse plus particulièrement. Concentrez-vous sur ce point particulier, étudiez les détails. Et puis cherchez encore plus de détails. Continuez à chercher jusqu'à ce que vous vous sentiez aspirés à l'intérieur du cristal.

« “Un endroit qui vous intéresse” ? » se dit Cassie, sans comprendre. Mais, quand elle examina de plus près le crâne rougeoyant, elle s'aperçut que le cristal n'était pas parfaitement transparent. Il y avait comme des toiles d'araignée à l'intérieur et ce qui ressemblait à des volutes de fumée. C'étaient sans doute des fractures internes qui devaient agir comme des prismes pour dessiner des paysages miniatures. Plus Cassie regardait attentivement, plus elle découvrait de détails.

« On dirait une spirale ou une trombe, songea-t-elle. Et ça… ça ressemblerait presque à une porte. Et à un visage… »

L'estomac retourné, elle s'arracha vivement à cette vision d'horreur. « Ne sois pas bête, se tança-t-elle. Ce sont juste des défauts dans le cristal. »

Pourtant, elle avait presque peur de regarder. Mais personne d'autre ne semblait perturbé. Les ombres se balançaient et vacillaient sur les murs, mais tous les yeux étaient rivés au crâne.

« Regarde-le ! se secoua-t-elle. Allez ! Maintenant ! »

Quand elle regarda de nouveau le crâne, elle ne vit pas le visage qui l'avait tant effrayée. « Là, tu vois, c'était juste un effet d'optique », se rassura-t-elle. Mais le crâne semblait avoir désormais une autre caractéristique : on aurait dit que des choses bougeaient à l'intérieur. C'était presque comme si le cristal n'était, en fait, qu'une fine enveloppe de peau contenant de l'eau dans laquelle flottaient lentement des trucs bizarres.

« Oh ! arrête ça, hein ! Et, au lieu de délirer, concentre-toi sur un détail précis, se raisonna-t-elle une fois de plus. Tiens, la porte. Tu n'as qu'à regarder la porte. Elle ne bouge pas, elle, au moins. »

Elle riva les yeux sur cette petite fracture prismatique, là, dans l'orbite gauche, juste à l'endroit où aurait dû se trouver la pupille. Ça ressemblait vraiment à une porte entrebâillée avec de la lumière qui s'en échappait.

« Concentre-toi. Examine les détails. »

Le parfum de Faye l'étourdissait. Elle regardait… elle ne faisait que regarder. Elle voyait cette porte… Plus elle focalisait son attention dessus, plus elle semblait grande. Ou peut-être que c'était elle qui s'en approchait ?

Oui, de plus en plus près… Elle commençait à perdre toute notion d'espace. Le crâne était si grand, maintenant. Il semblait ne plus avoir de limite, ni de forme précise. Il était partout, tout autour d'elle. Ou c'était peut-être elle qui avait rapetissé ? La porte était juste devant elle.

Non, elle était… à l'intérieur du crâne.

15

La porte n'avait plus rien d'une minuscule fêlure : elle était assez grande pour lui livrer passage. Elle était entrouverte et une lumière colorée, qui semblait rayonner de l'autre côté, s'en échappait.

Parachutée elle ignorait comment à l'intérieur du crâne, Cassie regardait fixement la porte, en tentant de réprimer ses frissons – elle en avait les cheveux qui se dressaient sur la tête. « Si elle s'ouvre, est-ce que je pourrai entrer ? » se demandait-elle. Mais comment pourrait-elle s'ouvrir toute seule ?

À moins que… Et si elle imaginait qu'elle s'ouvrait ?… Non, ça n'avait pas l'air de marcher. Qu'est-ce que Mélanie avait dit déjà ? Que les cristaux permettaient d'invoquer plus facilement les Pouvoirs. Quels Pouvoirs pouvaient bien avoir un lien avec du pur cristal de roche ? L'eau et la terre, pour le sable et la mer ?

Ça sonnait presque comme le début d'un poème…

Eau et Terre,
Sable et mer,
Faites que ma volonté
Puisse se réaliser…

Elle concentra toute sa volonté sur la porte pour qu'elle s'ouvre. Et, alors même qu'elle la regardait fixement, il lui sembla bel et bien qu'un peu plus de lumière multicolore s'en échappait. De plus en plus… De plus en plus… « Continue à l'ouvrir, s'encourageait-elle. Laisse-la t'attirer à elle. » Elle avait l'impression de flotter devant la porte maintenant. Et elle était énorme, cette porte, comme celle d'une cathédrale. Et elle s'ouvrait… s'ouvrait… Elle se noyait dans un arc-en-ciel de lumière.

« Maintenant ! Vas-y ! »

C'est alors qu'un cri s'éleva dans la pièce.

C'était un hurlement affolé, strident et terrifié, et il déchira le silence de la nuit comme une lame. La porte s'immobilisa et Cassie se sentit partir en arrière. La porte s'éloignait à présent, de plus en plus vite. Et, juste au moment où elle allait sortir du crâne, elle eut la vision d'un visage. Celui-là même qu'elle avait aperçu au début. Mais il ne s'éloignait pas, lui, oh non ! Il se rapprochait, bien au contraire, de plus en plus gros, de plus en plus vite, si vite qu'il allait faire exploser le cristal. Il allait…

— Non ! cria Diana.

Cassie le sentit au même instant : une oppressante présence maléfique qui fonçait sur eux à tombeau ouvert. Quelque chose qu'il fallait à tout prix arrêter.

Elle ne saurait jamais ce qui s'était vraiment passé après.

Sean était assis à la gauche de Faye. Ce fut peut-être lui qui bougea le premier. Peut-être que, pris de panique, il essaya de se sauver. En tout cas, il y eut du remue-ménage de ce côté-là. Faye semblait vouloir faire quelque chose et Sean essayer de l'en empêcher ou peut-être que c'était l'inverse. Ils se battaient, en tout cas. Et Diana criait : « Non, non ! » et Cassie ne savait pas quoi faire.

Elle essaya de maîtriser sa réaction alors même que son instinct lui dictait de s'écarter de Faye. Mais ça ne servit à rien parce que ce fut Faye qui se jeta en avant. Cassie sentit alors son genou quitter le sien : le cercle était brisé et la bougie de Faye s'éteignit.

Aussitôt, toutes les autres bougies furent mouchées d'un coup, comme soufflées par un courant d'air. Au même moment, Cassie sentit la puissance maléfique qui fonçait vers eux atteindre les limites du cristal. Elle jaillit du crâne comme un boulet de canon et passa en trombe le cercle de bougies éteintes encore fumantes. Cassie ignorait comment elle pouvait décrire ces événements : la pièce était plongée dans le noir complet. Mais elle le sentit. Elle pouvait percevoir la chose maléfique comme une sorte de noirceur plus noire que la nuit. Elle la rasa, lui soufflant les cheveux en arrière et en l'air. Elle leva le bras pour se protéger le visage, mais il était déjà trop tard.

Il y eut une sorte de plainte dans l'obscurité.

Puis le calme revint.

— Mais allumez les lumières, bon sang ! haleta quelqu'un.

Et, soudain, Cassie recouvra la vue. Adam se tenait debout à côté de l'interrupteur. Diana aussi s'était levée, livide et défigurée par la peur. Dans le cercle, frayeur et consternation se lisaient sur tous les visages – sauf sur celui de Nick. Nick affichait une parfaite impassibilité, comme toujours.

Faye se relevait seulement. Elle avait tout l'air de quelqu'un qui vient de se faire renverser par un bulldozer.

— Tu m'as poussée ! incendia-t-elle Sean, les yeux flamboyants de colère.

— Non, c'est pas moi ! se défendit Sean, en tournant la tête de tous côtés comme s'il cherchait du secours. Elle essayait de prendre le crâne ! Elle se j'tait d'ssus !

— Espèce de vermine ! Sale menteur ! C'est toi qui essayais d'te tirer, oui. Tu allais briser le cercle.

— C'est elle qui…

— Non, c'est pas moi !

— Ça suffit ! tonna Diana.

Adam vint prendre place à côté d'elle.

— Peu importe qui a fait quoi, dit-il d'une voix tendue. Ce qui compte c'est cette… énergie qui s'est échappée.

— Quelle énergie ? demanda Faye d'un ton renfrogné, en examinant ses coudes pour vérifier qu'elle ne s'était pas égratignée.

— L'énergie qui t'a aplatie comme une crêpe ! grommela Diana.

— Je suis tom-bée, martela Faye. Parce que ce p'tit morveux m'a poussée !

— Non, lâcha Cassie, sans réfléchir. (Elle s'était mise à trembler rétrospectivement.) Je l'ai sentie, moi aussi. Quelque chose est sorti du crâne.

— Oh ! Mademoiselle l'a sentie, railla Faye, en lui décochant un regard méprisant. C'est vrai qu'on a affaire à une experte…

Cassie jeta un coup d'œil autour d'elle. Les autres étaient

restés assis et elle fut surprise de voir leur air incertain. Si elle l'avait sentie, sûrement qu'ils l'avaient sentie aussi…

— J'ai… senti quelque chose, murmura Mélanie. Quelque chose de sombre à l'intérieur du crâne. Une énergie négative.

— En tout cas, quoi que soit ce « quelque chose », il a été libéré quand on a brisé le cercle, affirma Adam. (Il se tourna vers Diana.) C'est ma faute. J'aurais dû empêcher ça.

— Tu veux dire que tu aurais dû garder le secret sur ta trouvaille, persifla Faye, cassante. Pour pouvoir garder le crâne pour toi tout seul, pour ton p'tit usage personnel.

— Qu'est-ce que ça change, de toute façon ? explosa Laurel, de l'autre côté du cercle. Si quelque chose a bel et bien été libéré du crâne, c'est là, dehors, maintenant. Et ça fait Dieu sait quoi.

— C'est… mauvais, dit Cassie.

C'était « maléfique » qu'elle aurait voulu dire, mais elle n'avait pas osé. Ça faisait tellement film d'horreur. C'était pourtant bien ce qu'elle avait senti dans le noir. Le mal. L'intention de nuire et de détruire.

— Il faut l'arrêter, dit Adam.

— Comment ? souffla Suzan, en triturant un bouton de son chemisier.

Un long silence pesant envahit la pièce. Adam et Diana se regardaient, comme s'ils étaient plongés dans quelque conciliabules muets. Les frères Henderson avaient eux aussi une conversation télépathique, semblait-il, mais ils ne paraissaient pas autrement inquiets de savoir qu'il y avait désormais quelque chose de maléfique aux intentions meurtrières en liberté dans les parages. À la vérité, ils avaient plutôt l'air contents.

— Peut-être qu'il va choper celui qu'a eu Kori, finit par cracher Chris, hargneux.

Diana le dévisagea avec anxiété.

— C'est vraiment ce que tu crois ? (Et puis elle changea brusquement de visage.) Est-ce que c'était ce que tu pensais quand tu cherchais les empreintes ? Est-ce que c'était ce que tu souhaitais ?

— On était censés se contenter d'essayer de retrouver les dernières empreintes, leur rappela Mélanie, avec, dans la voix, plus de colère contenue que Cassie n'en avait jamais perçu.

Les frères Henderson échangèrent un coup d'œil entendu et haussèrent les épaules. Deborah semblait hésiter entre moue renfrognée et ricanement sarcastique. Suzan triturait toujours son bouton. Fidèle à lui-même, Nick se leva, imperturbable.

— On dirait que c'est tout pour ce soir, conclut-il.

— Tu l'as dit ! explosa soudain Diana, à la stupéfaction de Cassie qui en resta bouche bée. (Elle attrapa le crâne à deux mains.) Maintenant, ça, ça va aller en lieu sûr, à sa place, là où ça aurait dû aller dès le départ. J'aurais dû me douter que vous n'étiez tous que des irresponsables incapables de gérer une telle situation !

Et, serrant le crâne contre elle, elle quitta le garage.

Faye sauta aussitôt sur l'occasion, comme un chat qui vient d'apercevoir une souris.

— Je ne trouve pas que ce soit très sympa de nous parler comme ça, commenta-t-elle de sa voix rauque. Je ne crois pas qu'elle nous fasse confiance, et vous ? À main levée : combien ici veulent avoir pour leader une fille qui ne leur fait pas confiance ?

Si Mélanie avait eu un revolver à la place des yeux, Faye n'aurait pas fait de vieux os.

— Oh ! va te faire foutre, Faye ! lui balança-t-elle, avec son accent de jeune fille de bonne famille. Viens, Laurel, ajouta-t-elle, en se levant pour se diriger vers la maison de Diana.

Ne sachant trop quoi faire, Cassie leur emboîta le pas. Dans son dos, elle entendit Adam dire à Faye d'une voix sourde, frémissante de rage.

— J'aimerais que tu sois un mec.

Puis le rire de gorge de Faye et sa réponse susurrée :

— Mais dis-moi, Adam, je ne savais pas que tu avais ce genre de penchants…

Diana reposait le crâne dans son plat en Pyrex quand Adam entra dans la chambre, derrière Cassie. Il alla directement vers Diana et la prit dans ses bras.

Elle resta un instant blottie contre lui, les yeux clos, mais ne lui rendit pas son étreinte. Au bout d'un moment, elle s'écarta.

— Je vais bien. C'est juste que je leur en veux. Et puis j'ai besoin de réfléchir.

Adam s'assit sur le lit et se passa la main dans les cheveux.

— J'aurais dû garder le secret, déplora-t-il. Si je n'avais pas voulu la ramener…

— Arrête, Adam, l'interrompit Diana. Ça n'aurait pas été bien de cacher aux membres du Cercle quelque chose qui leur appartient.

— Pire que de les laisser s'en servir pour de mauvaises – et stupides – raisons ?

Diana se détourna et se laissa aller contre la petite armoire.

— Parfois, reprit Adam avec gravité, je me demande ce qu'on est en train de faire. Peut-être qu'on ne devrait pas essayer de réveiller les Anciens Pouvoirs. Peut-être qu'on a tort de croire qu'on est capables de les maîtriser.

— Un Pouvoir n'est qu'un Pouvoir, soupira Diana d'une voix lasse, sans se retourner. Il n'est ni bon ni mauvais. Seul l'usage que l'on en fait est bon ou mauvais.

— Mais peut-être que personne ne peut l'invoquer sans finalement succomber à l'envie de s'en servir pour faire le mal, parfois même sans le vouloir.

Plantée au milieu de la chambre, Cassie aurait donné n'importe quoi pour être ailleurs. Elle se rendait bien compte que, tout en restant parfaitement aimables et polis, Diana et Adam étaient tout de même en train de s'affronter. Elle croisa le regard de Laurel et vit son malaise se refléter dans ses prunelles.

— Je ne le pense pas, finit par trancher Diana avec douceur. Je ne crois pas que les gens soient irrécupérables à ce point-là. Je ne les crois pas si mauvais que ça.

Adam avait sur le visage une expression à la fois triste et envieuse. Il aurait bien voulu partager une telle foi en la nature humaine.

En le regardant, Cassie sentit une poignante douleur et fut soudain prise de vertiges. Elle chancela et chercha des yeux un endroit où s'asseoir.

Diana se retourna immédiatement vers elle.

— Ça va ? s'alarma-t-elle. Tu es pâle comme la mort.

Cassie hocha la tête et haussa les épaules.

— Juste la tête qui tourne un peu. Peut-être que je ferais mieux de rentrer…

La colère avait déserté les yeux de Diana.

— Bien sûr. Mais je ne veux pas te savoir toute seule

dehors. Adam, tu veux bien la raccompagner ? Par la plage, ça ira plus vite.

Transie d'horreur, Cassie ouvrit la bouche pour protester. Mais, déjà, Adam acquiesçait :

— Pas d'problème. Mais je ne veux pas te laisser toute seule non plus…

— J'aimerais que Mélanie et Laurel restent avec moi, le rassura-t-elle. Je veux commencer à purifier le crâne dans les règles de l'art avec des essences florales, précisa-t-elle, en se tournant vers Laurel, et avec d'autres cristaux. (Elle se tourna vers Mélanie.) Et, si ça doit prendre toute la nuit, eh bien, on y passera la nuit. Je veux faire tous les préparatifs nécessaires. Et je veux commencer tout de suite.

Les deux autres filles hochèrent la tête. Adam acquiesça :

— Bon, d'accord.

Et Cassie, qui était restée la bouche ouverte, pensa soudain à quelque chose et la referma pour hocher la tête à son tour. Sa main tapota machinalement la poche de son jean pour s'assurer que la petite bosse était toujours là.

C'est comme ça qu'elle se retrouva à marcher sur la plage, en tête à tête avec Adam.

Il n'y avait pas de lune, cette nuit-là, et les étoiles étincelaient, criblant l'obscurité de leur brillance froide. Les vagues rugissaient et reprenaient leur souffle en sifflant avant de déferler avec fracas sur la grève.

Rien de romantique là-dedans. Une sorte de brutalité primitive, plutôt. Hormis les faibles lumières des quelques maisons perchées sur la falaise, ils auraient pu tout aussi bien être sur une île déserte, à des milliers de kilomètres de toute terre habitée.

Ils étaient presque arrivés au niveau de l'étroit sentier qui remontait la falaise jusqu'au numéro 12, quand il lui posa la question. Elle avait toujours su, au fond, qu'elle ne pourrait pas y échapper.

— Pourquoi tu n'as pas voulu que les autres sachent qu'on s'était déjà rencontrés ? lui demanda-t-il tout simplement.

Elle prit une profonde inspiration. L'heure était venue de voir ce qu'elle avait dans le ventre : de faire la preuve de ses talents d'actrice. Un grand calme l'avait envahie. Elle savait ce qu'elle devait faire – ce que la raison lui dictait – et elle le ferait, coûte que coûte. Il le fallait. Pour Diana et… pour lui.

— Oh ! je n'sais pas, répondit-elle, avec un naturel hallucinant. Je n'aurais pas voulu que certains – comme Faye ou Suzan – se fassent des idées. Juste ça. Pourquoi, ça te pose un problème ? Ça ne m'a pas paru très important.

Adam la regardait bizarrement. Il semblait hésiter. Et puis, il finit par secouer la tête.

— Si tu y tiens, je n'en parlerai pas.

Un énorme soulagement la submergea. Elle veilla cependant à garder un ton léger.

— O.K., merci. Oh ! au fait, enchaîna-t-elle, en plongeant la main dans sa poche, ça fait un moment que je voulais te la rendre. Tiens.

Curieux comme ses doigts semblaient s'agripper à la petite pierre. Mais elle parvint enfin à les ouvrir et la fit tomber dans sa longue main brune qu'il avait instinctivement tendue. Posée sur sa paume, la calcédoine étincelait, comme si ses cristaux de quartz avaient emprisonné le crépitement des étoiles.

— Merci de me l'avoir prêtée, reprit-elle. Mais, maintenant que je suis officiellement une sorcière, je vais sans doute trouver les pierres qui me conviennent le mieux :

mes propres cristaux avec lesquels travailler. Et puis… (elle accrocha à ses lèvres un sourire aguicheur) on ne voudrait pas que les autres se fassent des idées à cause de ça non plus, hein ?

Jamais, de toute sa vie, jamais elle ne s'était comportée de cette façon avec un garçon : hyper à l'aise, sûre d'elle, joueuse. Limite allumeuse, alors même qu'elle s'efforçait d'éviter toute ambiguïté entre eux. Et c'était tellement… facile ! Comment imaginer que ça aurait pu lui venir aussi naturellement ? Peut-être parce qu'elle interprétait un rôle ? Ce n'était pas elle qui se tenait là : Cassie la timide, Cassie la rêveuse, mais quelqu'un d'autre, quelqu'un qui n'avait pas peur parce que le pire était déjà derrière elle et qu'il ne pouvait rien lui arriver de plus grave, ni de plus douloureux. Alors de quoi aurait-elle eu peur, maintenant ?

Un petit sourire ironique s'était peint sur les lèvres d'Adam, comme s'il entrait automatiquement dans son jeu. Mais son sourire s'évanouit presque aussitôt. Il la dévisageait, désormais, intensément et elle dut se forcer pour soutenir son regard, pour ne pas fléchir, en mettant dans ses yeux autant de franchise et d'innocence que possible, comme quand elle avait regardé Jordan sur la plage, ce jour d'août. *Crois-moi,* le persuadait-elle mentalement. Et, cette fois, elle connaissait la puissance de ses propres pensées, le pouvoir qu'elle pouvait invoquer pour imposer sa volonté.

Eau et Terre,
Sable et mer,
Faites que ma volonté
Puisse se réaliser…

Crois-moi, Adam. Crois-moi. Crois-moi…

Il se détourna brusquement pour faire face à l'océan d'une façon qui, curieusement, lui rappela comment elle s'était arrachée au regard hypnotique de Faye.

— Tu as changé, constata-t-il.

Il y avait de l'étonnement dans sa voix. Et puis il se retourna pour la dévisager avec ce même regard pénétrant.

— Tu as vraiment changé.

— Forcément. Je suis une sorcière, maintenant, lui rétorqua-t-elle, comme si ça tombait sous le sens. Tu aurais dû me le dire dès le début, d'ailleurs – ça aurait évité bien des ennuis à tout le monde, ajouta-t-elle d'un ton réprobateur.

— Je ne savais pas. J'ai bien senti… quelque chose en toi… Mais je n'ai jamais pensé que tu étais des nôtres.

— Oh ! peu importe, tout est bien qui finit bien, abrégea-t-elle. (Elle n'aimait pas l'entendre parler de ce qu'il « sentait en elle » : terrain glissant.) Merci de m'avoir raccompagnée, en tout cas. C'est ici que je remonte.

Et, avec un dernier sourire, elle fit volte-face et grimpa vivement le sentier sans se retourner.

Ouf ! Elle avait réussi ! Elle ne le croyait pas ! Mais, bizarrement, cette délivrance se révélait affreusement douloureuse. Si insoutenable même que, quand elle atteignit le sommet de la falaise et aperçut enfin la maison, elle tenait à peine sur ses jambes.

— Oh ! Dieu merci ! souffla-t-elle.

Et elle se précipita chez elle.

— Attends !

La voix était vibrante, autoritaire.

« J'aurais dû m'en douter ! songea-t-elle. C'était trop facile. »

Elle se composa un visage parfaitement inexpressif et, lentement, très lentement, se retourna vers lui.

Il était là, debout sur la falaise, avec l'océan derrière lui, et la faible clarté stellaire qui sculptait son visage : ces pommettes hautes, ces lèvres pleines, si expressives, si rieuses. Sauf que, là, il ne riait pas du tout. La même étincelle métallique brillait dans son regard perçant que le jour où il avait suivi Jordan et Logan des yeux, sur la plage, irradiant un pouvoir qu'elle ne comprenait pas, à tel point qu'il lui avait fait peur. Et il lui faisait encore peur, là, maintenant.

— Tu es douée, lui dit-il. Mais il ne faut pas me prendre pour un imbécile. Tu me caches quelque chose et je veux savoir quoi.

— Oh ! si tu savais !

Les mots lui avaient échappé avant qu'elle n'ait pu les retenir et leur spontanéité convainquait de leur sincérité.

— Je te cache rien du tout, j'veux dire, se reprit-elle précipitamment.

— Écoute-moi bien, reprit-il. (Et, à son grand désespoir, il se rapprocha.) Quand je t'ai rencontrée, je ne me suis pas douté trois secondes que tu étais des nôtres. Comment j'aurais pu ? Mais je savais que tu étais différente de ta petite snobinarde de copine. Pas juste une jolie fille parmi tant d'autres, mais quelqu'un de… spécial.

« "Une jolie fille" ? Il m'a trouvée jolie ? » songea-t-elle, l'esprit en déroute. Elle sentait ce calme raisonné auquel elle s'était désespérément raccrochée l'abandonner et s'y cramponnait de toutes ses forces. « Cool et imperturbable, s'ordonna-t-elle. Aimable et polie. Ne montre rien. Absolument rien. »

Ses yeux gris-bleu lançaient des éclairs, à présent. Une colère noire se peignait sur son beau visage, si noble, si singulier. Mais c'était surtout cette blessure qu'elle percevait au fond de ses prunelles qui la troublait.

— Tu n'étais pas comme toutes ces filles de l'extérieur que j'avais croisées : tu pouvais accepter l'étrangeté de certaines choses, leur mystère – les trucs mystiques même –, sans en avoir peur et sans essayer de les détruire à vue. Tu étais… ouverte. Tolérante. Tu ne détestais pas et ne rejetais pas systématiquement ce qui te paraissait différent.

— Pas aussi tolérante que Diana. Diana est bien plus…

— Ça n'a rien à voir avec Diana ! s'emporta-t-il.

Et elle se rendit compte qu'il le pensait vraiment. Il était foncièrement honnête et direct et d'une telle sincérité qu'à aucun moment l'idée d'une trahison ne l'avait effleuré.

— J'ai cru, poursuivait-il, que tu étais quelqu'un en qui je pouvais avoir confiance. J'aurais même pu remettre ma vie entre tes mains. Et, quand je t'ai vue tenir tête à Jordan – un type qui faisait pratiquement le double de toi –, j'ai su que j'avais raison. C'était l'un des trucs les plus courageux que j'avais jamais vu. Et tout ça pour un étranger. Tu l'as laissé te faire mal pour me protéger. Et tu ne me connaissais même pas.

« Rien. Ne montre rien, psalmodiait-elle intérieurement. Absolument rien. »

— Et, après, poursuivait-il toujours, j'ai ressenti quelque chose de spécial avec toi. Une sorte de complicité, comme si on se comprenait sans parler. Je ne peux pas l'expliquer. Mais je n'ai pas cessé d'y penser. J'ai beaucoup pensé à toi, Cassie. Et j'avais tellement hâte de parler de toi à Diana. Je voulais lui dire qu'elle avait raison, qu'il existait réellement des gens de l'extérieur qui pouvaient échanger avec nous, en qui on pouvait avoir confiance. Qui pouvaient peut-être ne pas craindre la magie et même s'y intéresser. Ça fait longtemps qu'elle essaie de convaincre ceux du Club de ça. Je voulais lui dire que tu m'avais ouvert les yeux – dans tous les sens du terme. Après t'avoir quittée, j'ai même eu l'impression que j'y voyais plus loin, quand je partais sur les bateaux de pêche à la recherche des Artéfacts. Pendant qu'on traînait les lignes, je cherchais des îles et, tout à coup, j'ai eu l'impression que ma vue s'éclaircissait, ou plutôt que l'océan me révélait ses secrets. M'aidait. Ça aussi, je voulais en parler à Diana pour lui demander si elle pouvait l'expliquer.

» Et, pendant tout ce temps, conclut enfin Adam, en dardant son renversant regard gris-bleu sur elle, je n'ai jamais regretté, pas une seule fois, de t'avoir donné la rose de calcédoine – même si on ne fait jamais ça pour ceux de l'extérieur. J'espérais bien que tu n'en aurais jamais besoin, mais, si tu devais te retrouver dans une situation difficile ou même en danger, je voulais être là pour toi. Si tu avais fait ce que je t'avais dit, si tu l'avais serrée très fort dans ton poing en pensant à moi, je l'aurais su et je l'aurais cherchée, où que tu aies pu être. Eh oui ! Je croyais que tu étais si spéciale que ça...

Vraiment ? se demandait Cassie, étourdie par ce flot de révélations. Toutes ces fois où elle avait tenu la pierre... Oui, mais elle ne l'avait jamais serrée dans son poing en pensant à lui. Elle n'avait jamais fait ce qu'il lui avait dit. Parce qu'elle n'avait jamais cru à la magie !

— Et, maintenant, je rentre et voilà que tu n'es pas une fille de l'extérieur, finalement. Ou seulement à moitié. J'étais vraiment heureux, Cassie, heureux de te revoir, d'apprendre que tu faisais partie du Cercle. Et, d'après ce qu'a dit Diana, elle aussi, elle a tout de suite vu que tu étais vraiment quelqu'un de spécial. Mais je n'ai pas pu lui dire que je te connaissais parce que, pour de mystérieuses raisons, tu ne voulais pas que les autres le sachent. J'ai respecté ton secret. J'ai gardé ça pour moi en me disant que tu me l'expliquerais quand l'occasion se présenterait. Et, au lieu de ça... (Il fit un geste qui embrassait toute la scène.) Voilà ce que tu me sers ! Tu m'as évité toute la semaine et, maintenant, tu fais comme s'il ne s'était jamais rien passé entre nous ? Tu oses même invoquer les Pouvoirs contre moi ? Et pour me faire avaler des salades ? Alors, maintenant, tu vas me dire pourquoi. Je veux savoir pourquoi.

Un ange passa. Cassie entendait le fracas des vagues en contrebas, comme des roulements de tonnerre réguliers assourdis par la nuit. Elle sentait l'air frais et vif sur son visage. Et puis, à la fin, comme sous l'effet d'une force irrésistible, elle leva les yeux vers lui. Il avait raison : elle ne pouvait pas lui mentir. Même s'il se moquait d'elle, même si elle lui faisait pitié, elle lui devait la vérité.

— Parce que je suis amoureuse de toi, lui répondit-elle calmement.

Et elle s'interdit de détourner la tête ou de baisser les yeux.

Il n'éclata pas de rire.

Il la regardait fixement, cependant, comme s'il n'en croyait pas ses oreilles. Comme s'il ne comprenait pas ce qu'il lui semblait pourtant avoir bel et bien entendu.

— Ce jour-là, sur la plage, poursuivit-elle courageusement, moi aussi, j'ai ressenti quelque chose de… de spécial. Mais c'était… plus fort. Comme… un lien entre nous. Comme si on était aimantés l'un par l'autre. Comme si on était… faits l'un pour l'autre.

Il y avait de l'incrédulité, de l'incompréhension dans ces prunelles gris-bleu – un peu comme cette vertigineuse sensation de confusion qui l'avait aspirée quand elle avait découvert le corps de Kori.

— Je sais, ça a l'air idiot, reprit-elle. Je n'arrive même pas à croire que je suis en train de te dire ça. Mais c'est toi qui as voulu la vérité. Tout ce que j'ai ressenti sur la plage, ce jour-là, était faux, je le sais maintenant. Tu as Diana. Il faudrait être fou pour demander plus. Mais, ce jour-là... tout un tas d'idées ridicules me sont passées par la tête. J'ai cru, vraiment cru, que je voyais quelque chose qui nous reliait, une sorte de fil d'argent. Je me suis sentie si proche de toi : j'avais l'impression qu'on se comprenait sans parler. Comme si on était destinés à se rencontrer et que ce n'était pas la peine d'essayer de résister, comme si c'était écrit...

— Cassie...

Il avait les pupilles dilatées. Ses yeux, presque noirs, débordaient d'émotion. Ils exprimaient... quoi ? De l'horreur ? De la répulsion ?

— Je sais que ce n'est pas vrai, maintenant, insista-t-elle, désemparée. Mais, sur le coup, je n'ai pas réalisé. Tu étais si près de moi, tu me regardais dans les yeux et j'ai cru que tu allais...

— Cassie...

C'était comme si ses mots étaient une sorte d'invocation qui aurait fait surgir quelque chose de magique du néant, ou comme si ses propres sensations s'étaient brusquement aiguisées. Elle en eut le souffle coupé. Là ! Il était là ! Le lien d'argent ! Il vibrait, il scintillait, plus fort, plus puissant que jamais. Et il les unissait de nouveau. Comme si son cœur était directement relié au sien. Sa respiration s'était accélérée et elle leva les yeux vers lui, éperdue.

Leurs regards se rivèrent l'un à l'autre. Au même moment, Cassie reconnut cette émotion qui avait assombri l'argent de ses prunelles.

Pas de l'incrédulité, non, mais... une prise de conscience. Une compréhension progressive et un émerveillement qui fit vaciller Cassie sur des jambes en coton.

Il… se souvenait, songea-t-elle. Il revoyait ce qui s'était passé entre eux sous un nouveau jour. Il traduisait en pensées conscientes ce qui n'avaient été alors que des sensations confuses. Il mettait des mots sur ce qu'il avait vraiment éprouvé ce jour-là.

Elle le savait aussi sûrement que s'il le lui avait dit. Elle le connaissait. Elle ressentait chaque battement de son cœur. Elle voyait le monde à travers ses yeux. Elle pouvait même se voir tel qu'il la voyait : une créature fragile et timide, comme une fleur sauvage poussant à l'ombre d'un grand arbre, qui, sous ses dehors charmants, cachait une beauté bien plus secrète et un cœur d'acier trempé brillant comme un diamant. Et, tout comme elle pouvait se voir, elle pouvait sentir ce qu'il éprouvait pour elle…

Oh ! mais qu'est-ce qui se passait ? Le temps s'était arrêté et ils étaient seuls au monde. Adam rivait sur elle des yeux écarquillés, au regard flou, avec des pupilles énormes et elle avait l'impression d'y être précipitée comme dans quelque insondable abysse. Une mèche s'était égarée sur son front. Ces merveilleux cheveux de toutes les couleurs de l'automne en Nouvelle-Angleterre ! Il ressemblait à une divinité sortie de sa forêt à la clarté des étoiles pour courtiser une sylphide effarouchée et il était… ir-ré-sis-tible.

— Adam, murmura-t-elle, nous…

Mais elle n'acheva jamais sa phrase. Il était trop près, désormais. Elle pouvait percevoir sa chaleur, leurs champs magnétiques fusionner. Elle sentit ses mains lui envelopper les coudes et puis, doucement, tout doucement, cette force qui l'attirait vers lui jusqu'à ce que ses bras se referment sur elle, l'enlaçant complètement.

Le lien d'argent ne pouvait pas être ignoré plus longtemps.

16

Elle aurait dû s'enfuir, le repousser. Mais, au lieu de partir, Cassie se blottit au creux de son épaule avec un soupir, enfouissant son visage dans la douceur moelleuse de son épais pull irlandais. Elle pouvait sentir sa chaleur qui l'enveloppait, la sécurisait, la protégeait. Comme un cocon. Il sentait si bon : les feuilles d'automne, le feu de bois, le vent marin. Elle en frissonnait de la tête aux pieds et son cœur cognait si fort qu'il allait sûrement exploser.

C'est alors qu'elle comprit ce qu'on entendait par « Amour interdit ». C'était exactement ça : désirer avec cette force-là et éprouver cet état de grâce-là, ce bonheur absolu, tout en sachant que c'était défendu. Elle sentit Adam s'écarter imperceptiblement. Ellc lcva les yeux vers lui et sut qu'il était aussi dépassé qu'elle.

— Il ne faut pas, chuchota-t-il d'une voix rauque. Il ne faut pas…

Perdue dans son regard, dans ces yeux de la couleur de l'océan, comme cette nuit-là quand elle avait entendu l'appel de ses eaux noires l'invitant, dans un murmure, à se noyer dans ses profondeurs, Cassie sentit ses lèvres former un « Non » muet. C'est à ce moment-là qu'il l'embrassa.

En cet instant, elle oublia jusqu'au sens du mot « penser ». Emportée par une vague de pure sensation, elle n'était plus qu'émotion. C'était comme se faire prendre par le ressac : se sentir aspirée, perdre pied, basculer, tourbillonner sans plus savoir où l'on était, sans jamais pouvoir se retenir, s'arrêter. Elle crut mourir, mais oh ! d'une mort si douce.

Elle tremblait de partout. Elle ne tenait plus debout. S'il ne l'avait pas enlacée, elle se serait effondrée. Jamais elle n'avait ressenti ça, jamais, avec aucun garçon. Prise dans une telle tempête, au cœur de cette mer déchaînée, à quoi bon résister ? Il n'y avait rien à faire sinon s'abandonner, se donner, se livrer corps et âme.

Chaque divine émotion était encore plus vive que la précédente et elle était à deux doigts de défaillir d'un trop-plein de douceur et de désir. Elle ne voulait même plus lutter. Et, en dépit de cette ardeur, de cette impétuosité, de sa propre vulnérabilité, elle n'avait pas peur. Parce qu'elle savait pouvoir lui faire confiance. Il la guidait et elle le suivait, les yeux écarquillés, émerveillée, dans un monde dont elle n'avait même jamais soupçonné l'existence.

Et il l'embrassait encore et encore… C'était comme une fièvre qui s'emparait d'eux et qui les chavirait, ivres mais toujours assoiffés. Elle se savait tout empourprée par la fougue de leurs baisers : sa gorge, ses joues… Elle sentait cette chaleur qui les consumait.

Elle ne saurait jamais combien de temps ils restèrent ainsi, debout, au sommet de la falaise, soudés dans cette étreinte, si torride qu'elle aurait dû faire fondre la pierre autour d'eux. Tout ce qu'elle savait, c'est qu'un peu plus tard, sans jamais la lâcher, il l'emmena s'asseoir sur un rocher.

Reprenant son souffle, elle enfouit de nouveau son visage au creux de son épaule. Elle y trouva la sérénité. L'indomptable passion qui les avait saisis avait laissé place à une douce et langoureuse torpeur. Elle se sentait en sécurité, acceptée : à sa place. Tout était si simple, si évident, si beau.

— Cassie, dit-il, d'une voix qu'elle ne lui connaissait pas.

En l'entendant, elle crut que son cœur fondait et que son amour pour lui l'irriguait, éveillant son corps, l'éveillant à la vie, au monde, s'écoulant par ses paumes vers le ciel, par ses pieds vers la terre, communiant en un amour universel. Elle ne serait plus jamais la même.

— Je t'aime, souffla-t-il.

Elle ferma les yeux. Elle sentit le baiser qu'il déposait de ses lèvres entrouvertes sur ses cheveux ébouriffés.

Le lien d'argent les avait enveloppés d'un cocon scintillant, comme une île au milieu d'un lac miroitant au clair de lune. La fièvre était tombée. Tout était si calme, si paisible. Elle avait l'impression qu'elle aurait pu flotter là éternellement.

Mon destin, songeait-elle. Elle avait enfin trouvé un sens à sa vie. Chaque moment l'avait conduite ici, l'avait préparée à ça. À ce miracle. Pourquoi en avait-elle eu si peur ? Comment avait-elle pu vouloir y échapper ? Il n'y avait là que du bonheur. Elle n'aurait plus jamais peur désormais...

Et puis, brusquement, tout lui revint.

Comme une gifle en pleine face. L'horreur absolue ! « Oh ! Seigneur ! mais qu'est-ce qu'on a fait ? »

Elle recula si violemment qu'il dut la retenir pour l'empêcher de tomber.

— Oh ! mon Dieu ! s'écria-t-elle, broyée par cette horreur

qui balayait tout en elle. Oh mon Dieu ! Adam, comment on a pu ?

Pendant quelques secondes, son regard demeura flou, comme s'il avait les yeux ouverts mais ne voyait pas, comme s'il ne comprenait pas ce qu'elle lui disait. Pourquoi avait-elle donc crevé leur bulle de bonheur ? Et puis elle vit la lumière se faire dans son esprit et, dans ses prunelles argentées, quelque chose vaciller. Ses pupilles se dilatèrent, agrandies par l'angoisse.

Alors, sans même quitter la chaleur de ses bras, sans même cesser de le regarder, Cassie se mit à pleurer.

Comment avaient-ils pu laisser un truc pareil arriver ? Comment avait-elle pu faire ça à Diana ? Diana qui l'avait sauvée, qui lui avait offert son amitié, qui l'avait adoptée. Diana qui lui faisait confiance ! Diana qu'elle aimait comme une sœur.

La place d'Adam était auprès de Diana. Elle savait que Diana n'avait jamais envisagé la vie sans Adam, que tous ses projets, tous ses espoirs, tous ses rêves incluaient Adam. Diana et Adam étaient faits l'un pour l'autre…

Elle repensa, soudain, à la façon dont les beaux yeux de Diana s'illuminaient lorsqu'elle voyait Adam, à cette tendresse avec laquelle elle parlait de lui, comment elle rayonnait à la seule mention de son nom.

Et Adam aimait Diana, lui aussi. Elle en était aussi sûre que de ses propres sentiments pour lui. Adam vénérait Diana. Il l'adorait, lui vouait un amour aussi pur, aussi profond et aussi indestructible que celui que Diana lui portait.

Or, elle savait, maintenant, qu'Adam l'aimait tout autant. Mais comment pouvait-on aimer deux personnes en même temps ? Comment pouvait-on être amoureux de deux personnes en même temps ? C'était pourtant bel et bien le cas.

Impossible d'ignorer cette alchimie entre Adam et elle, cette empathie, cette attirance mutuelle, ce lien qui les aimantait. Donc, il était manifestement possible d'aimer deux personnes différentes en même temps.

Mais Diana passait en premier.

— Tu l'aimes quand même, chuchota-t-elle.

Elle avait besoin de se l'entendre dire. Déjà, au fond, tout au fond de son cœur, elle sentait poindre une douleur sourde.

Il ferma les yeux.

— Oui, avoua-t-il d'une voix éraillée. Oh ! Cassie, je suis tellement désolé…

— Non, non, c'est bon.

Elle reconnaissait cette douleur, maintenant. C'était le déchirement de l'abandon, l'agonie du vide. Et ça ne faisait que commencer…

— Parce que moi aussi, lui expliqua-t-elle. Et je ne veux pas lui faire de mal. Je n'ai jamais voulu lui faire du mal. C'est bien pour ça que je m'étais promis de toujours garder le secret sur…

— C'est ma faute, l'interrompit-il, d'une voix étranglée de culpabilité. (Il s'en voulait à mort, ça s'entendait.) J'aurais dû réaliser plus tôt. J'aurais dû reconnaître la nature de mes sentiments et agir en conséquence. Au lieu de ça, je t'ai forcée à faire exactement ce que tu cherchais à éviter.

— Personne ne m'a forcée, lui fit-elle remarquer avec douceur.

Elle avait recouvré un ton calme et ferme. Tout était redevenu simple et clair. Elle savait ce qui lui restait à faire.

— C'est notre faute à tous les deux, déclara-t-elle. Mais ce n'est pas ça l'important. L'important c'est que ça ne se reproduise pas. Jamais. C'est la seule chose qui compte. Il faut qu'on trouve le moyen d'en être sûrs, d'une façon ou d'une autre.

— Mais comment ? On pourra toujours s'en vouloir autant qu'on veut – je peux me mépriser –, si jamais on se retrouve seuls tous les deux…

— Alors, il ne faut pas qu'on soit seuls. Jamais. Et il ne faut pas qu'on soit assis l'un à côté de l'autre, ni qu'on se touche, ni même qu'on se laisse aller à en rêver ou à fantasmer.

Elle savait ce qu'elle disait et elle n'avait pas peur. Elle était juste convaincue que c'était la seule solution.

Son regard bleu-gris s'était assombri.

— J'admire ton self-control…

— On n'a pas le choix, Adam. (Elle fondait rien qu'en prononçant son nom.) Quand tu es rentré, mardi, juste après mon initiation, quand je me suis rendu compte que Diana et toi… Eh bien, cette nuit-là, je me suis juré que jamais Diana n'aurait à souffrir de mes sentiments pour toi. J'ai juré de ne jamais la tromper. Tu veux la tromper, toi ?

Il y eut un silence et elle sentit le spasme involontaire des poumons d'Adam qui se bloquaient. Et, avec ses autres sens, ceux du dedans, elle ressentit le supplice qu'il endurait. Et puis il relâcha son souffle et ferma de nouveau les yeux. Quand il les rouvrit, elle y lut sa réponse avant même qu'il ne la lui donne et la sentit dans sa chair, quand il la lâcha et se redressa, laissant l'air froid s'engouffrer entre leurs corps, les séparant comme une lame glacée.

— Non.

Sa voix était plus assurée, tout à coup, et son visage, empreint d'une nouvelle détermination.

Ils se regardèrent alors, non plus comme deux amoureux, mais comme deux soldats. Comme des compagnons d'armes fermement résolus à combattre un même ennemi pour atteindre un même but. Leur passion serait refoulée, murée, si profondément engloutie que personne ne s'en douterait jamais. Ça les rapprochait, ça créait une nouvelle intimité entre eux, peut-être même plus étroite que celle qui unit des amoureux. Quoi qu'il arrive, quoi qu'il puisse leur en coûter, jamais ils ne trahiraient la fille qu'ils aimaient.

Plongeant les yeux droit dans les siens, il lui dit :

— C'était quoi, ce serment que tu as prêté, cette nuit-là ? Est-ce que tu l'avais trouvé dans le Livre des Ombres de l'un des nôtres ?

— Non… (Elle sembla réfléchir, troublée.) Je n'sais pas, se reprit-elle. Sur le coup, j'ai cru que je l'inventais. Mais, maintenant, je me dis que ces mots-là pouvaient très bien venir de plus loin. Ça donnait quelque chose comme : « Ni en parole, ni en acte… »

Il hocha la tête.

— J'ai lu ça quelque part. C'est une très vieille incantation et… extrêmement puissante. Tu invoques les quatre Pouvoirs pour les prendre à témoin et, si jamais tu te parjures, libre à eux de se dresser contre toi. Est-ce que tu veux le refaire maintenant ? Avec moi ?

Elle s'y attendait si peu qu'elle en eut le souffle coupé. Mais s'il y avait une chose dont elle serait éternellement fière, c'est bien de ce « oui » qui résonna pur et clair et qu'elle avait prononcé pratiquement sans hésiter.

— Dans ce cas, il nous faut du sang, déclara-t-il, en se levant pour sortir un couteau de la poche arrière de son jean.

Cassie se dit que c'était plutôt surprenant. Mais, en fait, ça ne l'étonnait pas vraiment. Tout charmant qu'il puisse être,

Adam était aussi habitué à se prendre en charge : il savait se défendre.

Sans plus de cérémonie, il se coupa la paume (son sang sembla noir, dans la faible clarté argentée), et lui tendit le couteau.

Cassie retint sa respiration. Elle n'était pas très brave. Elle avait horreur de souffrir… Mais elle serra les dents et appuya le tranchant contre sa paume. « Imagine seulement la peine que tu aurais pu causer à Diana », s'encouragea-t-elle. Et d'un geste vif, elle fit glisser la lame. Ça lui fit mal, mais elle ne laissa pas échapper la moindre plainte.

Elle tourna les yeux vers Adam.

— Maintenant, répète après moi, lui dit-il, en levant sa main coupée vers le ciel étoilé. Feu et Terre, Eau et Air…

— *Feu et Terre, Eau et Air…*

— Écoutez bien, Soyez témoins…

— *Écoutez bien, Soyez témoins…*

Malgré la simplicité des mots employés, Cassie sentit que les éléments avaient effectivement été invoqués et qu'ils écoutaient. La nuit paraissait soudain chargée d'électricité et le scintillement des étoiles au firmament semblait plus froid, plus étincelant. Elle en eut la chair de poule.

Adam tourna alors sa main pour que les gouttes de sang tombent sur les ajoncs et la terre sablonneuse. Cassie l'observait, fascinée.

— Moi, Adam, je jure de ne jamais trahir ma parole : de ne jamais trahir Diana, promit-il.

— Moi, Cassie, je jure de ne jamais trahir ma parole…, murmura-t-elle, en regardant son propre sang couler le long de sa main.

— Ni en parole, ni en acte, ni en veille, ni dans mon sommeil, ni par mon éloquence, ni par mon silence…

Elle chuchota les mots en écho.

— … ni sur cette terre, ni en nul lieu dans l'univers. Si je me dédis, que le feu me consume, que l'air me suffoque, que la terre m'engloutisse et que l'eau recouvre ma tombe.

Cassie répéta. Et, quand elle prononça les derniers mots « et que l'eau recouvre ma tombe », elle perçut comme un déclic, comme si quelque mystérieux processus s'était enclenché. Comme si on avait pincé la corde de l'espace et du temps et qu'elle vibrait en reprenant sa place. Retenant son souffle, Cassie l'écouta un moment chanter.

Et puis elle regarda Adam.

— C'est fini, chuchota-t-elle.

Et elle ne parlait pas seulement du serment.

— C'est fini, confirma Adam.

Ses yeux ressemblaient à deux puits noirs cerclés d'argent. Il tendit sa paume ensanglantée vers elle. Elle hésita, puis lui prit la main. Elle sentit – ou il lui sembla sentir – leurs sangs se mêler et tomber ensemble sur le sol : le douloureux symbole de ce qui ne pourrait jamais exister.

Et puis, lentement, il la lâcha.

— Tu vas rendre la rose de cristal à Diana ? lui demanda-t-elle posément.

Il sortit la calcédoine de sa poche et la tint dans sa paume encore mouillée de sang.

— Je vais la lui donner.

Cassie hocha la tête. Elle ne pouvait pas dire ce qu'elle entendait par là, à savoir que la pierre retournerait à sa place, comme Adam retrouverait la sienne : auprès de Diana.

— Bonne nuit, Adam, lui dit-elle doucement, en le regardant, debout, là, sur la falaise, avec le ciel étoilé derrière lui.

Et puis, elle se retourna et marcha vers les lumières de la maison de sa grand-mère. Cette fois, il ne la rappela pas.

— Ah ! au fait, lui dit sa grand-mère, j'ai trouvé ça dans l'entrée, ce matin. Quelqu'un a dû la glisser dans la boîte aux lettres.

Sa grand-mère lui tendait une enveloppe.

Elles étaient assises à la table du petit déjeuner. Le soleil de ce beau dimanche matin pénétrait par les fenêtres, radieux. Comment tout pouvait-il donc être aussi normal ? s'indignait Cassie.

Mais un seul regard à l'enveloppe suffit à lui donner un coup au cœur. Son nom était écrit dessus : de grandes lettres jetées négligemment sur le papier. À l'encre rouge.

Elle la déchira et resta les yeux rivés au message qu'elle contenait, pendant que ses céréales ramollissaient dans son bol de lait. Il disait :

Cassie,

Tu vois, j'écris en mon nom, cette fois-ci. Passe chez moi (au numéro 6) quand tu auras un moment, aujourd'hui. Il y a un truc spécial dont j'aimerais te parler. Crois-moi, tu ne le regretteras pas.

À +,

Faye.

P.-S. : ne dis à personne du Club que tu viens me voir. Tu comprendras sur place pourquoi.

Elle en avait des frissons, comme si tout son corps l'alertait du danger. Sa première impulsion fut d'appeler Diana. « Oui, mais, si Diana a passé la nuit à purifier le crâne, elle doit être crevée, se raisonna-t-elle. Et Faye est bien la dernière chose dont elle aura besoin de s'occuper !

» Bon d'accord, je ne vais pas la déranger, résolut-elle. Je vais d'abord aller voir ce que veut Faye. Un truc qui a à voir avec le rituel d'hier, j'parie. Ou peut-être qu'elle veut avancer les élections et qu'elle cherche des voix… ? »

La maison de Faye était l'une des plus belles de Crowhaven Road. En voyant une employée de maison l'inviter à entrer, Cassie se souvint que la mère de Faye était malade et que son père était mort – Diana le lui avait dit. Il y avait beaucoup de familles monoparentales sur Crowhaven Road.

La chambre de Faye était ce qui s'appelle une chambre de « gosse de riches » : téléphone sans fil, PC, TV, magnétoscope, tonnes de CD… rien n'y manquait. D'énormes fleurs tropicales stylisées recouvraient tout, y compris le lit deux places croulant sous les coussins et les oreillers. Cassie s'assit sur la banquette, sous la fenêtre, en attendant que Faye daigne se montrer. Elle remarqua aussi les bougies rouges sur la table de chevet.

Soudain, le volant du couvre-lit remua et un petit chaton roux pointa le bout de son nez, presque immédiatement suivi par un chaton gris.

— Oh ! qu'ils sont mignons ! s'exclama Cassie, attendrie.

Elle n'aurait jamais imaginé que Faye puisse être le genre de fille à aimer les petits chats. Elle se tint parfaitement immobile et, exactement comme elle l'avait escompté, les deux petites bêtes sortirent de leur cachette pour venir vers elle. Elles sautèrent sur la banquette et grimpèrent sur ses genoux avant d'entreprendre d'explorer ce nouveau territoire en ronronnant comme des poêles.

Cassie fut prise d'un fou rire et se tortilla, chatouillée par les petites pattes du chaton gris qui grimpait sur son pull pour aller se jucher, en équilibre précaire, sur son épaule. Ils étaient vraiment trop craquants. Le roux : adorable petite boule de poils duveteuse et flamboyante, presque orange, et le gris : tout lisse et brillant, presque argent. Leurs minuscules griffes, fines comme des aiguilles, la picotaient tandis qu'ils l'escaladaient sans se gêner. L'orange alla se nicher dans ses cheveux en lui donnant des petits coups de patte derrière l'oreille. Elle pouffa.

Il essayait de trouver sa place, ronronnant de plus belle, en pétrissant son cou avec ses pattes. Elle sentait son petit nez froid fouiner. Le gris faisait pareil de l'autre côté. Oh ! qu'est-ce qu'ils étaient trognons ! Quels amours de petits…

— Aïe ! Hou ! Oh mais, arrêtez ! Aïe ! Fichez le camp ! Fichez le camp !

Elle attrapa les deux petits corps velus pour essayer de les décrocher. Ils étaient empêtrés dans ses cheveux et ils se cramponnaient toutes griffes dehors et même… avec les dents ! Quand Cassie réussit enfin à les arracher, elle dut se retenir pour ne pas les projeter à terre. Elle porta aussitôt les mains à son cou.

Ses doigts étaient mouillés. Elle écarquilla les yeux d'horreur en les voyant écarlates.

Ils l'avaient mordue, les petits monstres ! Et maintenant, assis bien gentiment sur le tapis, ils se pourléchaient les babines, leur minuscule langue rose léchant goulûment son sang sur leurs griffes. Cassie fut saisie d'une violente répulsion.

Debout sur le seuil, Faye eut un petit rire de gorge.

— Peut-être qu'ils n'ont pas leur compte de vitamines et de minéraux dans leur pâtée, railla-t-elle.

Avec ses magnifiques boucles noires, encore mouillées, qui cascadaient dans son dos, et sa peau d'albâtre, encore humide, mise en valeur par le riche grenat de son peignoir, la brune incendiaire était à tomber.

« Je n'aurais pas dû venir », songea Cassie, en proie tout à coup à une peur irraisonnée. Mais Faye n'oserait pas lui faire de mal, maintenant. Diana finirait bien par le découvrir. Le Cercle le découvrirait. Faye devait bien savoir qu'elle ne pourrait pas s'en tirer comme ça.

La sublime brune s'assit sur son lit.

— Alors, qu'est-ce que tu as pensé du rituel d'hier ? Ça t'a plu ? lui demanda-t-elle d'un ton détaché.

« J'en étais sûre. »

— Ça allait jusqu'à ce qu'il y ait… un p'tit problème…

Elle releva les yeux vers Faye.

Le rire grave et languide de cette dernière s'éleva dans la pièce.

— Oh ! Cassie. Je t'aime bien. Vraiment. J'ai tout de suite vu que tu avais quelque chose de spécial, dès le début. Je sais qu'on n'a pas pris un très bon départ, toutes les deux, mais je crois que ça va changer, maintenant. Je crois qu'on va devenir de très bonnes amies.

Sur le coup, Cassie en resta sans voix. Et puis elle parvint à recouvrer suffisamment son sang-froid pour lui répliquer :

— Ça m'étonnerait, Faye.

— Oh ! mais pas moi. Et c'est ce qui compte, Cassie.

— Faye… (Bizarrement, après ce qui s'était passé la nuit précédente, Cassie découvrit qu'elle avait le courage de dire des choses qu'elle n'aurait jamais osé rêver dire avant.) Faye, je ne pense pas qu'on ait quoi que ce soit en commun, toi et moi. Et je nc pense pas avoir très envie d'être ton amie.

Faye se contenta de sourire.

— C'est dommage, lui rétorqua-t-elle de sa voix doucereuse, parce que, tu vois, je sais certaines choses, Cassie.

Et je crois que c'est le genre de choses que tu ne voudrais confier qu'à une très très bonne amie…

Cassie crut que la terre s'ouvrait sous ses pieds.

Faye ne pouvait pas sous-entendre que… Oh ! non, elle ne pouvait pas faire allusion à ce qu'elle pensait. Cassie dévisagea la fille de terminale, en ayant l'impression que des tenailles de glace lui tordaient l'estomac.

— Vois-tu, enchaîna Faye, il se trouve que j'ai beaucoup d'amis. Et qu'ils me racontent des trucs. Des trucs qu'ils voient ou qu'ils entendent dans le quartier… Et tu sais quoi ? La nuit dernière, certains de ces amis ont vu quelque chose de très très intéressant sur la falaise…

Cramponnée à la banquette, Cassie sentit son regard se voiler.

— Ils ont vu deux personnes sur la falaise devant le numéro 12. Et ces deux personnes étaient en train de… eh bien, comment dire ? De devenir amis, eux aussi. Très très amis. C'était même plutôt chaud, d'après c'qu'on m'a décrit.

Cassie voulut parler, mais aucun mot ne sortit.

— Et tu ne devineras jamais qui étaient ces deux amoureux transis ! Je ne l'aurais jamais cru moi-même, si ça ne m'avait pas fait penser à un poème que j'avais lu quelque part. Comment c'était, déjà ? « Chaque nuit, dans mon lit, je rêve à celui… »

— Faye ! s'écria Cassie, en se levant d'un bond.

L'intéressée sourit.

— Je vois qu'on s'comprend. Diana n'a jamais lu ce petit poème-là, n'est-ce pas ? C'est bien c'que j'pensais. Alors, Cassie, si tu ne veux pas qu'elle en entende parler, ni qu'elle apprenne ce qui s'est passé sur la falaise, cette nuit, je pense que tu ferais mieux de te décider à être mon amie. Et vite. Tu n'es pas de mon avis ?

— Ce n'était pas c'que tu crois, se défendit Cassie. (Elle était brûlante et elle tremblait autant de peur que de rage.) Tu ne comprends pas du tout…

— Bien sûr que si je comprends. Adam est très attirant. Et j'ai toujours soupçonné leur petit numéro de « la fidélité éternelle » de n'être que du cinéma. Je ne te blâme pas, Cassie. C'est tout à fait naturel…

— Ce n'était pas c'que tu crois, s'entêta-t-elle. Il n'y a rien entre nous…

Faye ricana.

— D'après ce qu'on m'a dit, il n'y avait vraiment rien entre vous, cette nuit, effectivement… Pardon. Non, franchement, j'aimerais te croire, Cassie, mais je me demande si Diana verra les choses comme ça. Surtout quand elle apprendra que tu as complètement oublié de mentionner ta rencontre avec son petit ami, cet été, quand « il a su t'éveiller », ou quelque chose dans ce goût-là. Comment c'était déjà ?

— Non…, souffla Cassie.

— Et puis cette façon que tu as eue de le regarder, quand il est arrivé, après ton initiation… Bon, Diana n'a rien vu. Mais je dois bien avouer que tu as éveillé mes soupçons. La petite scène sur la falaise n'a fait que les confirmer. Quand je dirai à Diana que…

— Tu ne peux pas faire ça ! s'affola Cassie. Tu ne peux pas lui dire. Je t'en prie, Faye. Elle ne comprendra pas. Ce n'est pas du tout c'que tu crois. Mais elle ne comprendra pas.

Faye secouait la tête

— Tss, tss, tsss… Mais, Cassie, Diana est ma cousine. Ma famille. Je dois lui dire.

Un rat courant frénétiquement dans un labyrinthe, voilà ce qu'elle était. Un rat cherchant désespérément une issue qui n'existait pas. La panique lui martelait les tympans. Faye ne pouvait pas dire ça à Diana. Ce n'était pas possible. Rien que de penser à l'expression de Diana quand elle… à comment elle la regarderait…

Et à comment elle regarderait Adam. C'était presque pire. Elle penserait qu'ils l'avaient trahie, qu'ils l'avaient trompée. Et l'air qu'elle aurait elle… l'air qu'aurait Adam…

Elle pourrait tout supporter sauf ça.

— Tu n'peux pas, murmura-t-elle. Tu n'peux pas.

— Eh bien, je te l'ai déjà dit, Cassie. Si on était amies, très très amies, je parviendrais peut-être à garder ton secret. On a beau être cousines, Diana et moi, pour mes amis, je ferais n'importe quoi. Et…, ajouta Faye avec un sourire entendu, sans jamais quitter des yeux le visage de Cassie, j'attends d'eux qu'ils fassent n'importe quoi pour moi…

C'est alors, seulement alors, que Cassie comprit où Faye voulait en venir. Tout se figea soudain autour d'elle. Un silence pesant envahit la chambre. Son cœur cogna un grand coup, puis sembla tomber comme une pierre dans l'onde noire. Et s'enfoncer, s'enfoncer, s'enfoncer…

Du fond du gouffre, sa voix, ténue, désincarnée, demanda :

— Quel genre de choses ?

Faye sourit. Elle s'adossa contre ses oreillers avec un soupir d'aise, son peignoir s'ouvrant pour révéler une longue jambe fuselée d'une blancheur nacrée.

— Eh bien, voyons, laisse-moi réfléchir, répondit-elle, feignant l'hésitation, étirant le moment, faisant durer le plaisir. J'étais sûre qu'il y avait quelque chose… Ah oui ! J'aimerais vraiment récupérer ce crâne de cristal qu'Adam a rapporté. Je suis persuadée que tu sais où Diana l'a caché. Et, sinon, je suis persuadée que tu sauras le trouver.

— Non ! hoqueta Cassie, horrifiée.

— Si, répliqua Faye, radieuse. C'est ce que je veux, Cassie. Pour que tu puisses me montrer quelle excellente amie tu es. Ça, et rien d'autre.

— Faye, tu as vu ce qui s'est passé, hier soir. Ce crâne est maléfique. Quelque chose de terrible a déjà été libéré à cause de lui. Si jamais tu invoquais son pouvoir… qui sait ce qui pourrait arriver ? (« Et, suggéra son esprit embrumé, qui sait ce que Faye a l'intention d'en faire ? ») Pourquoi tu tiens tant à l'avoir ? lâcha-t-elle brusquement.

Faye secoua la tête d'un air indulgent.

— C'est mon petit secret, fredonna-t-elle. Si on devient vraiment de très bonnes amies, peut-être que je te montrerai un jour.

— Mais je ne le ferai pas. Je n'peux pas, Faye. Je n'peux pas.

— Oh ! C'est trop bête. (Elle haussa les sourcils et plissa ses lèvres pulpeuses.) Parce que ça veut dire que je vais être obligée d'appeler Diana. Je trouve que ma cousine a tout de même le droit de savoir c'que fait son mec.

Elle attrapa son téléphone sur la table de chevet et appuya sur les touches d'un long doigt élégamment verni d'écarlate.

— Allô, Diana ? C'est toi ?

— Non ! s'écria Cassie, en bondissant sur Faye pour lui agripper le bras.

Faye enfonça la touche qui coupait le son du combiné.

— Est-ce à dire qu'on est d'accord ? demanda-t-elle posément.

Cassie était incapable de former les mots « oui » ou « non ».

Faye tendit le bras pour attraper Cassie par le menton, comme elle l'avait fait, ce jour-là, à la rentrée, sur les marches du lycée. Cassie sentait les longs ongles s'enfoncer dans sa chair et la force des doigts de Faye qui se resserraient comme des serres. Faye la regardait fixement avec ses étranges yeux couleur de miel. « Les faucons ont les yeux jaunes », pensa subitement Cassie. Les rapaces. Les prédateurs. Il n'y avait pas d'échappatoire. Elle était coincée... prise au piège... comme une petite souris attrapée au vol par un oiseau de proie.

Les yeux d'or la dévisageaient toujours. Ils ne la lâchaient pas, plongeant en elle... Elle avait tellement peur qu'elle en avait le vertige. Et, cette fois, il n'y avait aucun rocher auquel se raccrocher, aucune pierre pour la protéger. Elle se trouvait dans la chambre de Faye, au premier, et rien ni personne ne pourrait venir à son secours.

— Est-ce qu'on est d'accord ? répéta Faye.

Aucune échappatoire. Aucun espoir. La vue de Cassie se brouillait de plus en plus. Tout s'assombrissait autour d'elle. À peine si elle pouvait encore entendre Faye par-dessus le torrent qui vrombissait dans ses oreilles.

Elle sentit les dernières barrières de résistance céder, sa volonté l'abandonner.

— Alors ? insista Faye de sa voix de gorge railleuse.

Se rendant à peine compte de ce qu'elle faisait, Cassie hocha la tête comme une marionnette.

Faye la lâcha. Et puis elle appuya de nouveau sur une touche.

— Désolée, Diana, je me suis trompée de numéro. Je voulais appeler le réparateur. À bientôt !

Et elle raccrocha.

Elle s'étira alors comme un gros chat, reposant le combiné sur la table de nuit dans le même mouvement. Et puis elle croisa les bras derrière sa tête et considéra Cassie, un sourire satisfait aux lèvres.

— Bien, dit-elle. D'abord, tu me rapportes le crâne. Et après ça… Eh bien, après ça, je réfléchirai à ce que je veux d'autre. Tu as compris qu'à partir de maintenant, tu m'appartiens, Cassie ?

— Mais j'croyais…, bredouilla Cassie, toujours aveuglée par cette mouvante brume grise qui l'ensevelissait. Je croyais qu'on était amies.

— Oh ! C'était un euphémisme. En clair, à partir de maintenant, tu es ma prisonnière. Je te tiens, Cassie Blake. Tu m'appartiens corps et âme. Corps et âme.

« Pour l'éditeur, le principe est d'utiliser des papiers composés de fibres naturelles, renouvelables, recyclables et fabriquées à partir de bois issus de forêts qui adoptent un système d'aménagement durable. En outre, l'éditeur attend de ses fournisseurs de papier qu'ils s'inscrivent dans une démarche de certification environnementale reconnue. »

Édité par Hachette Livre, 43 quai de Grenelle, 75905 Paris Cedex 15.

Composition Nord Compo
Achevé d'imprimer en Espagne par BLACK PRINT CPI IBERICA
32.05.3298.0/01 - ISBN : 978-2-01-323298-2
Dépôt légal 1ère publication juin 2012
Loi n° 49-956 du 16 juillet 1949 sur les publications destinées à la jeunesse
Dépôt légal : juin 2012